पूर्णांक की ओर...

मुखपृष्ठ कल्पना

हम सभी अपूर्णांक हैं और मिलकर पूर्णांक बनते हैं इस बात पर विश्वास रखना हमारी विशेषता है। हम यह भी मानते हैं कि सभी अपूर्णांक समान महत्त्व के होते हैं। अधिक महत्त्वपूर्ण अपूर्णांक और कम महत्त्वपूर्ण अपूर्णांक ऐसा नहीं होता है। साथ ही अपूर्णांक का महत्त्व कितना भी क्यों न हो, पूर्णांक सबको मिलाकर ही बनता है। इसी से संघभाव (Team Spirit) दृढ़ होता है एवं सांघिक कार्य (Team Work) सिद्ध होता है।

—यशवंतराव केलकर

(इसी पुस्तक से)

'यशवंतरावजी के व्यवहार को किसी तुलना द्वारा निर्देशित करना हो तो उसे किसी कुम्हार द्वारा प्रयुक्त गीले कपड़े के टुकड़े की उपमा दी जा सकती है, जिसका उपयोग चक्के पर रखी गीली मिट्टी को आकार देने और अनावश्यक मिट्टी को हटाने के लिए किया जाता है। ठीक इसी प्रकार यशवंतराव का व्यवहार था, जो किसी को न चुभते हुए, सहवास में आनेवाले व्यक्ति के चुभनेवाले कोने घिस-घिसकर उसे अनुकूल बना डालते थे।'

—(स्व.) प्रह्लादजी अभ्यंकर

(भूतपूर्व प्रांत संघचालक, राष्ट्रीय स्वयंसेवक संघ, महाराष्ट्र)

पूर्णांक की ओर...

मूल मराठी

'माणूस नांवाचं काम'

प्रभात
प्रकाशन

प्रकाशक

प्रभात प्रकाशन प्रा. लि.

4/19 आसफ अली रोड, नई दिल्ली–110002

फोन : 23289777 • हेल्पलाइन नं. : 7827007777

इ-मेल : prabhatbooks@gmail.com ❖ वेब ठिकाना : www.prabhatbooks.com

संस्करण

2024

पेपरबैक मूल्य

तीन सौ रुपए

मुद्रक

आर–टेक ऑफसेट प्रिंटर्स, दिल्ली

★

PURNANK KI ORE

Published by **PRABHAT PRAKASHAN PVT. LTD.**
4/19 Asaf Ali Road, New Delhi-110002

ISBN 978-81-7315-872-8

₹300.00 (PB)

अनुवादक की प्रस्तावना

यह मेरा अहोभाग्य रहा कि स्व. यशवंतराव केलकर जैसे संगठन-शास्त्र की सगुण मूर्ति के संपर्क में आने का अवसर मिला और उनके चरणों में बैठकर संगठन के प्राथमिक पाठ पढ़ने का आनंद प्राप्त किया। यद्यपि मुंबई से सुदूर जलगाँव जिले के एक छोटे से गाँव में रहने के कारण उनसे सतत संपर्क नहीं रह सका, फिर भी बैठकों, अधिवेशनों में उनके मार्गदर्शन से निरंतर लाभान्वित होता रहा। ऐसी ही पूर्णकालिक कार्यकर्ताओं की एक बैठक मेरे गाँव में आयोजित की गई थी, जिसके आयोजन की जिम्मेदारी मुझ पर थी, उसका तीव्रता से स्मरण हो रहा है। उस समय उनकी स्नेहार्द्रता, सूझबूझ और कार्यकर्ताओं के प्रति विशुद्ध व्यवहार के निकट दर्शन प्राप्त हुए।

उस बैठक से संबंधित घटना सदा के लिए मेरे मन पर अंकित हो गई। बैठक की पूरी व्यवस्था से वे संतुष्ट थे, फिर भी एक बात उनके मन में खटक रही थी। वे जरा असहज दिखाई दे रहे थे। मेरी समझ में नहीं आ रहा था कि आखिर ऐसी क्या बात है, जो यशवंतरावजी को अच्छी नहीं लग रही है।

बात यह हुई थी कि अत्यधिक उत्साह के कारण आवश्यकता से अधिक सुविधाएँ जुटा ली गई थीं। स्थानीय विद्यार्थी परिषद् शाखा द्वारा एक प्रकल्प संचालित किया जा रहा था, जो लोगों को बेहद पसंद था। फलस्वरूप परिषद् शाखा को कार्यकर्ताओं की बहुत बड़ी टोली मिल गई थी, साथ ही समाज की व्यापक सद्भावना भी। प्रकल्प की सफलता के कारण धन

संचय भी अच्छा हो गया था, अतः सुविधाएँ कुछ ज्यादा जुटा ली गई थीं।

यशवंतरावजी की पैनी दृष्टि ने इसे भाँप लिया। कार्यकर्ताओं का जुड़ना और स्थानीय नागरिकों की सहभागिता तो परिषद् की दृष्टि से अनुकूल बातें थीं, किंतु आवश्यकता से अधिक सुविधाएँ होना एक दृष्टि से अनुचित ही था। विवाहादि आयोजनों में भले ही उसे ठीक माना जाता हो, परंतु पूर्णकालिक कार्यकर्ताओं की बैठक में यह जँच नहीं रहा था।

आखिर यशवंतरावजी मुझे एक ओर ले गए तथा चिर-परिचित हँसी बिखेरते हुए धीरे से कहा, 'देखिए, व्यवस्था तो बहुत अच्छी हो गई है, लेकिन यह कोई ब्याह-शादी का अवसर नहीं है। इसीलिए सुगंधित तेल-कंघी और गद्दों आदि की जरूरत बिलकुल नहीं है। ये पूर्णकालिक कार्यकर्ता हैं, कड़े जीवन की इन्हें आदत है। परिश्रम और सादगी परिषद् की पहचान है, इसलिए ज्यादा सुविधाएँ मत जुटाओ।'

सादगी का पाठ पढ़ने के साथ ही परिषद् की ओर देखने का एक नया आयाम ध्यान में आया। ऐसी छोटी-छोटी बातों से संगठन एवं कार्यकर्ता को विकसित करने की कुशलता और दूर-दृष्टि यशवंतरावजी की विशेषता थी। सामूहिक सभा-सम्मेलनों और बैठकों में अधिकाधिक सुविधाओं के लिए छीना-झपटी और मान-अपमान के दृश्य जहाँ आम तौर पर दिखाई देते हैं, वहीं तड़क-भड़क से दूर सादगी का आग्रह रखनेवाली यह दृष्टि निश्चय ही बहुत कुछ सिखा जाती है।

महाराष्ट्र के संत श्रेष्ठ ज्ञानेश्वरजी की कुछ पंक्तियाँ ऐसे महा-मानव की विशेषताओं को भलीभाँति अंकित करती हैं। वे अपने विख्यात ग्रंथ 'ज्ञानेश्वरी' में लिखते हैं—

'तैसा मनुष्य लोकाआंतु,
तो जरी जाहला प्राकृतु।
तरी प्रकृति दोषाची मातु,
नेणिजे तेथ॥'

—ज्ञानेश्वरी १०।३।७९॥

संक्षेप में कहना हो तो यह कहा जा सकता है कि यशवंतराव मनुष्यों

को जोड़ने की, उन्हें सुसंस्कारित कर सत्कार्य में जुटा देने की ऐसी प्रेरक सगुण-साकार मूर्ति थे, जिनके बल पर विशाल संगठन सजीव होता है। सान्निध्य में आए कार्यकर्ताओं के प्रति उनका व्यवहार इतना सजग और मृदुतम होता था कि जिसे शब्दों में अंकित करना असंभव है। इस अद्‌भुत व्यवहार के अनगिनत उदाहरण इस पुस्तक में प्रस्तुत किए गए हैं; जो उनके सहवास में रह चुके हैं वे भलीभाँति जानते हैं कि और भी ऐसे कई प्रसंग हैं। ये प्रसंग यशवंतरावजी की कार्यकर्ताओं के प्रति सजगता एवं प्रगाढ़ स्नेह की झलक दिखाते हैं।

ऐसे कई अवसर आए जब यशवंतरावजी प्रवास के दौरान कार्यकर्ताओं के घरों पर रहे। होटल में रहना उन्हें कतई पसंद नहीं था। जब भी वे किसी परिवार में रहते तो परिवार के आबाल-वृद्ध सदस्य उन्हें अपना घनिष्ठ मित्र समझने लगते थे। परस्पर संकोच समाप्त हो जाता था। यशवंतराव जल्दी उठ जाते थे एवं कई बार तो वे स्वयं ही सबके लिए सुबह की चाय बना देते थे। किसी कारणवश यदि उन्हें सुबह जल्दी निवास स्थान छोड़ने का अवसर आता तो वे किसी को तकलीफ न हो, उनकी निद्रा में बाधा न पहुँचे इसलिए चुपचाप घर के पिछले दरवाजे से बाहर निकल जाते थे। अपने घर में होते तब भी वे हर क्षण इसका ध्यान रखते थे कि अन्य किसी को उनके व्यवहार से कोई कष्ट न हो। यहाँ तक कि उन्होंने सभी कार्यकर्ताओं को सूचित कर दिया था कि उनके घर के दरवाजे अंदर से कभी बंद नहीं रहते। वे जब चाहें, घर में प्रवेश कर सकते हैं; और उनका फोन भी कभी बंद नहीं रहता, जब चाहें तब उनसे बात कर सकते हैं।

ऐसे मुक्त-द्वार निवासी और सहायता के लिए सदा तत्पर व्यक्ति किसी संगठन के ठोस आधार न बनते तो ही आश्चर्य की बात होती।

अर्थात् 'ऐसा महामानव यद्यपि साधारण व्यक्ति जैसा प्रतीत होता हो, फिर भी वह प्राकृतिक दोषों से रहित होता है।'

एक साधारण कार्यकर्ता बनकर यशवंतराव हमारे बीच रहे, नौकरी करते रहे, गृहस्थ जीवन को अपनाया, फिर भी ध्येय मार्ग से कभी विचलित नहीं हुए, लक्ष्य को उन्होंने आँखों से कभी ओझल नहीं होने दिया।

इस पुस्तक में इसी तथ्य को उनके संपर्क में आए व्यक्तियों ने अपने अनुभवों के आधार पर प्रकट किया है। जहाँ एक ओर ये प्रसंग संगठन शास्त्र के गहन-गंभीर तत्त्वों को उजागर करते हैं, वहीं वे उस महामानव के विशाल व्यक्तित्व के विभिन्न पहलुओं की झलक दिखाते हुए इंगित करते हैं कि संगठन-समाज-देश के प्रति जितना अधिक समर्पण-भाव हममें जाग्रत् होगा, उसी प्रमाण में हम उस महान् विभूति, जो यशवंतराव नाम से हमारे बीच विद्यमान थी, के पदचिह्नों पर चलने की शक्ति अर्जित कर सकेंगे। फिर से ज्ञानेश्वरजी के शब्दों में ही उस समाज तथा संगठन के प्रति एकरूप हुए महामानव का स्मरण करें—

जगचि देह जाहले, म्हणोनि प्रियाप्रिय गेले।
हर्षामर्ष ठेले, दुजेन विण॥

—ज्ञानेश्वरी (१२/११/९८)

अर्थात् जो देहरूप होकर भी जगत्-स्वरूप बन गए, इसलिए हर्ष-विषाद से मुक्त हुए। प्रिय-अप्रिय बात जिनके जीवन से समाप्त हो गई, ऐसे महापुरुष का स्मरण हमें भी समर्पण भाव सिखाते हुए क्षुद्र-संकुचित, प्रिय-अप्रिय, हर्ष-विषाद आदि द्वंद्वों से ऊपर उठकर अर्जुन की तरह कर्तव्य-कठोरता अपनाने की शक्ति प्रदान करेगा तथा कृष्ण-सखा स्वरूप 'यशवंत' को अपनाने में सहायक होगा, जिससे हम भी 'यशवंत' बन सकें।

—अनुवादक

अनुक्रम

'पूर्णांक की ओर' प्रत्येक कार्यकर्ता का अपने-अपने विकास क्रम में अपूर्णता से पूर्णता की ओर निरंतर चलने वाला प्रवास है। यह प्रवास सभी समर्पित कार्यकर्ताओं को मिलाकर संगठन में पूर्णता लाने का भी है।

इस प्रवास का पाथेय कार्यकर्ताओं को यशवंतराव केलकर जी के साथ काम करते-करते व्यवहार से व बातचीत से आए अनुभवों से सहज प्राप्त हुआ। इन अनुभवों का प्रत्ययकारी सामर्थ्य जानकर उनको परिश्रमपूर्वक संकलित करने का श्रेय श्री सदाशिव देवधर की मर्मग्राही प्रतिभा को जाता है। इतना ही ऋण निर्देश।

जीवन-दर्शन में सहायक कतिपय गवाक्ष

"स्व. यशवंतराय केलकर संघ संस्थापक डॉ. हेडगेवार कुलोत्पन्न थे, बस इतना ही कथन उनके संबंध में पर्याप्त है।"

(स्व.) बालासाहब देवरस

(प.पू. तृतीय सरसंघचालक, रा.स्व. संघ)

"मित्रवर यशवंतराव केलकरजी का असामयिक निधन राष्ट्रवादी विचारधारा के सभी संगठनों और विशेष रूप से राष्ट्रीय स्वयंसेवक संघ एवं अ.भा.वि.प. के लिए अपूरणीय क्षति है। उनके जीवन की विशेषता ही यह थी कि वे अनाम एवं संघरूप बन गए थे।"

(स्व.) भाऊराव देवरस

(रा.स्व. संघ के ज्येष्ठ कार्यकर्ता)

"यशवंतराव और विद्यार्थी परिषद् में कोई द्वैत नहीं है। उनका जीवन समर्पित आदर्शवादी व्यक्ति की तरह ही था। धरती के साथ हिल-मिलकर मूलभूत काम करने की उनकी जो विशेषता थी, वह मेरे लिए और सामाजिक कार्य करनेवाले व्यक्तियों के लिए अनुकरणीय है।"

मा. दत्तोपंत ठेंगड़ी

(संस्थापक भा.म. संघ, भा. किसान संघ)

"यशवंतरावजी का जीवन इतना उदात्त और उज्ज्वल था कि उनके

सहवास में आनेवाला कोई भी व्यक्ति आलोकित हुए बिना रह ही नहीं सकता था। आयु में बड़े होने पर भी वे युवा-मानस में निरंतर बौद्धिक एवं क्रियाशील चेतना जगाने में सतत संलग्न थे, अपने नाम की तरह यथार्थरूप में 'यशवंत' थे।''

मा. हो.वे. शेषाद्रिजी

(सह सर कार्यवाह, रा.स्व. संघ)

''यशवंतरावजी के व्यवहार को किसी उपमा द्वारा निर्देशित करना हो तो उसे किसी कुम्हार द्वारा प्रयुक्त गीले कपड़े के टुकड़े की उपमा दी जा सकती है, जिसका उपयोग चक्के पर रखी गीली मिट्टी को आकार देने और अनावश्यक मिट्टी को हटाने के लिए किया जाता है। ठीक इसी प्रकार यशवंतराव का व्यवहार था, जो किसी को न चुभते हुए, सहवास में आनेवाले व्यक्ति के चुभनेवाले कोने घिस-घिसकर उसे अनुकूल बना डालते थे।''

(स्व.) प्रह्लादजी अभ्यंकर

(भूतपूर्व प्रांत संघचालक, रा.स्व. संघ, महाराष्ट्र)

''यशवंतरावजी के दर्शन मैंने बड़ी बारीकी से नाप-तौलकर, बहुत निकट रहकर किए हैं। निरंतर जागरूक व्यवहार, जो सदा बोधरूप ही होता है, वैसा ही मुझे देखने के लिए मिला, घर में, कार्यालय में, यात्रा में, कार्यक्रम में, सभी जगह, सभी समय।''

मान. मदनदासजी

(सह सरकार्यवाह, रा.स्व. संघ,
पूर्व राष्ट्रीय संगठन मंत्री, अ.भा.वि.प.)

''भारतीय युवक संभ्रम की अवस्था में दिखाई देता है, उसे उस स्थिति से उबारने, उसके जीवन में नव चैतन्य निर्माण करने और उसके कर्तव्य को नई दिशा निर्देशित करने हेतु, जो वर्तमान परिस्थिति में अत्यावश्यक है, जो भी कार्यकर्ता यशवंतरावजी की तरह उदार मन से समाज एवं राष्ट्र की

उन्नति का विचार कर रहे हैं, वे यशवंतरावजी का अनुसरण करें, तभी इक्कीसवीं सदी के बलशाली राष्ट्र का निर्माण होगा।"

कविवर कुसुमाग्रज (स्व. वि.वा. शिरवाडकर)

(ज्ञानपीठ पुरस्कार प्राप्त मराठी कवि)

Prof. Kelkar made significant contribution to the student movement in the country. If approved by you, this institution will be glad to preserve personal correspondence and papers of Prof. Kelkar for consultation by research scholars of Modern India History in this institution.

Nehru Museum & Library

New Delhi

प्रस्तावना

संगठन तत्त्व का एक जीवमान आविष्कार

प्रा. यशवंतराव केलकरजी के बहुआयामी व्यक्तित्व के कितने पहलुओं को एक आलेख में शब्दबद्ध किया जा सकता है? आत्मविलोपी सादगी, पारिवारिक वात्सल्य, स्नेहशीलता, कर्तव्यपरायणता आदि सद्‌गुणों का आदर्श समुच्चय ही उनके व्यवहारों से अनुभव में आता था। संगठन-विस्तार इन सभी गुणों में उनका सबसे प्रखरता से दिखनेवाला गुण था। राष्ट्रीय स्वयंसेवक संघ की विशाल परिधि में संगठन के चरणों में अपना सर्वस्व न्योछावर करनेवाले स्वयंसेवकों की एक मालिका है। 'मैं महासमुद्र का एक बिंदु, अगणित हूँ केवल एक नहीं' इस मानसिकता से और 'मौन तपस्वी साधक बनकर, हिमगिरि से चुपचाप गले' इस काव्य पंक्ति को सार्थक करते हुए इन सारे कार्यकर्ताओं ने जीवन का क्षण-क्षण बिताया। इसी कोटि का समर्पण यशवंतजी में भी दिखता था। परंतु इसके साथ ही कुछ और विशेषताएँ भी उनके जीवन में थीं। उन्होंने 'संगठन' की नींव में स्थान लेनेवाले विषय को अनन्य एवं असाधारण महत्त्व दिया। मनुष्य भाव-भावना तथा विचार-विकारों से प्रेरित एक सजीव इकाई है। साथ ही समूह जीवन भी मनुष्य का स्थायी भाव है। समूह में काम करनेवालों में जब परस्पर सामंजस्य एवं परस्परपूरकता जैसे गुणों का सार्थक व्यवहार होता है, तभी उस समूह द्वारा 'संगठन' साकार रूप लेता है। व्यक्ति-व्यक्ति में स्वत: विकसित होनेवाला स्वभाव-वैचित्र्य परस्पर सामंजस्य में कठिनाइयाँ उत्पन्न करता है। यशवंतरावजी इस स्वभाव वैचित्र्य पर विजय पाकर स्वयं को समूहभाव के अनुरूप बनाने

की उत्कट प्रेरणा कार्यकर्ताओं के मन में उत्पन्न करते थे। परंतु उनकी महानता इसमें थी कि व्यक्ति स्वयं के प्रयास से ही आंतरिक परिवर्तन ला रहा है, हम केवल उसमें सहायक हैं, यह मानसिकता भी उनकी रहती थी। इन दोनों के बीच का संतुलन उन्होंने जीवन भर अत्यंत कुशलता से निभाया।

व्यक्तिविशेष में दिखनेवाले व्यक्तित्व से परे, सभी में एक सामान्य मानवीयता होती है। उसकी वाणी से व्यक्त होनेवाले मत तथा मन में आनेवाले विचारों के भी परे, उसके अंतर्मन की गति रहती है। व्यक्ति के स्वभाव के सूक्ष्म पहलू तथा उसे बचपन से मिले संस्कार एवं वातावरण व्यक्ति की मानसिकता और विचारों को प्रभावित करते हैं। इन सब सूक्ष्मताओं की प्रगल्भ और गहरी अनुभूति यशवंतरावजी के पास थी। इस अनुभूति पर आधारित व्यवहार के कारण उनके संपर्क में आनेवाले प्रत्येक व्यक्ति के साथ उनके आत्मीय रिश्ते होते थे। यही कारण था कि हर कोई उनके साथ खुला संवाद कर सकता था। मन में संचित सभी कुंठाएँ, उलझनें उनके सामने खोलने में किसी को संकोच नहीं होता था। अपने जीवन की अत्यंत गोपनीय एवं निजी बातें तथा अनुभव यशवंतरावजी के सामने वे सहजता से प्रकट करते थे। 'मेरे जीवन के ये तथ्य अत्यंत सुरक्षित रहेंगे,' उस व्यक्ति के मन में यह दृढ़ विश्वास रहता था; साथ ही अपने व्यक्तित्व की न्यूनताओं को छोड़ने का निश्चय भी उसके मन में जगता था। इस संपूर्ण प्रक्रिया का वर्णन श्री यशवंतरावजी अत्यंत सरल शब्दों में करते थे। वे कहते थे—"हम सभी अपूर्णांक हैं, पूर्णांक होने की इच्छा निर्माण करना और उस दिशा में प्रयत्न करने के लिए एक-दूसरे की सहायता करना यानी विकास के मार्ग पर चलना है।" पर्वतारोहण करनेवाले समूह के 'We are all on the same rope' वाक्य का सार्थक उपयोग वे उदाहरण के रूप में करते थे।

मैत्री अर्थात् आत्मविकास की राह पर ऐसी एक-दूसरे को सहायता करने की मानसिकता धारण करना है—'मित्रता' की यह सार्थक व्याख्या यशवंतरावजी ने की। ऐसी मित्र-भावना से जुड़ा हुआ समूह ही 'संगठन' कहलाता है। ऐसी मित्र भावना सबके लिए अपने मन में हो, किसी व्यक्ति विशेष के लिए अथवा चुने हुए व्यक्तियों के लिए नहीं हो, इसका भी वे

संकेत करते रहते थे। 'Exclusive friendship' विशुद्ध मैत्री नहीं है, यह बात वे स्पष्ट रूप से कहते थे। कोई अपने से कुछ कहना चाहता है और हमारे पास उनके लिए समय नहीं है, यह तो संगठनकर्ता के लिए अपराध ही है, ऐसा वे कहते थे। व्यक्तियों से मिलना और उनकी बातें ध्यानपूर्वक सुनना, इस काम के लिए स्वयं उन्होंने अपने जीवन का अपरिमित समय दिया। विचार और व्यवहार की संपूर्ण एकात्मता उनके व्यक्तित्व की गरिमामय विशेषता थी। अपने हर पल के व्यवहार से उन्होंने संगठन शास्त्र की सूक्ष्म गहराइयों को कार्यकर्ताओं के अंत:करण में रेखांकित किया। घर में, परिवार में, कार्यस्थल यानी महाविद्यालय में, कार्यालयों में, कार्यक्रमों में तथा षष्टिपूर्ति निमित्त किए गए उनके गौरव समारोह आदि सभी प्रसंगों में उनका व्यवहार एक ही रहा—संगठनमय और संगठन शरण।

जीवन में कम या अधिक समय जिनको उनके संपर्क में रहने का सौभाग्य मिला, ऐसे असंख्य कार्यकताओं को उनके जीवन के सान्निध्य से प्राप्त हुए दिव्य संगठन-संस्कारों एवं व्यवहारों में से कुछ को यहाँ प्रसंग रूप में संकलित किया गया है। ये प्रसंग उस कार्यकर्ता के जीवन का पाथेय तो हैं ही, साथ ही ऐसे ही कार्य करनेवाले सार्वजनिक जीवन के किसी भी कार्यकर्ता के लिए भी दीपस्तंभ के रूप में पथ दिखाते रहेंगे, इसमें कोई संदेह नहीं।

ज्येष्ठ कार्यकर्ता तथा समाजशास्त्र के भाष्यकार दत्तोपंत ठेंगड़ीजी ने यशवंतरावजी को श्रद्धांजलि अर्पित करते हुए कहा था—"यशवंतरावजी के जाने से हमने क्या खोया है, इसकी यथार्थ कल्पना आने में भी समय लगेगा।"

कई कार्यकर्ताओं को उनके जाने के २० साल बाद आज भी, जीवन के हर मोड़ पर महत्त्वपूर्ण निर्णय करते समय यशवंतराव अवश्य याद आते हैं। 'आज अगर 'सर' होते तो इस प्रसंग पर वह क्या सुझाव देते?' ऐसा मन-ही-मन सोचकर जो उत्तर आता है, उसके प्रकाश में वे आगे का रास्ता खोजते हैं।

जिन्हें यशवंतरावजी का प्रत्यक्ष सान्निध्य नहीं मिला, ऐसे आज, कल

और आनेवाले कल के सभी कार्यकर्ताओं के लिए संगठनशास्त्र के मंत्र की दीक्षा का प्रयास यानी 'पूर्णांक की ओर' प्रस्थान।

—मदनदास देवी

सह सरकार्यवाह, राष्ट्रीय स्वयंसेवक संघ,

पूर्व राष्ट्रीय संगठन मंत्री

अखिल भारतीय विद्यार्थी परिषद्

मनोगत

'पूर्णांक की ओर' यह पुस्तक पुरानी है, फिर भी वह सदा-सर्वदा नई है। पृथ्वी पर मनुष्य जीवन जितना पुराना है, फिर भी जितना नित्यनूतन है उतनी ही!

क्योंकि यह पुस्तक मनुष्यों के परस्पर-व्यवहार के आधार पर लोकसंग्रह का शास्त्र प्रतिपादित करती है। फिर इसमें प्रतिपादित शास्त्र कोरा निष्ठुर नियमबद्ध सिद्धांतों का कागजी पुलिंदा नहीं है, चौखट में बाँधकर ठहराव उत्पन्न करनेवाला विधिनिषेध संग्रह नहीं है, प्रत्युत सद्‌भावना, संवेदना, आत्मीयता व करुणा के रंगों में डूबा ध्येयनिष्ठ हृदय का जीवनानुभव है, इसीलिए उसका महत्त्व प्रत्येक मनुष्य के लिए व उससे भी अधिक प्रत्येक 'लोकसंग्रह चिकीर्षु' (करने की इच्छा रखनेवाला) कार्यकर्ता के लिए शाश्वत है।

इसलिए इस पुस्तक के बारे में, विशेषत: उसको उसकी मर्मग्राही प्रस्तावना के साथ पढ़ने के बाद और कुछ कहने-लिखने को शेष नहीं, आवश्यक भी नहीं व उचित भी नहीं। बस उस जीवन के अनुभव को अपने व्यक्तित्व व कृति में, अपनी परिस्थिति के संदर्भ में पुन: अनुभूति में लाना ही कर्तव्य है। पुस्तक का पुनर्मुद्रित, परिवर्धित संस्करण पढ़कर अपने जीवन को उसी का और एक संस्करण बनाना है।

अपने जीवन से इस पुस्तक का नवसंस्करण निर्माण करनेवाले स्व. यशवंतरावजी केलकर का अब हम केवल कृतज्ञतापूर्वक स्मरण ही कर सकते हैं। उस जीवन को पुस्तक द्वारा हम सबके हित में सामने लानेवाली

कार्यकर्ता मंडली का बार-बार अभिनंदन, पुस्तक के लिए उत्तम पथप्रदर्शक प्रस्तावना के लिए मा. श्री मदनदासजी का अभिनंदन व सभी को शतशः धन्यवाद।

मार्गशीर्ष कृ. २ युगाब्द ५११०
२८ दिसंबर, २००८

—मोहन भागवत
सरकार्यवाह, राष्ट्रीय स्वयंसेवक संघ

सार-संक्षेप

यशवंतराव केलकर—एक कार्यकर्ता, जिसने अपना समूचा जीवन एक विद्यार्थी संगठन की संरचना करने में समर्पित कर दिया, उस अद्वितीय विद्यार्थी संगठन का नाम है 'अखिल भारतीय विद्यार्थी परिषद्'। प्रखर बुद्धि-कौशल्य और विलक्षण कर्तृत्व के धनी होकर भी संपूर्ण रूप से राष्ट्रीय स्वयंसेवक संघ के प्रति समर्पित भाव। सामाजिक, व्यावसायिक एवं पारिवारिक तीनों क्षेत्रों में महत्त्वपूर्ण जिम्मेदारी स्वेच्छा से स्वीकार करते हुए उसे सहजता से निभाते हुए जीवन में संतुलन कैसे रखा जा सकता है, इसका आदर्श कहीं ढूँढ़ना हो तो वह था यशवंतरावजी का अद्भुत व्यक्तित्व!

राष्ट्रीय स्वयंसेवक संघ का मार्ग उन्होंने बुद्धि की कसौटी पर कसकर ही स्वीकार किया था। यह चयन भावना के आवेश में नहीं किया गया था, फिर भी यह कहा जा सकता है कि एक बार संघ प्रवेश करने पर आनेवाली प्रत्येक जिम्मेदारी को उन्होंने भावना के स्तर पर पूरा किया। यह करते समय उन्होंने अपनी कुशाग्र बुद्धि में आग्रह-दुराग्रह को कभी पनपने नहीं दिया। अपनी शिक्षा उत्कृष्ट ढंग से पूरी की, लेकिन वे 'कॅरिअरिस्ट' नहीं बने। गुण-संपन्न होकर भी वे कभी 'एकांकी' नहीं बने रहे।

सुयश के साथ शिक्षा पूर्ण करने पर यशवंतराव राष्ट्रीय स्वयंसेवक संघ के पूर्णकालिक प्रचारक बन गए। प्रचारक के रूप में कार्य करते समय अपने संपर्क में आनेवाले प्रत्येक व्यक्ति का स्वयं से नहीं, बल्कि संगठन से संबंध कैसे स्थापित होगा, इसका उन्होंने सदा ध्यान रखा।

राष्ट्रीय स्वयंसेवक संघ के पूर्णकालिक प्रचारक जीवन से लौटकर

उन्होंने गृहस्थ जीवन में प्रवेश किया। प्राध्यापक की नौकरी की। उन्हें तीन पुत्र-रत्नों का लाभ भी हुआ। घर-गृहस्थी में प्रवेश करने पर भी संघकार्य उत्तम रीति से किया जा सकता है, यह उन्होंने सोदाहरण सिद्ध किया। उत्साह से समाज-कार्य करते हुए नौकरी के साथ भी पूरा न्याय किया जा सकता है, यह भी उन्होंने अपने उदाहरण से स्पष्ट किया।

चारों ओर कई प्रकार की उचित-अनुचित घटनाएँ घटित होती रहती हैं। सामाजिक संगठनों के कार्यकर्ता भी गलत कदम उठाते दिखाई देते हैं, गलत निर्णय लिये जा सकते हैं, परंतु ऐसे सभी प्रसंगों में हमें 'संभ्रमित' नहीं होना चाहिए। निराश होने से, उद्विग्न होने से कोई लाभ नहीं होता है। ऐसे समय में हमें मन-बुद्धि-विचारों से स्थिर ही रहना चाहिए, यह यशवंतरावजी के जीवन से ज्ञात होता है।

सामाजिक कार्यकर्ता को व्यक्तिगत एवं सामाजिक नीति-मूल्यों की कल्पना, सच्चाई, परिश्रम, अनुशासन, समय की पाबंदी, लोकजीवन में व्यवहार के नियम आदि में छूट नहीं हो सकती। इतना ही नहीं, उसे तो अपने प्रति कठोरता अपनाकर आत्म-नियंत्रण कर लेना चाहिए, यह उन्होंने शब्दों से न कहकर अपने व्यवहार से कई कार्यकर्ताओं को समझाया था। वे संगठन की प्रतिमूर्ति थे। अपने विचार एवं कार्यों से वे संगठनशास्त्र को सगुण-साकार बना देते थे।

इसीलिए उनके संपर्क में आए अनगिनत कार्यकर्ताओं ने अपने प्रत्यक्ष अनुभवों को शब्दबद्ध किया, वे सभी घटनाएँ सजीव बनकर हमारे सामने साकार हो जाती हैं और हम यशवंतरावजी के निकट होने का अमृतानुभव फिर से प्राप्त कर सकते हैं।

आज काम करनेवाले किसी भी कार्यकर्ता को देशभक्ति का व्यावहारिक स्वरूप, सामाजिक संवेदना और संगठन प्रधानता जीवन में कैसे प्रकट हो, इसकी शिक्षा यशवंतरावजी के जीवन से प्राप्त होती है।

भूतकाल में किसी समय जिन्होंने अच्छा सामाजिक कार्य किया है, परंतु अब संतुलन के अभाव में आत्मविश्वास खो चुके हैं या पारिवारिक सुख की आशा में सामाजिक जिम्मेदारी के प्रति आस्था खो चुके हैं, या

अपनी बुद्धि के प्रभाव में जिनकी सामूहिकता की वैचारिक संकल्पना क्षीण हो गई है या सामाजिक कार्य करते समय जाने-अनजाने में हुई अपनी गलतियों से जो अपराधबोध से ग्रस्त हैं या सामाजिक कार्यों, समस्याओं को सुलझाने के प्रयास में अपनी क्षमताओं पर जिन्हें संदेह है या बहुत उत्साह से सामाजिक कामों का नेतृत्व करने पर भी जीवन-मूल्यों को पैरों तले रौंदनेवाले अपने ही कार्यकर्ताओं को देखकर होनेवाली निराशा के कारण अब किसी सामाजिक कार्य में सक्रिय नहीं हैं या जानबूझकर, योजनापूर्वक, निष्ठायुक्त काम करने में असमर्थ हो गए हैं, यह रचना ऐसे सभी व्यक्तियों को फिर से आत्मविश्वास प्रदान करनेवाली, नवसंजीवनी देनेवाली होगी, ऐसी आशा है।

संगठन, समाज, देश के प्रश्न, घर-परिवार की समस्याएँ, शिक्षा, नौकरी, व्यवसाय में संलग्न कई कार्यकर्ता जब पग-पग पर 'संभ्रमित अर्जुन' बनते हैं तब अपनी कृति से कृष्ण बनने की क्षमता रखते हैं हमारे आदर्श 'यशवंतराव केलकर'।

यशवंतरावजी आजीवन एक ही रूप में व्यवहार करते रहे—वह है उनका मित्ररूप। भले ही वे अंग्रेजी के एक ज्येष्ठ प्राध्यापक, राष्ट्रीय अध्यक्ष, केंद्रीय कार्यकर्ता आदि स्तरों पर सफलता से कार्यरत रहे हों, फिर भी उन्होंने अपने 'मित्ररूप' को सदा सुरक्षित रखा। इसीलिए अपने मत का आग्रही कटु प्रतिपादन, प्रतिफल न देनेवाले कार्यकर्ता को दूर रखना, व्यक्ति एवं दोष का समीकरण करना आदि उनके द्वारा कभी नहीं किया गया। संभवत: यह सब करते समय एक मनुष्य होने के नाते उनके मन में भी ये सभी द्वंद्व उपस्थित रहे होंगे, किंतु उसका सूक्ष्म प्रकटीकरण भी किसी को देखने के लिए कभी नहीं मिला। अर्थात् उनमें 'संभ्रमित अर्जुन' भी किसी के देखने में नहीं आया और उनके 'कृष्ण सखा' बने रहने का अनुभव सभी को सदा मिलता रहा।

यशवंतरावजी के स्मृति-चिह्न सैकड़ों कार्यकर्ताओं के पास हैं; परंतु प्रसन्नता की बात यह है कि वे यादें कार्यकर्ता के व्यवहार का सहज अंग बन गई हैं। कुछ विषयों के संदर्भ में ही क्यों न हों, अनेक कार्यकर्ताओं का व्यवहार-विचार बिलकुल यशवंतराव जैसा हो गया है, ऐसा अनुभव कई व्यक्तियों को हुआ है। उनके जैसे सभी आयाम एक ही हीरे में होना संभव

नहीं है, अन्यथा कृष्ण एक ही और एक बार ही क्यों हुए? ऐसा गुणसंचय, अच्छाई, संतुलन, सहजता, सौंदर्यवृत्ति, अध्ययन, समर्पण आदि सभी गुण वर्तमान युग में किसी एक ही व्यक्ति में होना असंभव है, यह दृढ़ धारणा रखते हुए जीवन-सागर में नित्य समझौता करते हुए जीनेवालों के लिए यह पुस्तक दीप-स्तंभ बनेगी, यह विश्वास है। जब भी कोई किसी घटना से मानसिक दुर्बलता का अनुभव करेगा, संभ्रमित होगा, असाध्यता का अनुभव करेगा या जरा भी निराशा का स्पर्श करेगा, तब यह 'यशवंतदर्शन' अपने में निहित 'पराक्रमी-विराट् अर्जुन' को अवश्य जगाएगा। यशवंतराव का स्मरण अंतःकरण में बोध जगाए, उनसे भेंट हो और वर्षों तक चलनेवाला यह ईश्वरी कार्य हम सभी के द्वारा अधिक शुद्धता और पूरी शक्ति से संपन्न हो, यही प्रार्थना है।

□

यशवंतराव केलकर : जीवनवृत्त

आज पूरे देश में समाज-जीवन के विभिन्न क्षेत्रों में काम करनेवाले अनगिनत कार्यकर्ताओं को स्व. यशवंतराव केलकरजी के संबंध में जानकारी होना संभव नहीं है। इतना ही नहीं, राष्ट्रीय स्वयंसेवक संघ की प्रेरणा से चलनेवाले विविध संगठनों के कार्यकर्ताओं को भी यशवंतरावजी का जीवन परिचय मालूम नहीं होगा। इसीलिए इस ग्रंथ के पठन के पूर्व उनके व्यक्तित्व को थोड़ा समझ लेना उपयुक्त होगा।

स्व. यशवंतरावजी केलकरजी का जन्म पंढरपुर, जिला सोलापुर (महाराष्ट्र) में २५ अप्रैल, १९२५ को हुआ। उनके मूल वंशज पंढरपुर के थे। उनके पिता का नाम वासुदेव राव था। उनके चार भाई जनार्दन, सर्वोत्तम, महाराज और वसंत थे व एक बहन दुर्गा थी, जो बचपन में ही गुजर गई थी।

बालक यशवंत बचपन में बहुत प्रसन्न, हँसमुख, परिश्रमी, उदार एवं बुद्धिमान छात्र के रूप में प्रसिद्ध था। तीसरी कक्षा से ही उसे 'प्रतिभा छात्रवृत्ति' मिलने लगी थी। ग्रंथ पढ़ने में यशवंत को अत्यधिक रुचि थी। बचपन में ही अपनी तीव्र स्मरण-शक्ति और प्रचंड ग्रहण-शक्ति के कारण वह पाठशाला के शिक्षकों का प्रिय छात्र बन गया था। उसे धार्मिक कार्यों में स्वभाव से ही रुचि नहीं थी। इसके विपरीत, क्रिकेट खेलना उसे अत्यंत प्रिय लगता था।

पंढरपुर नगर पालिका की मराठी पाठशाला में पूर्व प्राथमिक शिक्षा पूरी करने के बाद उसने अंग्रेजी कक्षा एक से पाँच तक पंढरपुर के ह्वी.जे. हाई स्कूल (लोकमान्य विद्यालय) में पूर्ण की। उसके बाद अंग्रेजी कक्षा छठी

और सातवीं के लिए राम मोहन हाई स्कूल (बंबई) में प्रवेश लिया। उसी वर्ष यशवंत अपनी कक्षा का प्रमुख (मॉनीटर) बन गया। आगे चलकर वह विद्यार्थी ग्रंथालय का व्यवस्थापक भी बना। मैट्रिक परीक्षा में उसे ७३ प्रतिशत अंक मिले और अंग्रेजी, गणित, संस्कृत एवं मराठी विषयों में विशेष योग्यता के साथ संस्कृत विषय की छात्रवृत्ति भी मिली।

सन् १९४१ में यशवंत पुणे के विख्यात महाविद्यालय एस.पी. कॉलेज में उच्च शिक्षा प्राप्ति के लिए भरती हुआ। वहाँ उसने कला संकाय (आर्ट्स) में प्रवेश लिया। उस महाविद्यालय के प्राध्यापक श्री म. माटे जैसे सुप्रसिद्ध साहित्यकार एवं समाजसेवी का सुखद सान्निध्य उन्हें प्राप्त हुआ। महाविद्यालय की छमाही परीक्षा में कुल ५०० में से ३४१ अंक लेकर कक्षा के २५० विद्यार्थियों में प्रथम स्थान प्राप्त किया। महाविद्यालय की अन्य शिक्षणेतर गतिविधियों में भी उसका प्रदर्शन अच्छा होता था।

जहाँ एक ओर यशवंत का महाविद्यालयीन छात्र जीवन विकसित हो रहा था, वहीं दूसरी ओर जवानी की देहरी लाँघते हुए वह राष्ट्रीय स्वयंसेवक संघ का भी अध्ययन कर रहा था। तत्कालीन सभी राजनीतिक एवं सामाजिक विचार प्रणालियों का तुलनात्मक अध्ययन और विचार मंथन के पश्चात् उसने राष्ट्रीय स्वयंसेवक संघ का चयन किया। उसने पुणे नगर की 'रामदास' संघ शाखा में जाना शुरू किया। संघ शाखा के सभी कार्यक्रमों में वह आगे रहने लगा। दिन के पाँच-छह घंटे महाविद्यालय में बिताकर, नियमित अध्ययन का समय छोड़कर शेष सारा समय संघ कार्य में व्यतीत होने लगा।

सन् १९४२ के जन-आंदोलन का उत्तरार्ध शुरू होने पर यशवंत का महाविद्यालय और उसके बाहर विविध उपक्रमों में समय बीतने लगा। जोसेफ मैझिनी के जीवन-चरित्र का सामूहिक वाचन किया जाने लगा। यह उपक्रम 'जिंजर ग्रुप' के माध्यम से यशवंत चला रहा था। पुणे नगर में आयोजित सामाजिक एवं राजनीतिक समस्याओं से संबंधित चर्चा-सत्रों और व्याख्यानों में यशवंत की उपस्थिति अनिवार्य रूप से रहती थी।

इस संपूर्ण कालखंड में 'राष्ट्रीय सभा' को अपनानेवाले समूह में वर्तमान विख्यात मराठी लेखिका श्रीमती सरोजिनी बाबर भी सम्मिलित थीं।

बहन सरोजिनी का एक भाई जवाहर किसी दुर्घटना में मारा गया, तब उन्हें सहारा देने के लिए आगे आनेवाला यशवंत ही था। जीवन के अंतिम क्षणों तक सरोजिनी प्रतिवर्ष भाई दूज के अवसर पर सस्नेह भेंट का क्रम निरंतर चलता रहा।

सन् १९४३ में यशवंत ने महाविद्यालय की द्वितीय वर्ष की परीक्षा में प्रथम स्थान प्राप्त किया। तर्कशास्त्र जैसे विषय में उसे २०० में से १४४ अंक प्राप्त हुए। ऐसा कहते हैं कि इतने अधिक अंक प्राप्त करनेवाले प्रा. ना.सी. फडके (विख्यात मराठी साहित्यकार) के बाद यशवंत ने ही वह सम्मान प्राप्त किया। अपने महाविद्यालय के मित्रों की सहायता से यशवंत ने 'इंटरमीडिएट आर्ट्स स्टडी सर्कल' नामक चर्चा-मंडल स्थापित किया।

इसी काल-खंड में पहली बार यशवंत सुदूर जलगाँव जिले के फैजपुर गाँव में संघ विस्तारक बनकर गया और वहाँ संघ कार्य फैलाकर भरपूर सुयश प्राप्त किया। इस सुयश से भी अधिक यशवंत को एक बात अच्छी लगी—और वह थी गाँव का अकृत्रिम सहज स्नेह। 'सर्वसाधारण बुद्धिवाद की विचार-शैली और कर्तव्य की शुष्क चर्चा से ऊपर उठकर अंत:करण के अंतरतम तक पहुँचकर वहाँ प्रस्फुटित होनेवाले अनाहत नाद के श्रवण से उत्पन्न आनंदानुभूति का स्वाद चखने पर क्या अवस्था होती है, कितने असीम उत्साह का अनुभव होता है, इसका शब्दों में वर्णन असंभव है।' ऐसा स्वयं यशवंत ने एक स्थान पर लिखा है।

अपनी मानस भगिनी लीलाताई बाबर को सन् १९४३ की दीपावली की भाई दूज पर वैचारिक भेंट देते हुए यशवंत ने एक आश्वासन दिया—"अपने पूरे जीवन में मैं अपना कर्तव्य कभी नहीं भूलूँगा। मातृभूमि के अनंत उपकारों का सदा स्मरण रखते हुए अपनी सामर्थ्य भर कठोर परिश्रम करूँगा। स्वार्थ, लोकनिंदा या अन्य किसी भी कठिनाई का विचार न करते हुए भूमाता की सेवा के लिए ही अपना जीवन है, ऐसा एकमात्र चिंतन अब एकमेव लक्ष्य रखते हुए सदा कार्यरत रहूँगा।"

सन् १९४४ के मई महीने में राष्ट्रीय स्वयंसेवक संघ के संघ शिक्षा वर्ग के प्रथम वर्ष में यशवंत सम्मिलित हुआ। उसके बाद सन् १९४५ में प्रशिक्षण

का दूसरा वर्ष भी उसने पूरा किया। उसी वर्ष उसकी राष्ट्रीय स्वयंसेवक संघ के प्रचारक के रूप में घोषणा की गई और सर्वप्रथम नासिक शहर में यशवंत प्रचारक बनकर गया। वहाँ के निवासी श्री राजाभाऊ गायधनी एवं श्री सदानंद जोशी ('मी अत्रे बोलतोय' एक पात्री नाट्य प्रयोग के ख्यातिप्राप्त अभिनेता) यशवंत के सहकारी बने और इन दोनों ने यशवंत को 'यशवंतराव' कहना प्रारंभ कर दिया। तभी से वे सबके 'यशवंतराव' बन गए। सन् १९४७ में यशवंतराव नासिक से सोलापुर शहर में आए और १९५२ तक वहीं पर काम करते रहे। स्वतंत्रता-प्राप्ति और देश विभाजन के अवसर पर वे सोलापुर शहर में संघ प्रचारक थे। उस समय सोलापुर में रहनेवाले और बाद में कोल्हापुर शहर के निवासी प्राचार्य अनंतराव तोरो कहते हैं—"१९४७ का कालखंड संघ स्वयंसेवकों के लिए बड़ा कठिन था। मन में संघर्ष चल रहा था। परस्पर विरोधी बातें उनका पीछा कर रही थीं। एक ओर देश के लिए बलिदान देने की उत्कट इच्छा हो रही थी तो दूसरी ओर देश के टुकड़े हो जाने का कटु दृश्य देखना पड़ रहा था। ऐसे कठिन समय में तात्कालिक घटनाओं का समालोचन एवं बुद्धि के स्तर पर सम्यक् निर्णय करते हुए अपनी भूमिका स्पष्ट करनेवाले प्रचारक यशवंतराव की उपस्थिति से एक समूची पीढ़ी को योग्य मार्गदर्शन मिल सका।" सन् १९४७ के देश विभाजन को लेकर उत्तेजक भाषण करनेवाले को यशवंतराव शांत करते थे। उनका एक वाक्य इस संदर्भ में ध्यान रखने योग्य है—"किसी को सिरफिरा बनाने की अपेक्षा हृदय करुणा से आप्लावित करना अधिक महत्त्वपूर्ण है।"

सन् १९५२ में वे संघ प्रचारक की जिम्मेदारी से मुक्त होकर पुणे आए। उनकी एम.ए. की परीक्षा देने की इच्छा थी। उन दिनों सोलापुर में उनके पूर्व संघ जिला प्रचारक रहे स्व. रामभाऊ म्हाळगी पुणे नगर में वकालत कर रहे थे। उन्होंने यशवंतरावजी को तत्कालीन जनसंघ के प्रांत कार्यालय का कार्यभार सौंपा, कुछ समय तक वे जिसके व्यवस्थापक रहे।

सन् १९५५ में वे एम.ए. (अंग्रेजी साहित्य) में प्रथम स्थान से उत्तीर्ण हुए और तुरंत बंबई के के.सी. महाविद्यालय में प्राध्यापक बन गए। १९५६ में बांद्रा (बंबई) स्थित नेशनल महाविद्यालय में आ गए और वहीं पर अंग्रेजी

विभाग प्रमुख के रूप में सेवानिवृत्त होने तक अर्थात् १९८५ तक कार्यरत रहे।

सन् १९५६ में यशवंतराव का विवाह हो गया था। बंबई आने पर प्राध्यापक की नौकरी करने के साथ राष्ट्रीय स्वयंसेवक संघ के बंबई महानगर के बौद्धिक प्रमुख के रूप में भी कार्य करने लगे। १९५१ में संघ सूचनानुसार उन्हें अखिल भारतीय विद्यार्थी परिषद् की जिम्मेदारी सौंपी गई। वह समय विद्यार्थी परिषद् के लिए स्वर्णिम काल सिद्ध हुआ।

युवा मन से सुसंवाद कर सकनेवाला, आधुनिक कालोचित विचारों से युक्त, प्रयोगशील वृत्तिवाला, नई कल्पनाओं का नए संदर्भ में स्वागत करनेवाला, विचारशीलता के साथ व्यावहारिक मर्यादाओं का नए संदर्भ में स्वागत की दृष्टि रखनेवाला और निश्चयी कार्यकर्ता, नेता-मार्गदर्शक व्यक्तित्व यशवंतराव के रूप में विद्यार्थी परिषद् को मिला। प्रारंभ में उन पर बंबई की विद्यार्थी परिषद् शाखा की जिम्मेदारी आई। उस समय वे एक संगठन मंत्री के रूप में परिषद् के कार्य का संचालन करते थे। उनका घर ही विद्यार्थी परिषद् का 'कार्यालय' बन गया। सन् १९६१ में यशवंतराव के प्रयत्नों से इलाहाबाद में होनेवाले राष्ट्रीय अधिवेशन में बंबई के २० प्रतिनिधि सम्मिलित हुए थे। विशेष रूप से उनमें छात्रा प्रतिनिधि का भी समावेश था। विद्यार्थी परिषद् के विकास-क्रम में यह घटना महत्त्वपूर्ण मानी जा सकती है। यह भी सत्य है कि छात्राओं की सहभागिता परिषद् कार्य में बढ़े, इसका स्वयं यशवंतराव विशेष ध्यान रखते थे। विद्यार्थी परिषद् का कार्य करनेवाली छात्राओं में यशवंतराव के मार्गदर्शन के प्रति बड़ा आदर और सम्मान रहता था।

सन् १९५८ से १९६१ तक के तीन वर्ष के कालखंड में यशवंतराव ने भाषा विज्ञान का विशेष अध्ययन किया। १९६१ में विद्यार्थी परिषद् की पहली दैनंदिनी (डायरी) प्रकाशित की गई, जिसको साकार करने में यशवंतरावजी का सहयोग अत्यंत महत्त्वपूर्ण था। उन्होंने विविध प्रकल्पों, कार्यक्रमों के द्वारा विद्यार्थी परिषद् के कार्यों में सातत्य का निर्माण किया। महाराष्ट्र प्रदेश विद्यार्थी परिषद् का विधिवत् प्रारंभ सन् १९६४ के प्रदेश अधिवेशन से हुआ। उसके पश्चात् यशवंतरावजी ने राष्ट्रीय स्तर पर प्राथमिक स्वरूप में कार्य-रचना प्रारंभ हो, इसलिए कार्य शुरू किए। सभी प्रकार के

प्रयत्नों के फलस्वरूप उन्होंने अखिल भारतीय कार्य की दृष्टि रखनेवाले ५-६ कार्यकर्ताओं की एक टीम तैयार की। धीरे-धीरे सम्यक् रूप में विद्यार्थी परिषद् 'अखिल भारतीय' होने लगी। महाविद्यालय की नौकरी के अतिरिक्त जो भी समय मिलता, वह उसे विद्यार्थी परिषद् के कार्य में लगा देते थे।

सन् १९६० से १९६४ के कालखंड में यशवंतरावजी के तीन पुत्र-रत्नों ने जन्म लिया। १९६० में आलोक, १९६३ में न्यायस्वरूप और १९६४ में शशीधर का जन्म हुआ। उन्होंने समूचा गृहस्थ जीवन आर्थिक दृष्टि से मध्यम वर्ग के लोगों की तरह ही व्यतीत किया। कभी अधिक धन लाभ की चिंता नहीं की और इस कार्य में उन्हें पत्नी (श्रीमती शशिकला ताई) का पूरा सहयोग मिला। किसी पारिवारिक कार्य में खर्च करने की अपेक्षा किसी को आर्थिक सहायता देने को अधिक महत्त्व दिया गया। ऐसे कई प्रसंग आए, इसीलिए उनकी पत्नी ने एक जगह कहा, "सन् १९६१ में घर की रँगाई-पुताई करने की चर्चा हमने पहली बार की और यह विचार १९७६ में साकार हुआ।"

सन् १९६६ में 'अंतरराज्य छात्र जीवन दर्शन' (स्टूडेंट एक्स्पीरिएंस इन इंटर स्टेट लिविंग) प्रकल्प के अंतर्गत स्थापित हुए ट्रस्ट के अध्यक्ष के रूप में यशवंतरावजी चुने गए। विद्यार्थी परिषद् के कार्य में यशवंतरावजी ने अपने लिए 'संगठन कार्य' की जिम्मेदारी ली थी, इसलिए वे 'अध्यक्ष' या अन्य पदों से सदा दूर रहने का आग्रह रखते थे। फिर भी सन् १९६७ में विद्यार्थी परिषद् के एक ज्येष्ठ कार्यकर्ता प्रा. दत्ताजी डिडोलकर के आग्रही निर्देश के कारण यशवंतरावजी ने इंदौर में आयोजित अधिवेशन में राष्ट्रीय अध्यक्ष पद को स्वीकार किया।

सन् १९६७ से १९७० तक के कालखंड में महाविद्यालय में जाकर विद्यार्थी परिषद् के सदस्य बनाना, समूह में मंडलाकार बैठक, चर्चा-सत्र लेना, मेधावी छात्र अभिनंदन समारोह जैसे कई उपक्रम शुरू हुए, जिनका मूल आधार यशवंतरावजी की योजना होती थी। विद्यार्थी परिषद् का कार्यालय कार्यकर्ताओं की शृंखला निर्माण करने की प्रयोगशाला बने, यह विचार उन्होंने प्रस्थापित किया। सन् १९७४ में विद्यार्थी परिषद् की रजत जयंती के

उपलक्ष्य में होनेवाले अधिवेशन के डेढ़ वर्ष पूर्व संगठन की भावी योजना का पूरा विवरण यशवंतरावजी ने लिखित रूप में तैयार किया था। ९ जुलाई, १९७४ के रजत जयंती अधिवेशन तक विद्यार्थी परिषद् की राष्ट्रव्यापी रचना सुस्थिर होने लगी थी।

२६ जून, १९७५ को पूरे देश में आपातकाल घोषित किया गया। उसके विरोध में विद्यार्थी परिषद् ने सत्याग्रह शुरू किया। १३ दिसंबर, १९७५ को यशवंतराव गिरफ्तार किए गए और उन्हें बंबई के आर्थर रोड स्थित कारागार में भेज दिया गया। एक सप्ताह बाद ही उन्हें नासिक के मध्यवर्ती कारागार में लाया गया, जहाँ वे १९ महीने तक जेल में रहे। वहाँ भी यशवंतरावजी की उपक्रमशीलता ने नए आयाम ढूँढ़ निकाले और जेल के अंधकारमय तथा भविष्य के प्रति अनिश्चितता से उद्विग्न हजारों जेल-बंधुओं को मानसिक धैर्य प्रदान किया। यशवंतराव जेल निवासियों में सामूहिक कार्यक्रम की योजना बनानेवाली समिति के प्रमुख थे। कारावास के इस कालखंड में मराठवाड़ा के कलमनूरी गाँव के साम्यवादी कार्यकर्ता श्री खाजाभाई जामकर से छह माह में उर्दू भाषा सीखकर अन्य लोगों को उर्दू सिखाने का तीन महीने का पाठ्यक्रम तैयार किया। इसी प्रकार गीत-स्पर्धा, एकत्रीकरण, व्याख्यान, उर्दू अध्ययन, आयुर्वेद अध्ययन आदि कई उपक्रम प्रारंभ किए। फरवरी १९७७ में यशवंतराव जेल से मुक्त हुए। उसके बाद १९७७ के लोकसभा चुनाव में उन्हें जनता पार्टी के कार्यालय की जिम्मेदारी सौंपी गई। बाद में उन्होंने फिर से विद्यार्थी परिषद् के कार्य में ध्यान देना शुरू किया।

महाविद्यालय में भी कई जिम्मेदारियों का निर्वहन वे पूरे उत्साह से करते थे। परीक्षा विभाग का काम, शैक्षणिक वर्ष की समय सारिणी, स्नेह सम्मेलन की योजना आदि कार्य वे वर्षों तक सुचारू रूप से करते रहे। विद्यार्थियों को उनके व्याख्यान बहुत अच्छे लगते थे। २० वर्षों तक उन्होंने प्राध्यापक के रूप में उत्कृष्ट कार्य किया। परिषद् से संबंध न रखनेवाले सहयोगी भी यही कहते थे।

सन् १९७७-७८ में यशवंतरावजी ने 'मनोगत' मासिक पत्रिका का संपादन किया। इसी कालखंड में विद्यार्थी परिषद् के 'छात्रशक्ति' नामक

अंग्रेजी मासिक का शुभारंभ हुआ। इसके प्रकाशन की ओर भी यशवंतराव का पूरा ध्यान रहता था।

सन् १९८३ में राष्ट्रीय कार्यकारिणी की बैठक के समय उन्हें पीलिया बीमारी ने आ घेरा। फलस्वरूप बुखार होते हुए भी वे महाविद्यालय और विद्यार्थी परिषद् के कार्य में व्यस्त रहते थे। अक्तूबर १९८४ में महाराष्ट्र के प्रमुख कार्यकर्ताओं की बैठक हुई, जिसका संचालन स्वयं यशवंतरावजी ने किया। नवंबर १९८४ में यह निर्णय लिया गया कि अगले वर्ष यशवंतरावजी के ६१ वर्ष पूर्ण होने के उपलक्ष्य में 'षष्ठिपूर्ति' समारोह आयोजित किया जाए। यशवंतरावजी ने इस प्रस्ताव का कड़ा विरोध किया। 'यह संगठन का निर्णय है', ऐसा कहने पर ही उनकी सहमति मिली। २५ अप्रैल, १९८५ को यशवंतराव नेशनल महाविद्यालय से सेवा-निवृत्त हुए। २८ अप्रैल को बंबई में उनका भव्य अभिनंदन समारोह संपन्न हुआ जिसमें उन्हें दो लाख ग्यारह हजार रुपयों की धनराशि अर्पित की गई। यह रकम उन्होंने विद्यार्थी निधि ट्रस्ट को अर्पित कर दी।

उसके बाद साल भर उनके अभिनंदन के कार्यक्रम नासिक, कोल्हापुर, पंढरपुर, पणजी, सांगली, रत्नागिरि, महाड, सोलापुर, मराठवाड़ा के अलावा महाराष्ट्र के बाहर भी दिल्ली, बैंगलौर आदि स्थानों में संपन्न हुए।

२७ अप्रैल, १९८६ को अंतिम समारोह पुणे नगर में संपन्न हुआ। इस गरिमामय समारोह में प्रमुख अतिथि के रूप में राष्ट्रीय स्वयंसेवक संघ के तत्कालीन सरसंघचालक परम पूज्य बालासाहब देवरस पधारे थे। स्वागताध्यक्ष के रूप में पुणे विश्वविद्यालय के कुलपति श्री वि.ग. भिडे उपस्थित थे।

जून १९८६ में राष्ट्रीय स्वयंसेवक संघ के महाराष्ट्र प्रदेश के बौद्धिक प्रमुख की जिम्मेदारी यशवंतरावजी को सौंपी गई। विद्यार्थी परिषद् की जिम्मेदारी से वे मुक्त हुए। उस समय भी बार-बार बुखार और समाप्त न होनेवाली पीलिया की बीमारी उन्हें त्रस्त कर रही थी, फिर भी प्रबल इच्छाशक्ति के कारण उन्होंने नई जिम्मेदारी स्वीकार की तथा उसे निभाने का भरसक प्रयास जारी रखा। सन् १९८७ में उनकी तबीयत अधिक बिगड़ गई और उन्हें जलोदर की तकलीफ होने लगी। धीरे-धीरे इसने उग्र रूप धारण

किया। १ दिसंबर से उनके स्वास्थ्य में तेजी से गिरावट आने लगी। ६ दिसंबर को उन्हें बेहोशी ने घेर लिया और उसी दिन मध्य रात्रि में १ बजकर २० मिनट पर उन्होंने नश्वर देह का त्याग किया। आकाशवाणी ने इस वार्त्ता को प्रसारित किया। अनेक प्रतिष्ठित नागरिक एवं अनगिनत कार्यकर्ताओं की उपस्थिति में उनके पार्थिव शरीर को उनके ज्येष्ठ पुत्र ने अग्नि को समर्पित कर दिया।

यशवंतराव नामक एक 'महापर्व' समाप्त हुआ।

□

स्मरणांजलि

यहाँ वहाँ सर्वत्र बिखर गए,
प्रकाश अवगुंठित ये अनुभव कण!

स्व. यशवंतराव केलकरजी ने अपने सूझ-बूझपूर्ण जीवन का समूचा कालखंड राष्ट्रीय स्वयंसेवक संघ के एक दूरदर्शी स्वयंसेवक के रूप में व्यतीत किया। उन्होंने अपनी हर जिम्मेदारी को बखूबी निभाया और यह सब करते हुए संघ के अनेक स्वयंसेवक, विद्यार्थी परिषद् के अनेक कार्यकर्ता एवं समाज के अनेक नागरिकों को उनका सान्निध्य प्राप्त हुआ। इसके परिणामस्वरूप उन अनेकों महानुभावों को सफल जीवन कैसे जीना है, इसके बारे में सुंदर दर्शन प्राप्त हुआ। ऐसे कतिपय कार्यकर्ताओं ने अपने अनुभवों को शब्दांकित किया है। आगे उन्हीं का संकलन प्रस्तुत किया जा रहा है। इन संस्मरणों में कार्यकर्ताओं के नाम अवश्य बदल दिए गए हैं। इन प्रसंगों से किसी भी सामाजिक कार्यकर्ता को शुद्ध एवं स्थिर जीवननिष्ठा की प्रेरणा मिलेगी, इसमें संदेह नहीं है।

सहजता

कभी-कभी कोई बात, प्रसंग या घटना का सही अर्थ ध्यान में आना आसान नहीं होता। थोड़ा सोचने पर उसका गूढ़ार्थ समझ में आ पाता है, तब आनंद और संतोष की लहर हृदय में उठती है। यशवंतरावजी के जीवन से संबंधित प्रसंग, घटनाएँ जो आप इस पुस्तक में पढ़ने जा रहे हैं, उनकी गहराई में पहुँचना जरूरी है, तभी उनका निहितार्थ समझ में आता जाएगा और

असीम आनंद के साथ जीवन में आगे बढ़ने की शक्ति प्राप्त होगी।

इसी तथ्य को यशवंतरावजी एक रोचक किस्से के द्वारा समझाते थे। आइए, हम भी उस बूढ़ी नानी का किस्सा सुन लें।

'और नानी तीन बार हँस पड़ी'।

एक दिन नानी अपने बेटे राम के साथ सिनेमा देखने गई। वैसे नानी सिनेमा देखने के लिए नहीं जाना चाहती थी, लेकिन पोते का आग्रह और पड़ोसियों की यह तारीफ कि सिनेमा बहुत हँसानेवाला है, नानी तैयार हो गई। सिनेमा घर में अँधेरा हो गया और सिनेमा शुरू हो गया। एक-एक प्रसंग इस प्रकार प्रस्तुत किया जा रहा था कि सारा हॉल हँसी से गूँज उठता था। लोग तालियाँ पीटकर आनंद प्रकट कर रहे थे। राम ने देखा कि नानी भी जोर-जोर से हँस रही है।

लोगों का हँसना बंद हो गया था। हॉल में शांति फैल गई थी, लेकिन राम ने आश्चर्य से देखा कि नानी अकारण ही दूसरी बार जोर से हँस रही है। थोड़ी देर बाद नानी जब तीसरी बार हँस पड़ी, तब राम अपनी असहजता छिपा नहीं सका। उसने नानी से पूछ ही लिया कि उसके एक बार ही नहीं तीन बार हँसने का क्या कारण है?

नानी ने हँसी रोककर कहा, ''राम! पहली बार मैं हँसी, क्योंकि सभी दर्शक हँस रहे थे, इसलिए मैं भी हँस पड़ी।

''फिर थोड़ा सोचने पर मुझे उस प्रसंग में छिपा मजाक समझ में आया। इसलिए दूसरी बार मुझे हँसी आ गई।

''थोड़ी देर बाद मुझे लगा कि मैं भी कितनी अनाड़ी हूँ कि दूसरे लोग नहीं हँस रहे, पर मैं हँस रही हूँ, यह देखकर खुद भी हँस पड़ी। इतना हलका सा विनोद समझने में मुझे इतना समय लगा और अपनी इस मूर्खता पर मैं तीसरी बार हँसने लगी।''

हम सचेत रहकर इन घटनाओं-प्रसंगों की तह तक पहुँचकर उनका निहितार्थ भी समझने का प्रयास करेंगे, तभी हमारा पढ़ना सार्थक होगा। घटना का सही अर्थ हमें मर्म को समझने में सहायता अवश्य करेगा। यह मर्मग्राही स्पर्श प्रेरक बनकर हमें जीवन में कठिनाइयों से संघर्ष करने की शक्ति प्रदान करेगा।

यशवंतरावजी के संपर्क के आए अनगिनत कार्यकर्ताओं को जब यह पता चलता कि उनके संदर्भ में स्मरणांजलि प्रकाशित हो रही है, तब हर एक की यह हार्दिक इच्छा रही कि उनके संस्मरण अवश्य उसमें सम्मिलित हों। ये सभी ऐसे अमृतानुभव हैं, जिनसे कार्यकर्ता का निर्माण कितनी सूक्ष्मदर्शिता से यशवंतरावजी ने किया, यह मालूम होता है। यह अनुभूति उदयोन्मुख कार्यकर्ता को न केवल प्रोत्साहित करती है बल्कि कुशल संगठन की क्षमता निर्माण करती है। हर अनुभव कार्यकर्ता-निर्माण के एक उज्ज्वल पहलू को प्रकट करता है। ऐसे ही एक कार्यकर्ता का कथन पढ़िए।

❖❍❖

क्या कभी आपने यशवंत को चिढ़ते देखा है? हमने सीनेट की बैठक में उग्र प्रदर्शन किए। कुछ लोगों ने अति उत्साह में संगठन के तत्त्वों और कार्यपद्धति को शोभा न देनेवाला व्यवहार किया। कोई भी उसे देखकर अवश्य क्रोधित हो जाता। फिर भी यशवंतराव की क्रोधित-मुद्रा कभी किसी ने देखी है?

दो महिला कार्यकर्ताओं का पता नहीं चल रहा था। मुंबई में पहली बार उनका आना हुआ था। काफी कोशिश करने पर उनके संबंध में कोई जानकारी नहीं मिल पा रही थी। हम सभी चिंताग्रस्त थे। यशवंतराव भी उनकी खोज में लगे थे। हमारी दौड़-धूप को देख रहे थे, फिर भी उनके चेहरे पर चिंता की रेखाएँ कभी आपने देखी हैं?

शरीर में तेज बुखार, भारी थकान, यात्रा करके अभी लौटे हैं, दिन भर बैठक में बैठने से पीठ में पीड़ा हो रही है, फिर भी यशवंतराव का ऊब से भरा चेहरा क्या कभी आपने देखा है?

यशवंतराव नित्य प्रसन्न ही दिखाई देते।

❖❍❖

विभाग का अभ्यास वर्ग शुरू हो गया था। उसमें यशवंतराव उपस्थित थे। मेरे मन में उनके प्रति बहुत बड़े कार्यकर्ता की छवि थी। पहले दिन सुबह के व्यायाम, चाय-अल्पाहार होने के बाद हम सभी स्नान के लिए नियोजित

हम में से प्रत्येक अपूर्णांक हैं, सब मिलकर पूर्णांक बनेंगे।

स्थान पर गए। सबके साथ यशवंतराव भी वहाँ थे। मैं तुरंत उनके लिए पानी निकालने के लिए आगे बढ़ा। मुझे रोकते हुए बोले, "अरे भाई, अपने लिए पानी मैं खुद निकाल लूँगा। मैं भी तुम्हारे जैसा ही कार्यकर्ता हूँ, कोई बड़ा अधिकारी नहीं।" स्वयं कोई विशेष नहीं है—ऐसा भाव रखनेवाले बहुत कम ही होते हैं, असल में वे ही विशेष होते हैं, जिनके दर्शन वहाँ मुझे मिल गए।

व्यवस्था का पालन

एक विशाल सभागृह में 'महाकवि कालिदास संगीत प्रतियोगिता' चल रही थी। यशवंतराव दोपहर चार बजे से ही प्रतियोगियों द्वारा प्रस्तुत गायन अत्यंत तन्मय होकर सुन रहे थे। उसी दिन उन्हें महाराष्ट्र प्रदेश के कार्यकर्ताओं की बैठक में पूना पहुँचना आवश्यक था। शाम साढ़े छह बजे की बस से उनका जाना तय था, इसलिए वे प्रतियोगिता के चलते रहते शाम छह बजे बस स्टैंड जाने के लिए निकले। वे दरवाजे तक आए ही थे कि कार्यक्रम की व्यवस्था देखनेवाले एक नए कार्यकर्ता ने उन्हें रोक दिया और कहा कि कार्यक्रम समाप्त होने तक कोई भी जा नहीं सकेगा। उस नए कार्यकर्ता को मालूम नहीं था कि वे कौन हैं। यशवंतरावजी ने भी नहीं बताया कि वे ज्येष्ठ पदाधिकारी है, उन्हें परिषद् की ही एक बैठक में पूना जाना है। वे चुपचाप अपने स्थान पर आकर बैठ गए। थोड़ी देर में एक प्रमुख कार्यकर्ता वहाँ आया और उनसे पूछा कि वे अभी तक गए क्यों नहीं। तब यशवंतराव ने उस प्रमुख कार्यकर्ता से कहा कि व्यवस्था देखनेवाले कार्यकर्ता ने कार्यक्रम पूरा होने तक उन्हें बैठने की आज्ञा दी है। इसलिए वे रुक गए हैं। तब दौड़ते हुए वह प्रमुख कार्यकर्ता व्यवस्था देखनेवाले कार्यकर्ता के पास पहुँचा और उससे कहा कि यशवंतरावजी को एक बैठक के लिए पूना जाना है। तब वह कार्यकर्ता भी शरमाया और यशवंतरावजी से क्षमा माँगने लगा। तब यशवंतराव ने कहा, "क्षमा-याचना किसलिए? तुम अपना काम अच्छी प्रकार से कर रहे हो।" और फिर वे पूना चले गए।

व्यवस्था के कार्यकर्ता के कथनानुसार अनुशासन में रहना, यह कार्यकर्ता

के बड़प्पन का लक्षण है, इसे अब आप भी समझ गए होंगे।

❖○❖

सातारा नगर में यशवंतरावजी का षष्टिपूर्ति-समारोह आयोजित किया गया था। मैं उनकी प्रवास योजना का प्रमुख था। सातारा में नियोजित घर में पहुँचने पर उन्होंने मुझसे पूरा कार्यक्रम समझ लिया। कुछ बातें स्पष्ट नहीं हैं, यह ध्यान में आने पर अपनी रोचक शैली में उन्होंने उसमें सुधार कर दिया। उसके बाद हम नियोजित कार्यक्रम में पहुँच गए। कार्यक्रम समाप्त होने पर एक पुराने मित्र यशवंतरावजी से मिलने आए और उन्हें अपने घर आने का आग्रह करने लगे। यशवंतरावजी ने मुझे पास बुलाया और उस मित्रवर से परिचय करा दिया, फिर कहा, ''ये हमारे योजना प्रमुख हैं, जरा इनसे चर्चा कर समय निश्चित कीजिए, तब मैं आ सकूँगा।'' मैंने उन्हें दिन भर की व्यस्त दिनचर्या विस्तार से बता दी, तब वे समझ गए कि यशवंतरावजी का घर आना संभव नहीं है, और फिर उन्होंने यशवंतरावजी से कहा, ''घर आना अभी संभव नहीं लगता है।'' यशवंतराव ने क्षमा-याचना की। समय-समय पर आने वाले निमंत्रणों के संबंध में स्वयं निर्णय न लेते हुए योजना प्रमुख पर निर्णय सौंप देना ठीक होता है, यह एक अत्यंत महत्त्वपूर्ण संस्कार अमिट रूप में मन पर अंकित हुआ। जिस पर जिम्मेदारी दी गई है, उस व्यवस्था के संबंध में उस कार्यकर्ता का निर्णय मानना चाहिए, इसे वे आग्रहपूर्वक कहते थे और करते भी थे।

टीम का निर्णय सर्वोपरि

मामणोली गाँव में श्रम-शिविर का आयोजन था। यशवंतराव वहाँ पूरे समय के लिए उपस्थित थे। शिविर की संचालन समिति ने यह निश्चित किया था कि शिविर का समापन यशवंतराव करें। तदनुसार राजेश ने यशवंतराव को सूचित किया। यशवंतराव ने कहा, ''मुझे लगता है, केशवराव का यह अधिकार है, उन्हें ही समारोप का काम देना अधिक उचित होगा।''

यशवंतराव के कहे अनुसार संचालन समिति में पुनः चर्चा हुई। किंतु संचालन समिति ने यह तय किया कि सभी कार्यकर्ता जिसे पहचानते हैं और

जो सभी को जानता हो, उसे ही समापन करना चाहिए; संगठन के भावी कार्य के लिए भी वह उपयुक्त होगा, इसलिए समारोप यशवंतराव को ही करना चाहिए। तब यशवंतराव ने कहा, "समारोप मैं करूँ, तुम लोगों ने यह निर्णय लिया है न! फिर ठीक है, मुझे तुम्हारा निर्णय स्वीकार है।"

प्राध्यापक, केंद्रीय सर्वोच्च कार्यकर्ता होने पर भी उन्होंने अपना मत अंतिम है, ऐसा कभी नहीं कहा। सदा सामूहिक निर्णय को स्वीकार किया।

जगमित्र

समाज के विभिन्न क्षेत्रों में राष्ट्रीय विचारों से काम करनेवाले कई संगठनों के अ.भा. स्तर के कार्यकर्ता मुंबई में इकट्ठा होते हैं। उनमें से कोई मजदूरों के संबंध में, तो कोई समाज के अन्य वर्ग के संबंध में विचार करता है। यशवंतराव मुझे ऐसी ही बैठकों में मिलते थे। यशवंतराव प्राध्यापक कार्यकर्ता थे, मुंबई जैसे शहर में एक विख्यात महाविद्यालय में अंग्रेजी विषय के विभाग प्रमुख थे। चालीस वर्ष की आयु पार कर चुके थे, फिर भी उनका मिलना-जुलना पंद्रह-सोलह वर्ष के युवकों से ही होता है। मेरे मन में हर समय यह प्रश्न पैदा होता था कि क्या यशवंतराव के साथ बातें करने में, अपने हृदय की गहराई में छिपे भावों को प्रकट करने में वे युवक संकोच का अनुभव नहीं करते होंगे?

परंतु ऐसा ध्यान में आया कि यशवंतरावजी के रहन-सहन, व्यवहार में जो सहज-सुलभता एवं जिज्ञासा-वृत्ति थी, उससे हर एक को वे अपने 'मित्र' प्रतीत होते थे, जहाँ संकोच का, कृत्रिम बड़प्पन का भाव नहीं रह जाता है।

समयपालन

शिविर प्रारंभ हो चुका था। एक सत्र के बाद चाय-पान के लिए छुट्टी हुई। सभी चाय पीने के लिए चल पड़े, फिर भी अभी चाय आने में देर थी। थोड़ी देर बाद चाय का वितरण शुरू हुआ। यशवंतराव ने भी कतार में खड़े

प्रत्येक व्यक्ति महत्त्वपूर्ण है, फिर भी अनिवार्य नहीं है।

रहकर चाय का गिलास लिया। चाय बहुत गरम थी। इतने में सीटी बज गई और अगले सत्र के प्रारंभ होने की सूचना दी गई। यशवंतराव ने जरा इधर-उधर देखा और पास खड़े कार्यकर्ताओं के ध्यान में नहीं आए, इस ढंग से पीने के पानी का गिलास हाथ में लेकर थोड़ा ठंडा पानी चाय में मिला दिया। अब चाय ठंडी हो गई। उसे झट से एक घूँट में पी लेना संभव हो गया। साथ ही सत्र के समय का पालन करना भी सरल हो गया। फिर भी यशवंतराव का यह कार्य मैंने आँख के कैमरे में कैद कर लिया और दिमाग में विचारों का फ्लैश चमक गया। समय की पाबंदी के लिए वे अपने प्रति कितने कठोर थे, इसका साक्षात्कार हो गया।

❖❍❖

कई दिनों बाद एक-दूसरे से मिलने पर गपशप, हँसी-मजाक आदि में हम मस्त थे। विद्यापीठ विभाग के कई प्राध्यापक एवं स्थायी कार्यकर्ता बैठक के लिए उपस्थित थे। सुबह ९ से ११:३० तक प्रथम सत्र था। बाहर से भी कुछ लोग आ रहे थे। ८:३० तक वितरण चालू रखा जाए। नाश्ता समाप्त होकर ९:१४ बजे बैठक शुरू होगी। आधा घंटा देर से बैठक शुरू होने पर भी बैठक समय पर शुरू हो गई, ऐसा माननेवालों में हम भी थे।

ठीक ८:५५ बजे यशवंतराव मेरे पास आए। क्या मेरी घड़ी ठीक है? क्या उस में ८:५५ ही बजे रहे हैं? थोड़ी देर से समझनेवाला मैं इन प्रश्नों का अर्थ तुरंत समझ गया। यशवंतराव कहना चाह रहे थे—बैठक ९:०० बजे शुरू होगी। नाश्ते का वितरण रोक देना चाहिए।

मैं अचंभित था! इतने अतिरथी-महारथी लोग और नाश्ता बंद कर दें! कुछ लोग जो सीधे बस स्टैंड से आ रहे थे। क्या उन्हें चाय भी न देकर सीधे बैठक स्थान पर भेज दें? बैठक जरा दस-पंद्रह मिनट देर से शुरू होगी तो क्या बिगड़ जाएगा? मेरे चेहरे के भावों को यशवंतराव ने तुरंत पकड़ लिया।

कुछ बहाना करते हुए वे कार्यकर्ताओं के एक बड़े समूह में जाकर खड़े हो गए। थोड़ी देर वहाँ किसी से कुछ बातचीत करते हुए घड़ी की ओर देखा और हड़बड़ाहट दिखाते हुए डायरी-पेन उठाकर तुरंत सभागृह की ओर चल पड़े। रास्ते में एक-दो लोगों को धक्का भी लगा।

अचानक चमत्कार हुआ, मानो किसी ने जादू की छड़ी छुआ दी हो। सभी कार्यकर्ताओं ने जल्दी से चाय-नाश्ता खत्म किया और बहुत तेजी से, करीब-करीब दौड़ते हुए सभागृह की ओर चल पड़े। बैठक की क्या व्यवस्था है, यह देखते हुए यशवंतराव अपने स्थान पर बैठे तब तक प्राध्यापक एवं स्थायी कार्यकर्ता सभाकक्ष में पहुँच चुके थे।

गत रात्रि में मंत्री से हुई अपनी बातचीत का मुझे स्मरण हो आया। कार्यकारिणी की बैठक समय पर प्रारंभ होने के संबंध में मैंने आधे घंटे का भाषण दिलाया था। जो काम मेरे आधे घंटे के भाषण से साध्य नहीं हुआ, वह यशवंतरावजी के केवल १५-२० सेकंड के कार्य से पूरा हो गया था।

स्वयं के कर्म में संदेश देने की कितनी जबरदस्त ताकत होती है, यह देखकर मैं अचंभित था। यशवंतरावजी के जीवन-व्यवहार में एक सहज-स्वाभाविक 'समय की पाबंदी' की स्पष्ट झलक देखने को मिलती थी।

व्यय का विवेक

यशवंतराव सोलापुर शहर में संघ के प्रचारक थे। उस दौरान उनका एक पोस्टकार्ड मुझे मिला। तहसील प्रवास में कैसी योजना हो, इसके संबंध में कई विचार प्रकट किए गए थे। पोस्टकार्ड देखकर एक बात मुझे बहुत अच्छी लगी कि उन्होंने उस पोस्टकार्ड का पूरा उपयोग किया था। अत्यंत सुवाच्य अक्षरों में लिखा पत्र मुझे बहुत कुछ सिखा गया। उसके बाद आए प्रत्येक पत्र से मेरे ध्यान में आ गया कि पोस्टकार्ड के दोनों ओर कितनी पंक्तियाँ हो सकती हैं, इसका एक निश्चित आकलन उन्होंने किया होगा।

सामाजिक धन का विनियोग कितनी बारीकी से किया जा सकता है, यह उनके पोस्टकार्ड लिखने के तरीके से ध्यान में आता था।

विद्यार्थी परिषद् के एक कार्यकर्ता ने अपने अनुभव को शब्द रूप देते हुए कहा है—"परिषद् के कार्य के लिए मुझे कई बार मुंबई जाने का अवसर मिलता था। दो-चार बार केलकरजी के साथ एक स्थान से दूसरे स्थान जाने

संगठन में पद यह अधिकार नहीं जिम्मेदारी होती है।

का प्रसंग आया। साथ में चलनेवाले कार्यकर्ताओं के मन में विचार आता था कि हमें समय बचाने के लिए टैक्सी से यात्रा करनी चाहिए। साथ ही सभी को यह भी लगता था कि केलकरजी इस सुझाव को पसंद नहीं करेंगे। इसलिए हम चुपचाप बस-स्टॉप या स्थानीय रेलवे स्टेशन की ओर चल पड़ते थे। यशवंतरावजी के जीवन-व्यवहार से यह सीखने को मिलता है कि सामाजिक कार्यकर्ता कितने भी बड़े पद पर क्यों न हो, उसे यथासंभव कम खर्चीला होना चाहिए।

❖○❖

किसी-न-किसी बहाने यशवंतराव के घर मेरा आना-जाना होता रहता था। उनके साथ इधर-उधर की बातें होती थीं। एक समय सहज ही मैंने उनसे पूछ लिया, "यशवंतराव, घर का यह फर्नीचर अब पुराना हो गया है, इसे बदलकर नए ढंग का बढ़िया फर्नीचर क्यों नहीं लाते? और घर में ऑइल पेंट कराने से वह खूब अच्छा लगेगा।" मेरी ओर देखकर, आँखें बंद करके वे कौतूहल से हँस दिए और तुरंत ही गंभीर होकर बोले, "अनंतराव, तुम जैसा कह रहे हो, वैसा करने में कोई दिक्कत नहीं है, फिर भी दो मुद्दे हैं। एक मुद्दा यह है कि बचे हुए पैसे कभी किसी कार्यकर्ता की कठिनाई दूर करने के काम में आ जाते हैं; और दूसरी महत्त्व की बात यह है कि मेरे घर आनेवाले किसी भी कार्यकर्ता को संकोच या घुटन महसूस न हो, घर का वातावरण ऐसा होना चाहिए। घर की भड़कीली बहुमूल्य वस्तुओं से आनेवाले व्यक्ति को बोझ सा मालूम होगा। इसलिए मैं सीधा-सादा ही रहना पसंद करता हूँ।"

❖○❖

प्रदीर्घ बैठक सफलतापूर्वक संपन्न हुई। सभी कार्यकर्ता 'चार्ज' हो गए थे। हम सभी प्रमुख कार्यकर्ता थे। लौटते समय रेल का आरक्षण नहीं था। भयंकर भीड़ थी, इसलिए गाड़ी आते ही यशवंतराव को लेकर डिब्बे में चढ़ने का प्रयास करने लगे। किसी ज्येष्ठ कार्यकर्ता ने कहा, "सर को भीड़ में जाने की क्या जरूरत है? कल की गाड़ी से बर्थ का आरक्षण करा देंगे।" यशवंतरावजी ने तुरंत कहा, "नहीं, नहीं! बिल्कुल नहीं। मैं छुट्टी नहीं ले

सकता। मेरा समय पर पहुँचना आवश्यक है।'' और देखते-ही-देखते भीड़ में घुसकर यशवंतराव डिब्बे में चढ़ गए। गाड़ी चल पड़ी तो धीरे-धीरे सब यहाँ-वहाँ खिसककर बैठ गए। हँसी-मजाक में यशवंतराव भी सहभागी हुए। कुछ समय इधर-उधर की बातें करने के बाद यशवंतराव भी अकेले बैठकर जागते रहे। अन्य लोग नींद लेने लगे। यशवंतराव ने झोले से किताब निकाल ली और दूसरे दिन कक्षा में पढ़ाने के लिए नोट्स तैयार करने लगे। अपनी नौकरी के संदर्भ में उनकी इतनी निष्ठा, जागरूकता ने कई कार्यकर्ताओं को जीवन की नई दृष्टि का बोध करा दिया। हम सामाजिक कार्य करते हैं, इसलिए अन्य कार्यों में ढिलाई करना उचित नहीं है, यह भी हमारे ध्यान में आ गया।

मिलनसार वृत्ति

मैं बड़ा नटखट कार्यकर्ता था। एक बार मैंने यशवंतरावजी की सहनशीलता को परखने की योजना बनाई। होली का अवसर था, वैसे भी इस अवसर पर नटखटपन पर कोई रोक नहीं होती है। अपने जैसे ५-६ फूहड़ कार्यकर्ताओं को लेकर मैं रात को बारह बजे यशवंतरावजी के घर पहुँचा। सबसे आगे मैं था। दरवाजे पर पहुँचते ही मैंने घंटी बजाई। यशवंतरावजी ने दरवाजा खोला और उसी क्षण मैंने उनके चेहरे पर रंग मल दिया। मुझे उम्मीद थी कि अब उनका चेहरा तमतमा उठेगा, क्रोध से वे आगबबूला हो जाएँगे। परंतु ऐसा कुछ भी नहीं हुआ। उन्होंने सभी को अपने हाथ से चाय बनाकर पिलाई। मैं मन-ही-मन लज्जा से जमीन में गढ़ा जा रहा था। स्वयं परीक्षक ही परीक्षा में फेल हो गया था। 'मैंने किस महामानव की परीक्षा ली' यह सोचते हुए मैं पछता रहा था। हर मनुष्य को सदा सबके लिए स्वागतशील, हँसमुख होना चाहिए , ऐसा आदर्श उदाहरण उन्होंने हमारे सम्मुख उपस्थित किया था। संत एकनाथ की सहनशीलता मानो उनमें समा गई थी।

प्रत्येक कार्य के लिए कार्यकर्ता चाहिए और प्रत्येक कार्यकर्ता को कार्य चाहिए।

पद और दायित्व

यह तब की घटना है जब यशवंतराव संघ के प्रचारक थे। कुछ स्वयंसेवक सैर करने गए थे। किसी ने वहाँ के तालाब में तैरने का सुझाव दिया।

सभी तालाब में कूद पड़े। यशवंतराव जरा सँभलकर ही तैर रहे थे। शायद वे अच्छी तरह से तैरना नहीं जानते थे। हमारे साथ आया एक नया स्वयंसेवक जरा नटखट स्वभाव का था। उसने अचानक यशवंतराव को गहरे पानी में खींच लिया और मजाक के तौर पर उनका सिर पानी में डुबो दिया। यशवंतराव घबरा गए और पानी में डूबने लगे। प्रारंभ में सबको मजा आया, लेकिन बाद में ध्यान में आया कि वे सचमुच डूब रहे हैं, तब उन्हें खींचकर बाहर निकाला। उनके नाक-मुँह में पानी भर गया था। कुछ समय तक वे शांत लेटे रहे। थोडी देर बाद उठकर खड़े हो गए और पूछने लगे, "अगला कार्यक्रम क्या है?" जिसने उन्हें डुबोया था, उसके साथ भी वे हँसी-मजाक करते हुए बातचीत करने लगे। कहीं भी क्रोध नहीं, आक्रोश नहीं। वह कार्यकर्ता पूरी तरह लज्जित हो गया। यशवंतराव से मैंने पूछा, "आप उसे कुछ भी नहीं कह रहे हैं?"

यशवंतरावजी ने कहा, "अरे! उसने तो मित्र समझकर मेरे साथ थोड़ा मजाक किया था। भला इसमें नाराज होने की क्या बात है?" वे प्रचारक हैं, इसका जरा भी अहंकार उनमें कभी नहीं देखा गया।

सामान्य स्वयंसेवक

हमारे विभाग के कार्यकर्ताओं की बैठक चल रही थी। प्रमुख विषय था विस्तारक योजना, अर्थात् कार्य के विस्तार के लिए घर से दूर किसी अपरिचित नए स्थान पर जाकर कुछ दिन रहना और वहाँ संगठन का काम करना। बैठक में यशवंतरावजी और ज्येष्ठ कार्यकर्ता प्रा. अनिलराव उपस्थित थे। उन दिनों अनिलराव राष्ट्रीय अध्यक्ष थे। पद्धति के अनुसार बैठक का प्रारंभ सामूहिक गीत से हुआ। बाद में सभी अपना-अपना परिचय देने लगे। नए अध्यक्ष साधारण कार्यकर्ता के साथ सहज भाव से बैठे थे। परिचय देने

की बारी आई तो आदरयुक्त भाव से परिचय कराने के लिए मैं उठने लगा। तब उन्होंने हाथ से इशारा करते हुए मुझे रोक दिया और स्वयं साधारण कार्यकर्ता की तरह अपना परिचय देने लगे, "मेरा नाम अनिल, मैं···उपनगर में रहता हूँ, मैं···विभाग का कार्यकर्ता हूँ। मुझे अखिल भारतीय अध्यक्ष पद की जिम्मेदारी सौंपी गई है।"

हम सभी यह परिचय सुनकर चौंक पड़े। एक विशाल अखिल भारतीय संगठन का अध्यक्ष एक साधारण छोटी इकाई के कार्यकर्ता के रूप में परिचय दे रहा था।

उसी बैठक में उचित समय आने पर यशवंतरावजी ने स्पष्ट किया, "देखो, संगठन में कितनी भी बड़ी जिम्मेदारी प्राप्त हो, फिर भी हमें यह नहीं भूलना चाहिए कि हम पहले एक साधारण कार्यकर्ता हैं। Think globally, but act Locally. वैश्विक विचार अवश्य रखें, फिर भी स्थानीय परिवेश के अनुरूप व्यवहार होना चाहिए।"

इस संदर्भ में राष्ट्रीय स्वयंसेवक संघ के सर्वोच्च पदाधिकारी परम पूजनीय सरसंघचालक गोलवलकर 'श्रीगुरुजी' का स्मरण होना स्वाभाविक है। गुरुजी स्वयं इस घटना का उल्लेख करते थे। जब वे नए स्थान पर आते तो दिन भर उनसे मिलने वालों का ताँता लग जाता था, आबाल-वृद्ध सभी उनके दर्शनार्थ पहुँचते थे। एक दिन एक बाल स्वयंसेवक उनसे मिलने आया। कई लोग आते और बातें करके चले जाते थे। कुछ देर बाद स्वयं गुरुजी ने उस बालक से पूछा, "कहो बेटे! बहुत देर से चुपचाप बैठे हो, तुम्हें क्या चाहिए?"

बालक ने तुरंत कहा, "गुरुजी, मैं आपको अपनी शाखा पर आने का निमंत्रण देने आया हूँ। आप आइए; और हाँ, समय पर जरूर आइए।"

आखिरी वाक्य सुनकर वहाँ उपस्थित सभी बंधु हँस पड़े। श्रीगुरुजी ने भी हँसते हुए कहा, "हाँ-हाँ, जरूर समय पर आऊँगा।" वह अबोध बालक हँसी का कारण नहीं समझ पा रहा था, परंतु उसकी सहजता ने श्रीगुरुजी को

कुछ व्यक्ति प्रश्न उपस्थित करते हैं, कुछ स्वयं ही प्रश्न होते हैं और कुछ उत्तर होते हैं। हम उत्तर बनें।

प्रभावित कर दिया था। समय पर पहुँचने का आश्वासन देकर श्रीगुरुजी ने अन्य उपस्थित जनों को अप्रत्यक्ष रूप से यह बता दिया था कि लोग उन्हें सर्वोच्च जरूर मानते हों, फिर भी वे एक साधारण स्वयंसेवक हैं। संघ स्थान पर समय पर पहुँचनेवाले श्रीगुरुजी को देखकर उपस्थित स्वयंसेवकों पर कितना गहरा संस्कार हुआ होगा, इसकी कल्पना ही बड़ी सुखद है।

व्यक्ति विवेक नहीं

सन् १९७५ में दिल्ली में राष्ट्रीय अधिवेशन भरपूर उत्साह से चल रहा था। सुबह के एक सत्र में यशवंतराव को मंच पर आमंत्रित किया गया। यशवंतराव सभा मंच की ओर बढ़े और स्वाभाविक रूप से पूरे सभागृह में 'यशवंतराव केलकर जिंदाबाद, देश का नेता कैसा हो, यशवंतराव जैसा हो' नारे गूँजने लगे।

ये नारे सुनकर यशवंतराव असहज हुए। शीघ्रता से चलते हुए मंच पर खड़े हो गए और बाएँ हाथ में रखी डायरी बगल में दबाकर दाहिना हाथ ऊपर उठाकर हजारों युवकों को शांत रहने का संकेत किया। क्षणार्ध में सारा पंडाल शांत हो गया। उनके चेहरे के भाव कह रहे थे। 'जय-जयकर व्यक्ति की नहीं, देश की होनी चाहिए।' 'मैं महाउदधि का एक बिंदु, मेरा कोई व्यक्ति विवेक नहीं' काव्य पंक्ति को मानो वे अपने जीवन से प्रकट कर रहे थे। ऐसे जीवन को पाकर ही संगठन एक महासागर बनता है।

सामूहिक नेतृत्व

इंदौर (मध्य प्रदेश) में राष्ट्रीय अधिवेशन हर्षोल्लास के साथ संपन्न हो रहा था। अनिच्छा से क्यों न हो, यशवंतराव उस अधिवेशन में राष्ट्रीय अध्यक्ष पद की जिम्मेदारी स्वीकार करने के लिए तैयार हुए थे। अधिवेशन के दूसरे दिन इंदौर नगर में एक शोभायात्रा निकलनेवाली थी। शोभायात्रा यानी कार्यकर्ताओं के लिए प्रचंड उत्साह का अवसर। उत्साह में मातृभूमि, राष्ट्रपुरुष और संगठन का जयघोष करते हुए नगर के रास्तों से अनुशासित विराट् छात्रशक्ति को प्रदर्शित करते हुए जुलूस निकलेगा। हाथों में संगठन के

झंडे और राष्ट्रीय समस्याओं को उजागर करनेवाली पट्टिका होंगी और अंत में यह जुलूस सार्वजनिक सभा में बदल जाएगा। शोभायात्रा में राष्ट्रीय अध्यक्ष एवं महामंत्री खुली जीप में खड़े रहेंगे। ऐसे उत्साह भरे कार्यक्रम की सभी लोग बड़ी अतुरता से राह देखते हैं।

उस दिन दोपहर के भोजन के बाद सभी प्रदेशों के कार्यकर्ता क्रम से जुलूस के लिए इकट्ठा होने लगे, नारों से पूरा वातावरण गूँजने लगा। हर प्रादेशिक भाषा में संगठन की पट्टिका लिखी गई थी, जो उस प्रदेश के अग्रभाग में रखी गई थी। मानो समग्र भारत का लघु रूप वहाँ प्रकट हो रहा था। 'भारत माता की जय' का उद्घोष करते हुए महाविद्यालयों के युवक पूरे जोश के साथ नाचते हुए आगे बढ़ने लगे। हर बार की तरह शोभायात्रा के अग्रभाग में फूलों से सजी खुली जीप भी आ गई। यशवंतराव देश की युवाशक्ति का हर्षोत्फुल्ल, चैतन्य शक्ति का साक्षात्कार करते खड़े हुए थे। मैं अधिवेशन का नियंत्रक था। मैंने यशवंतरावजी से जीप में खड़े होने की प्रार्थना की। उन्होंने हाथ से ही सूचित किया कि वे जीप में खड़े होना नहीं चाहते।"

अब मेरी सहायता के लिए और दो-तीन प्राध्यापक कार्यकर्ता भी आ गए। राष्ट्रीय अध्यक्ष होने के नाते सभी यशवंतरावजी से जीप में खड़े होने का आग्रह करने लगे। यशवंतरावजी ने अपनी खास शैली में सभी को समझाया, "देखिए, मैं वहाँ खड़े रहने के लिए मना करता हूँ, इसका आप बुरा मत मानना। बात ऐसी है कि यह शोभायात्रा अपने प्रतिनिधियों की है, राष्ट्रीय अध्यक्ष और महामंत्री की नहीं। हम आगे जरूर रहेंगे, लेकिन पैदल चलेंगे। जीप में विवेकानंदजी का चित्र होना अच्छा रहेगा। अब आप सोचिए।

नेता-अनुयायी नहीं

एक महाविद्यालय में छात्रसंघ के उद्घाटन कार्यक्रम के लिए यशवंतरावजी को प्रमुख अतिथि के रूप में आमंत्रित किया गया था। यशवंतराव स्टेशन पर पहुँचे तो विद्यार्थियों ने 'यशवंतराव केलकर जिंदाबाद' के नारे लगाए। उनके ठहरने की व्यवस्था एक बड़े स्थानीय होटल में की गई थी।

स्टेशन से यशवंतराव को होटल ले जाया गया। वहाँ प्रमुख कार्यकर्ता से बातें करते हुए उन्होंने कहा, ''देखो, इतना सबकुछ करने की आवश्यकता नहीं थी। मैं तुम्हारे में से किसी एक के घर पर रह सकता था। इसी तरह यह 'जिंदाबाद' आदि कुछ अच्छा नहीं लगता। हम सब कार्यकर्ता हैं, कोई नेता-अनुयायी नहीं हैं।''

यशवंतरावजी ने सादगी और सहजता का महत्त्व समझाने का पूरा प्रयास किया।

कार्यपद्धति

'जनसंगठन-शास्त्र' एवं वर्तमान 'प्रबंध-शास्त्र' की परिभाषा में 'यशवंतरावजी द्वारा विकसित कार्यपद्धति' एक अनुसंधनयोग्य विषय बन सकता है।

संगठन की रचना, व्यक्तियों के पारस्परिक संबंध तथा पूरकता, उनकी तथा संगठन की वैचारिक स्पष्टता एवं प्रतिबद्धता, दर्शन एवं व्यवहार का सामंजस्य, सिद्धांतनिष्ठा के साथ मानवीयता का समन्वय, अर्थात् विचार-दर्शन होते हुए भी, यह एक मनुष्यों का संगठन-कार्य होने की व्यावहारिक अनुभूति के कारण 'संयोग व संतुलन' आदि विभिन्न पहलू इस कार्यपद्धति में निहित हैं।

प्रत्येक अखिल भारतीय संगठन का एक अपना संगठनात्मक ढाँचा होता है। परिषद् की रचना प्रदेश तथा उनके अंतर्गत शाखाओं में विकेंद्रित है, जिसकी लघुतम इकाई नगर में स्थित प्रत्येक महाविद्यालय होता है। इन शाखाओं के कार्य का समन्वय एवं सुचारु संचालन हेतु जिलों एवं विभागों (विश्वविद्यालय के अधिकारक्षेत्र से समकक्ष) के अनुसार व्यवस्था की जाती है। यशवंतरावजी की धारणा थी कि इनमें से प्रत्येक घटक-इकाई का कार्य पूरे वर्ष भर के लिए चलना चाहिए। सामाजिक संस्थाओं के नियमों के अनुसार 'इकाई-गठन' की जैसी संवैधानिक प्रक्रिया होती है, उसी प्रकार परिषद् में भी प्रायः कई स्थानों पर वर्षारंभ के समय सदस्यता-भरती, आगे अध्यक्ष एवं मंत्री का चयन, कार्यकारी परिषद् की नियुक्ति—इसी प्रकार

इकाई का गठन होता है। इस प्रक्रिया के अनुसार इकाई का गठन होने के पूर्व कार्य प्रारंभ नहीं होता, अर्थात् सदस्यता-भरती का प्राथमिक कार्य ही लंबा खींचा जाने पर न इकाई बन पाती है, न कार्य प्रारंभ हो पाता है। अत: यशवंतरावजी की मान्यता थी कि अपना कार्य एक निरंतर व्यवस्था के अंतर्गत होने के कारण जो इकाई वर्ष भर नियमित रूप से कार्यरत है, उसका अगले वर्ष का कार्य-संचालन या अस्तित्व भी नए सिरे से कार्यकारिणी का गठन होने तक रुका रहना ठीक नहीं। सदस्यता-भरती, पदाधिकारियों का चयन, कार्यकारिणी की नियुक्ति आदि प्रक्रियाएँ निरंतर चलनेवाले कार्य का एक अंश मात्र होता है, प्रत्यक्ष काम की रचना-योजना-वृद्धि-विकास कार्यकर्ताओं की सामूहिक जिम्मेदारी पर निर्भर होती है। उसी में से कोई एक अध्यक्ष बनेगा, कोई मंत्री, किंतु उसकी औपचारिकता पूरी होने तक कार्य का रुकना या विलंब होना उचित नहीं; अर्थात् निरंतर कार्यरत प्रत्येक इकाई का कार्य या रचना प्रतिवर्ष पुन: इकाई-गठन की प्रक्रिया पूरी होने पर निर्भर रखना, यशवंतरावजी की मान्यताओं के विपरीत था।

मानवीयता

इस पृष्ठभूमि में उनके द्वारा की गई व्यक्ति-व्यक्ति की परवरिश, एक विरोधाभास लगती थी। वे कार्यकर्ता को यंत्र का पुर्जा नहीं, एक मानवीय इकाई मानते थे। उनका आग्रह था कि उसे मनुष्य के रूप में ही समझ लेना आवश्यक है। इसी धारणा के कारण वे प्रत्येक कार्यकर्ता के अंतरंग में प्रवेश कर उसे उदार आदान-प्रदान का अवसर दे सके। हरेक को विश्वास था कि अपने से बड़ी-से-बड़ी गलती होने पर भी, वे उसे माँ के समान क्षमा करेंगे। साथ-साथ वे उसका आत्मविश्वास भी जगाते थे कि तुम कुछ कम नहीं हो। कठिन समय आने पर किसी भी अपूर्ण, अज्ञानी या दोषी कार्यकर्ता की भी उन्होंने सहायता की, उसके लिए अपना घंटों समय एवं सीमित कमाई के रुपए भी खर्च किए, ऐसे मौके पर उस कार्यकर्ता की कार्य में उपयोगिता (Utility) वाली अमानवीय कसौटी न उन्होंने लगाई, न उस सहायता के न लौटाने की संभावना आड़े आने दी। कानोकान खबर न लगने देते हुए उन्होंने

व्यक्ति को सँभाला, मानवीयता को सँजोया। मानवीय दृष्टि के इस महायज्ञ में कइयों ने प्रसाद पाया, किंतु उन्हें पता तक नहीं चला कि दे कौन रहा है।

मानवीयता की कला और संगठनशास्त्र के अनोखे समन्वय से ही उन्होंने कार्यनिष्ठ कार्यकर्ताओं की श्रृंखला खड़ी की। यशवंतरावजी के मानवीय सहारे के अभाव में कई सक्षम कार्यकर्ता आज अपनी-अपनी व्यक्तिगत दुनिया में गुम हो गए होते। उससे उनकी एवं देश की असीमित हानि हो जाती। उनके लिए यशवंतरावजी की कठोर कर्तव्यपरायणता के साथ घुली हुई असीम क्षमाशीलता का अद्‌भुत रसायन, संजीवनी मंत्र के समान अमृतमयी सिद्ध हुआ। उन सभी कार्यकर्ताओं के जीवनों को स्नेहवर्षा से भर देने के बाद भी जो शेष रहा, वह यशवंतरावजी का व्यक्तित्व नहीं, संपूर्ण परिषद् एवं उसकी विचारधारा! मनुष्य जुड़ गया यशवंतरावजी के कारण, किंतु उसके हृदय में कृतज्ञता का भाव जगा 'राष्ट्रवादी विचार के साथ प्रतिबद्धता' के रूप में। उसे मानवीयता का सहायक हाथ देते हुए यशवंतरावजी ने स्वयं के व्यक्तित्व को परिचयहीन (Faceless) बना डाला। व्यक्ति बाँधा अपने कृतित्व से, किंतु उसे जोड़ा दर्शन, संगठन एवं ध्येयनिष्ठा से। उनकी धारणा थी कि किसी महान् कार्य में प्रत्येक व्यक्ति का महत्त्वपूर्ण स्थान अवश्य है किंतु कोई भी व्यक्ति अपरिहार्य नहीं होता, इसका एहसास प्रत्येक को होना चाहिए। 'Everybody is important, but nobody is indispensable'.

'व्यक्ति कुछ भी नहीं, किंतु मनुष्यता सब कुछ है' इस धारणा में निहित विरोधाभास हृदय को छूनेवाला है, अतुलनीय है। यही यशवंतरावजी की कार्यपद्धति की नींव थी। टीमवर्क, उसके सदस्यों की पारस्परिक संवेदना, पारदर्शी प्रामाणिकता, निज-व्यक्तित्व की समाप्ति, मानवीयता को सँजोना आदि के फलस्वरूप परिषद् में कभी भी, कार्यकर्ता का उपयोग कर उपयोगिता घटने पर उसे फेंक देनेवाला 'उपयोगितावाद' नहीं पनपा। यहाँ मनुष्य का केवल सुविधा हेतु एवं उसकी क्षमता के अनुसार उपयोग नहीं किया जाता, उसकी मानवीयता को देवत्व की ओर ले जाने का प्रयास होता है।

व्यक्ति-संगठन समरूपता

यशवंतरावजी की इच्छा के विरुद्ध उनकी षष्टिपूर्ति अर्थात् साठ वर्ष पूर्ण होने के उपलक्ष्य में देश भर में बड़े उत्साह से कार्यक्रम आयोजित किए जा रहे थे। संगठन की आज्ञा मानते हुए विवश होकर किंतु पूरी तरह अलिप्त रहकर साक्षी भाव से वे कार्यक्रमों में सहभागी हो रहे थे।

इस शृंखला में कार्यक्रम का अंतिम समारोह पुणे शहर में बालगंधर्व रंगमंदिर में आयोजित किया गया था। राष्ट्रीय स्वयंसेवक संघ के तत्कालीन सरसंघचालक परमपूजनीय बालासाहब देवरस इस कार्यक्रम के प्रमुख अतिथि थे। सभागृह खचाखच भरा हुआ था। यह कार्यक्रम उत्कृष्ट पद्धति से संपन्न हुआ। कार्यक्रम समाप्त होने पर सभी यशवंतरावजी को खोजने लगे। वे कहीं दिखाई नहीं दे रहे थे। बाद में पता चला कि वे बाहर सभागृह के दरवाजे पर खड़े रहकर कार्यक्रम में आए अतिथियों को विदा कर रहे थे। 'विद्यार्थी परिषद् के कार्यक्रम में आप आए। ऐसा ही स्नेह विद्यार्थी परिषद् को देते रहिए।' वे कह रह थे।

'यह मेरा सत्कार कार्यक्रम' है, ऐसा जरा भी विचार उनके मन में नहीं था। मन में ऐसे सरल भाव होना प्राय: दुर्लभ है।

सहयोगी

यशवंतराव आज मेरी शाखा पर आनेवाले हैं, यह समाचार मेरे लिए आनंददायी था। मेरी शाखा में विभिन्न जातियों के लड़के बेझिझक आते थे। यहाँ एकरस समाज का अनोखा दर्शन था। वे रोज खूब लड़ते-झगड़ते भी थे। आगे कौन खड़ा होगा, इसलिए रोज लड़ाई होती थी। मैं बहुत त्रस्त हो जाता था। यशवंतराव हमारे जिला संघ प्रचारक थे। हमारा उनके प्रति विलक्षण आकर्षण था। निश्चित समय पर शाम को यशवंतराव का आगमन हुआ। वे एक घंटा शाखा में रहे तथा सबकुछ देखते रहे। अंत में प्रार्थना हुई। लौटते समय मैंने उनके सामने परेशानी प्रस्तुत की। "यशवंतराव, मैं इनके लड़ाई-झगड़े से ऊब चुका हूँ। इन्हें कैसे सुधारूँ, मेरी समझ में नहीं आ रहा है।"

We are on the same rope.

यशवंतराव ने समझाया, "विजय, तुम्हारी शाखा में विभिन्न जातियों के लड़के आते हैं, यह बहुत उत्साहवर्धक है, यह बड़ा सुयश है। भले ही लड़ाई-झगड़े होते हैं, फिर भी उनमें समरसता है। तुम्हें चिंता करने की कोई आवश्यकता नहीं है। मस्ती करनेवाले लड़कों के खेल में स्वयं लूँगा। देखें, कोई रास्ता अवश्य निकल आएगा।" और मैं फिर निश्चिंत हो गया।

पहल

अ.भा. विद्यार्थी परिषद् के रजत जयंती महोत्सव के उपलक्ष्य में जोरों से तैयारी चल रही थी। सभी बड़े उत्साह से काम में जुटे हुए थे। लगभग पूरी तैयारी हो चुकी थी। निमंत्रण पत्रिका छपकर आ गई थी। ३५० निमंत्रण पत्रिकाएँ हाथ में आने पर ध्यान में आया कि उसमें प्रमुख अतिथि का नाम गलत छप गया है। सभी असमंजस में पड़ गए। क्या करें? इतनी सारी निमंत्रण पत्रिकाएँ कैसे ठीक करें? सभी के सामने यह एक बड़ा प्रश्न था। यशवंतराव भी वहाँ उपस्थित थे।

इतने में यशवंतराव नीचे बैठ गए। उन्होंने पत्रिका की एक गड्डी सामने रखकर उसे ठीक करना प्रारंभ कर दिया। देखते-ही-देखते सभी कार्यकर्ता काम में लग गए और सभी निमंत्रण पत्रिकाओं को ठीक कर दिया गया।

यशवंतरावजी ने काम में प्रत्यक्ष सहभागिता दिखाते हुए यह रहस्य उजागर कर दिया कि सामूहिक प्रयास से कोई भी काम पूरा हो सकता है और यश प्राप्त होता है।

समस्या का समाधान बनें

महाविद्यालय में स्नेह सम्मेलन का दिन निकट आ रहा था। विद्यार्थियों की विभिन्न तैयारियाँ उत्साह से चल रही थीं। यशवंतरावजी का रंगमंच से कभी संबंध नहीं रहा, फिर भी वे परदे के पीछे के महान् कलाकार थे। स्टाफ रूम में स्नेह सम्मेलन की तैयारी के संदर्भ में बैठक चल रही थी। एक

One for all; all for one!

सज्जन कह रहे थे, "कार्यक्रम में प्रतिवर्ष ४० से १००' विद्यार्थी सम्मिलित होते हैं। इन कलाकारों के चायपानी-नाश्ते की व्यवस्था महाविद्यालय की कैंटीन में होती है, किंतु प्रतिवर्ष छात्र उसमें बहुत धाँधली करते हैं। बदमाशी होती है, अनुशासनहीनता के चलते सबकुछ अनियंत्रित हो जाता है। खर्च भी ज्यादा होता है और किसी को भी संतोष नहीं होता है।"

यशवंतरावजी ने उन्हें बीच में ही रोककर कहा, "गड़बड़ी होती है, इसलिए विद्यार्थियों को दोष दोना ठीक नहीं है। हम कुछ नया रास्ता निकालेंगे।"

"किस नए रास्ते की बात आप कर रहे हैं, सर? यह अपने बूते की बात नहीं है, मैं पूरी तरह त्रस्त हो चुका हूँ।"

चेहरे पर चिर-परिचित हँसी बिखेरते हुए यशवंतराव उन्हें बीच में ही रोककर कहने लगे, "देखिए इस वर्ष नया प्रयोग करेंगे। क्यों न हम स्वयं ही कैंटीन की व्यवस्था करें, ताकि कोई गड़बड़ी न हो।" यह सुझाव सुनकर सभी आश्चर्यचकित रह गए और सबने देखा कि इधर स्नेह सम्मेलन के कार्यक्रम चल रहे थे, उधर स्टाफ रूम में ही एक कैंटीन सजाई जा रही थी। सभी ने देखा कि कैंटीन चलाने की जैसी आदत हो—ऐसे बड़े व्यवस्थित ढंग से छुरी से पाव को मक्खन लगाने का काम बड़े उत्साह के साथ नैशनल कॉलेज के अंग्रेजी विभाग के प्रमुख स्वयं कर रहे हैं। सभी कलाकारों का नाश्ता होने तक यशवंतराव ने न तो पाव के टुकड़े को मुँह में डाला और न ही चाय का स्वाद लिया। इतनी तन्मयता से और पूरा मन लगाकर काम करनेवाले यशवंतराव आज भी कई लोगों के मानसपटल पर अंकित हैं।

एवरीथिंग इज पीस ऑफ आर्ट यानी हर कार्य एक सौंदर्य कला है

अधिवेशन की तैयारी बड़े जोरों से चल रही थी। हर कोई दौड़-धूप में लगा था। कोई निधि संकलन, तो कोई स्वागत-समिति के गठन में व्यस्त। कोई स्मारिका के मुद्रण की तैयारी में लगा था, तो कोई अधिवेशन स्थल की व्यवस्था देख रहा था। हर कोई जी-जान से काम पूरा करने में लगा हुआ था। हर किसी को यशवंतरावजी के द्वारा पूछताछ का स्पर्श मिल रहा था, जिससे

किसी भूले हुए पहलू को पूरा करने में सहायता मिल रही थी। यशवंतरावजी ने जान-बूझकर अपने को कार्यालय समिति में जोड़कर रखा था।

डाक द्वारा निमंत्रण-पत्र भेजने थे। कार्यकर्ता लिफाफे पर पता लिख रहे थे, इतने में यशवंतराव वहाँ आ जाते हैं और दो-चार मिनट यह सब देखते हैं कि काम कैसा चल रहा है। एक कार्यकर्ता से उन्होंने कहा, ''देखो अविनाश, लिफाफे पर नाम किस तरह लिखने से वह अच्छा दिखाई देता है।'' कहते हुए उन्होंने तुरंत एक लिफाफे पर पता लिखना शुरू किया। स्वच्छ-सुंदर अक्षरों में पता लिखने की कला का मानो एक व्यावहारिक पाठ ही नए-पुराने कार्यकर्ताओं को मिल गया। एक अनौपचारिक प्रशिक्षण शुरू हुआ। यशवंतराव एक जीती-जागती, चलती-फिरती पाठशाला थे। कोई भी काम उनकी दृष्टि में तुच्छ नहीं था। हर काम को सौंदर्य प्रदान करना ही उनका जीवन-सौंदर्य था। प्रति वर्ष नए-नए कार्यकर्ताओं को छोटी-छोटी बातों का प्रशिक्षण देना यशवंतरावजी की विशेषता थी।

अनामिकता

आज मेरी वर्षगाँठ थी। जन्मदिन के अवसर पर कई कार्यकर्ता बंधु-भगिनियाँ बधाई देने आए थे। मैं आज बहुत खुश थी, क्योंकि यशवंतराव भी मेरे घर आए थे। सभी ने मुझे जन्मदिन की बधाई दी। खाना-पीना, गप-शप का दौर चलता रहा।

सभी मित्र कार्यकर्ता थे। अच्छी तरह से सजाकर, फीते में बाँधकर एक पुस्तक मेरे लिए भेंट-स्वरूप लाए थे। उसे देखने की बड़ी उत्सुकता थी। मैंने जल्दी से फीते को खींचकर उसे निकालने का प्रयास किया, परंतु गाँठ और पक्की हो गई। अंत में फीते को काटने के लिए मैं कैंची लेने दौड़ पड़ी।

यशवंतराव ने मुझे रोक दिया। वह उपहार अपने हाथ में ले लिया और बहुत कोमलता से उसकी गाँठ खोल दी। बाद में उन्होंने कहा, हर वस्तु को बहुत कोमलता से इस्तेमाल करना चाहिए। “Every thing is a piece of Art.”

हर छोटी-से-छोटी वस्तु की ओर गहराई एवं सौंदर्य दृष्टि से देखना आना चाहिए, ठीक है न!

❖○❖

यशवंतराव संघ प्रचारक के रूप में आए थे। मुझे उनकी बुद्धिमत्ता ने बहुत प्रभावित किया था। मैं उनके साथ स्वयंसेवक के रूप में उत्साह से काम कर रहा था। हमने एक बार सिनेमा देखने का विचार किया। 'बहिनच्या बांगडया' (भाभी की चूड़ियाँ) नाम की सुंदर मराठी पिक्चर थी। किसी ने कहा, 'यशवंतराव से भी पूछकर देख लेते हैं कि क्या वे चलेंगे।' वे तैयार हो गए। इतना ही नहीं, पिक्चर देखने के बाद उन्होंने एक घंटे तक उस पर रोचक चर्चा भी की।

कार्यकर्ता के पास किसी भी बात का विश्लेषण करने की क्षमता होनी चाहिए, साथ ही उसे जीवन में शुष्क-रसहीन होने की आवश्यकता नहीं है। यही सबक वे सिखाना चाहते थे।

पूर्णकालिक कार्यकर्ताओं के वर्ग में यशवंतराव एक चर्चा-सत्र संचालित कर रहे थे। चर्चा में प्रसिद्धि, प्रचार आदि विषय आए। तभी संयोग से उसी समय एक छाया चित्रकार फोटो लेने आ पहुँचा। यशवंतराव जी ने उसे तुरंत वापस चले जाने का संकेत किया। आगे विषय को स्पष्ट करते हुए उन्होंने कहा, 'कभी-कभी कुछ अवसरों पर हमारे कहने और व्यवहार करने की कृति को परखने की घड़ी जा जाती है। हमारे काम की एक विशेषता है अनामिकता, यानी प्रसिद्धि से दूर रहना। आज के युग में छायाचित्र, वीडियो चित्रण, प्रचार की स्पर्धा में तो अपने को सँभालना बहुत कठिन हो गया है।

किसी भी अनावश्यक प्रसिद्धि-प्रचार का मोह टालना ही इष्ट है, उचित है। साथ ही सामाजिक धन का विनियोग करते समय संयम रखना ठीक होगा।

सामूहिकता, अनामिकता, अनौपचारिकता, संघ-शरणता ये संगठन की विशेषताएँ हैं।

सामाजिक संवेदना

महाविद्यालय में यशवंतरावजी के एक सहकारी ने लिखा है—दो महीने पहले एक चपरासी किसी काम को लेकर मेरे घर आया था। अभी-अभी वह सेवा-निवृत्त हुआ था। उसके साथ बात करते समय यशवंतरावजी के संदर्भ में बात आते ही वह विचलित हो गया। उसकी आँखों से आँसुओं की धारा फूट पड़ी। मुसीबत आने पर यशवंतरावजी ने उसे कैसे सहायता की, यह बताकर उसने कहा कि उनके दिए हुए पैसे वह लौटा नहीं पाया, किंतु एक बार भी कभी उन्होंने पैसे लौटाने की बात उससे नहीं की।

❖❍❖

अभी मैं शालांत परीक्षा में उत्तीर्ण हुआ ही था कि सन् १९५२ में जिला संघ शिविर आयोजित होना निश्चित हुआ। मुझे सांगोला गाँव में विस्तारक बनाकर भेजे जाने की योजना बनी। मैंने बड़े उत्साह से कार्यारंभ किया, परंतु धीरे-धीरे मुझे घर की याद सताने लगी। काम में मन नहीं लग रहा था। अंत में मैंने पत्र द्वारा अपनी परेशानी यशवंतरावजी को सूचित की।

पत्र मिलते ही यशवंतरावजी तुरंत सांगोला चले आए। खुले दिल से चर्चा होने पर मैंने अपनी उद्विग्न मन:स्थिति पर नियंत्रण प्राप्त किया और पुनः उत्साह के साथ काम में जुट गया। जहाँ मैं विस्तारक बनकर गया था, उसी गाँव में संघ शिविर शुरू हुआ।

पूरी व्यवस्था का भार पड़ जाने से शरीर बुखार से जलने लगा। कार्यक्रम पूरा होने तक किसी तरह मैं कार्य में लगा रहा, परंतु उसके समाप्त होते ही मैं थकान के कारण बेहोश हो गया। हिलने-डुलने की भी ताकत नहीं रही। मैं अचेत पड़ा ही था कि मुझे लगा शरीर को मोरपंख के मुलायम स्पर्श से कोई सहला रहा है। शांत-शीतल हवा का झोंका मानो मेरे शरीर की थकान हर रहा था। आँखें खोलने की भी मुझमें शक्ति नहीं थी, फिर भी मेरे अंतर्मन ने यह समझ लिया कि ममतामयी माँ के समान यह स्पर्श यशवंतरावजी का है। किसी कुशल वैद्य से भी अधिक लाभ प्रदान करनेवाले उस अमृत स्पर्श से मेरी थकान दूर हो गई। एक संघ

प्रचारक मुझ जैसे साधारण विस्तारक की चिंता कर रहा था, मेरे लिए अद्‌भुत अनुभव भी था और मन को संस्कारिता करनेवाली घटना भी।

❖○❖

"सुरेश, तुम्हें कोंकण प्रदेश में जाना है," मालिक ने कहा और मैंने जाने की तैयारी की। किसे साथ ले जाना है, आदि पूछताछ की। मेरी वहाँ किसी से जान-पहचान नहीं थी। किसी का सम्मान होनेवाला है, इतना ही पता चला। मैंने गाड़ी को धोया और दिए पते पर उपस्थित हो गया। प्रवास शुरू हुआ। थोड़ी देर में मेरे ध्यान में आया कि उन्हीं का सत्कार है। उन्होंने स्वयं ही मेरी पूछताछ की। अन्य विद्यार्थियों में सर इतने घुल-मिल गए कि मेरे मन में उनके प्रति आकर्षण पैदा हो गया। महाड, रतनागिरि प्रवास जैसे ही पूरा होता गया, उनके और मेरे बीच में एक रिश्ता बनता गया, क्योंकि वे बार-बार बड़े प्रेम से, स्नेह से पूछताछ करते थे, जैसा मैंने आज तक नौकरी में कभी अनुभव नहीं किया था।

मजे की बात यह कि जहाँ भी हम जाते, वहाँ सर मेरा भी परिचय 'एक सहयोगी' के रूप में कराते थे। यह मेरे लिए बिलकुल नया अनुभव था। कई व्यक्तियों द्वारा किया जानलेवा मेरा स्वागत मुझे अंदर से गद्‌गद कर देता है। पत्थर जैसे कड़े हृदय का होकर भी मैं धीरे-धीरे पिघल रहा था। ऐसा लगा कि सर यानी बहता पानी का एक झरना हैं, यहाँ कोई भी आकर अपनी प्यास बुझा लेता है, दो क्षणों का साथ भी खुशी से भर देता है।

पूरे प्रवास में मुझे भी लगा कि अपनी वेदना मैं सर के सामने प्रकट करूँ। वैसे मेरा सबकुछ ठीक चल रहा था। एक ही काँटा मन में चुभता था। मेरा बेटा मंदमति था। मैंने अपनी व्यथा सर के पास कब प्रकट की, कुछ पता ही नहीं चला। प्रवास पूरा करने के बाद हम फिर से मुंबई लौट आए। मैं अपने काम में ही मग्न हो गया था। इतने में फोन की घंटी बज उठी।

कोई भी धातु पिघल सकती है (उसी प्रकार कोई भी व्यक्ति पिघल सकता है), परंतु उतनी स्नेह की ऊर्जा देना आवश्यक है।

"क्यों, सुरेश हो क्या?" दूसरी ओर से सर ही बोल रहे थे। मैंने तुरंत उनकी आवाज पहचान ली। सर, मेरे बेटे के लिए इलाज सुझा रहे थे। उन्होंने एक पता दिया, इतना ही नहीं, बीच-बीच में वे मुझसे बेटे के हाल-चाल भी पूछते रहे।

आज मेरा बेटा काफी हद तक ठीक हो गया है। एक साधारण चालक के जीवन में सर का प्रवेश मेरे लिए तो नाट्यपूर्ण था ही, साथ ही वह अति सुखद भी था। व्यक्ति को जोड़ना एक कला ही है। यशवंतराव की इस कला का आधार समाज भक्ति ही था।

❖○❖

मेरा घर गरीबी का जीता-जागता चित्र था। छत पर टीन बिछाकर मामूली झोंपड़ी का आकार दिया गया था। पीने का पानी दूर से लाना पड़ता था। बिजली का कहाँ पता था! छोटी सी बत्ती किसी तरह उजाला कर देती थी। बैठने के लिए फटा कंबल, १५ बाय १० की छोटी सी झोंपड़ी में रहने वाला मैं विद्यार्थी परिषद् के संपर्क में कैसे आ गया, कुछ पता ही नहीं चला। कार्यालय में जाने लगा। वहाँ सभी के साथ हँसी-मजाक और आपस में काम बाँट लेने की 'बीमारी' मुझे भी लग गई। रोज कार्यालय जाए बिना चैन नहीं पड़ता था। घर का सारा तनाव भूल जाता, काम में रम जाता। पिताजी एक कारखाने में मजदूरी करते थे।

माँ चार घरों में काम करके किसी तरह गृहस्थी चला रही थी। ऐसी स्थिति में यशवंतराव से कार्यालय में परिचय हो गया यानी उन्होंने ही मुझसे परिचय कर लिया। उनके प्रभावी व्यक्तित्व की छाप अनजाने में ही मन में अंकित हो गई। फिर भी मेरा स्वभाव जरा कम बोलनेवाला होने से आगे आने में हिचकता था। परिषद् का काम अच्छा लगा, इसलिए कुछ जिम्मेदारी अवश्य स्वीकार कर लेता था।

अचानक परिवार में एक समस्या खड़ी हो गई। मेरे चेहरे पर उसकी झलक साफ दिखाई देती थी। उस दिन मैं कार्यालय गया और चुपचाप एक कोने में 'फाईलिंग' करने लगा। आँखों के सामने घर की घटना का चित्र घूम रहा था। तभी सर के स्कूटर की आवाज आई। यशवंतराव अंदर

आ गए। उपस्थित सभी कार्यकर्ताओं के बीच घिरे उन्होंने मुझपर दृष्टि डाली और चिर-परिचित स्नेहपूर्ण शैली में पूछा, "क्या, तबीयत तो ठीक है न?"

मैंने यशवंतरावजी की ओर देखा। वे चेहरा देखकर ही बहुत कुछ समझ गए। उन्होंने अन्य कामों के संदर्भ में पूछताछ की और बाहर जाते समय कहा, "सुधाकर, जरा एक मिनट इधर आओ।"

मैं तुरंत उठ खड़ा हुआ। आज मुझे उनसे मिलना बेहद जरूरी था। बीस-पच्चीस मिनट वे मुझसे बात करते रहे। मैंने उन्हें घर के बारे में सब कुछ बता दिया। उन्होंने ऐसी स्थिति में मुझे क्या करना उचित होगा, वह सब बताया। इतना ही नहीं, वे स्वयं इसमें क्या कर सकते हैं, यह भी विस्तार से समझाया। और वैसा ही हुआ। चार-पाँच दिनों में समस्या का अँधेरा दूर हो गया और खुशी की सुबह हो गई।

यशवंतरावजी के किरण-स्पर्श से मेरे जैसे न जाने कितने लोगों का अँधेरा दूर हुआ। वह ऐसा निर्मल प्रकाश था, जहाँ जाति-पाँति का प्रदूषण आ ही नहीं सकता था। कार्यकर्ता के सुख-दुःख में पूरे अपनेपन, सहानुभूति से यशवंतराव सहभागी होते थे, क्योंकि वह उनका स्थायी भाव था।

❖○❖

महाविद्यालय में परीक्षा का फॉर्म भरने का नोटिस लगा दिया गया था। घर की नाजुक आर्थिक परिस्थिति के कारण फॉर्म कैसे भरा जाएगा, इस चिंता में मैं था। कॅरियर बनाने की तीव्र इच्छा के कारण मैं बहुत बेचैन था। मैंने केवल फॉर्म अपने पास लेकर रखा था और उसे पूरा भरकर वैसा ही टेबल पर रख दिया था। फॉर्म जमा कराने का दिन बिलकुल पास आ गया और मैं पैसों की व्यवस्था नहीं कर सका। दूसरे से पैसे माँगना भी मन को अच्छा नहीं लग रहा था। यशवंतराव बीच-बीच में जब भी पूछते, तब केवल 'हाँ, हूँ' करते हुए कहता, फॉर्म भरकर रख दिया है, कल उसे जमा करा दूँगा।'

अपना कार्य विचार—केंद्रित हो, व्यक्ति केंद्रित नहीं।

ऐसा उत्तर देकर मैं उन्हें टाल देता था। आखिर एक दिन उदास होकर सर को कुछ न बताकर अचानक अपने गाँव चला गया। तब मैंने फॉर्म न भरने का निश्चय कर लिया था।

दो दिनों बाद यशवंतरावजी का पत्र मिला, 'प्रिय···तुम गाँव चले गए, पता नहीं लगा। तुम्हारा फॉर्म जमा कर दिया है।' शीघ्रातिशीघ्र चले आओ। तुम्हारा यशवंत।'

कार्यकर्ता उसकी अनुकूलताओं-प्रतिकूलताओं के साथ अपना होता है। यह इस घटना से इंगित होता है।

पालक

मेहरा महाविद्यालय का परिसर युवकों की स्वाभाविक चहल-पहल से गूँज रहा था। आज छात्र चुनाव का दिन था। परिषद् के कुछ कार्यकर्ता इस चुनाव में उम्मीदवार थे। मैं वहाँ उपस्थित था। मेरे साथ प्रमुख कार्यकर्ता राहुल भी था। कई समर्थकों के साथ उम्मीदवार इधर-उधर घूम रहे थे। कभी एक-दूसरे की ओर देखकर आपस में नोक-झोंक भी हो जाती। सर्वत्र उल्लास का वातावरण था। साथ ही कुछ तनाव भी था। चुनाव प्रतिष्ठा का विषय बन गया था। चुनाव का समय जैसे-जैसे निकट आने लगा, वैसे ही तनाव भी बढ़ने लगा। नारेबाजी होने लगी। अचानक एक विद्यार्थी की चीख सुनाई दी। थोड़ी दूर भगदड़ मच गई। किसी ने छुरा भोंक दिया है, इतनी ही बात हवा की तरह सर्वत्र फैल गई। कौन जख्मी हुआ है, यह देखने और उसकी सहायता करने मैं उस घायल विद्यार्थी की ओर दौड़ पड़ा, राहुल भी मेरे साथ था। हम वहाँ पहुँचे भी नहीं थे कि इतने में पुलिस का चिल्लाना सुनाई दिया। 'पकड़ो, पकड़ो उन ए.बी.वी.पी. के लड़कों को पकड़ो।' कहीं पुलिस ने हमें ही तो खूनी नहीं समझ लिया? राहुल की ओर न देखते हुए मैं चिल्ला उठा, 'राहुल, भागो।' पास की गली से हम बेतहाशा भागे। पुलिस के हाथ में लगते तो अकारण अच्छी पिटाई हो जाती। आखिर एक मित्र की दुकान में हम दोनों ने आश्रय लिया। दिन भर वहाँ छिपे रहे। वातावरण के संबंध में कुछ पता नहीं चल

रहा था। रात्रि में दुकान बंद होने का समय आया तब उस मित्र को धन्यवाद देकर हम बाहर निकले। लेकिन आखिर कहाँ जाएँ? परिषद् के कार्यालय या पूर्णकालिक कार्यकर्ता के निवासस्थान में जाना खतरे से खाली नहीं था। अंत में लुके-छुपे हम रात्रि में बहुत देर से यशवंतरावजी के घर पहुँचे। रात्रि का एक बज चुका था। मन में प्रश्नों का तीव्र संघर्ष चल रहा था—क्या उस अर्धरात्रि में उन्हें उठाना उचित है? क्या ऐसे कठिन प्रसंग में उनके घर आश्रय मिलेगा? इसी पसोपेश में मैंने उनके दरवाज की घंटी बजाई। दरवाजा खुलते ही यशवंतराव ने चिर-परिचित स्नेहपूर्ण स्वर में स्वागत करते हुए कहा, 'अरे निशीकांत-राहुल! आओ-आओ, अंदर आओ।' हमने खड़े-खड़े ही उन्हें पूरा विवरण सुनाया और उन्हीं के घर रहने की इच्छा प्रकट की। यशवंतराव ने कहा, 'प्रसंग बहुत गंभीर है। पुलिस ने अकारण तुम पर संदेह किया है, फिर भी तुम बिलकुल चिंता न करो। निश्चिंत होकर यहाँ ठहरो। अब मैं देखता हूँ, कुछ भी हो, यहाँ तुम्हें पूरा संरक्षण है।'

उनके धीर-गंभीर आश्वासक शब्द सुने और उसी क्षण संगठन पर हमारी श्रद्धा और भी दृढ़ हो गई। हम कार्यकर्ताओं का सही दर्शन हुआ।

आत्मीयता

स्वस्थ्य ठीक न होने से मुंबई में मैं विश्रांति के लिए रुका हुआ था। एक दिन सुबह मैं जहाँ रुका हुआ था वहाँ रहनेवाले कार्यकर्ता किसी-न-किसी काम से बाहर चले गए थे। मैं अकेला नहाने के लिए पानी गरम होने की राह देखते हुए आराम कर रहा था। इतने में यशवंतराव वहाँ आ गए और नित्य की तरह प्रसन्न मुद्रा में उन्होंने मेरे स्वास्थ्य के संबंध में पूछताछ की। तभी फोन की घंटी बजी। यशवंतराव ने फोन हाथ में लिया और एक मिनट में उसे नीचे भी रख दिया। दस-पंद्रह मिनट तक वहाँ रुककर उन्होंने मेरे लिए बाल्टी में गरम पानी निकालकर रखा और कहा, 'गरम पानी निकालकर रख दिया है। तुम अब नहा लो।'

दोपहर में मुझे पता चला कि सुबह यशवंतराव ने जब फोन उठाया

था, तब उन्हें उनकी माता के देहांत की खबर सुनाई गई थी।

व्यक्तिगत दु:ख के इतने तीव्र कटु आघात को सहकर भी उन्होंने एक कार्यकर्ता की चिंता करने के विषय को अधिक प्रधानता दी। मनुष्यता के नाते इस विषय के संबंध में प्रकट होनेवाली संवेदना की कोई सीमा नहीं होती, इसका मैंने अनुभव किया।

पूर्णकालिक कार्यकर्ता के रूप में काम करनेवाले रमेश को विश्राम की सख्त जरूरत थी। यशवंतरावजी उसे विश्रांति के लिए अपने घर ले गए। उसका साथ देने के लिए मुझे भी वहाँ रहने को कहा गया। मैं भी अपना बैग लेकर उनके घर गया।

धीरे-धीरे रमेश का स्वास्थ्य ठीक होने लगा। उसे क्या चाहिए, क्या नहीं, यह देखने का काम स्वयं यशवंतराव कर रहे थे। एक दिन मैं रमेश के साथ गपशप कर रहा था। दोपहर बारह बजे का समय था। इतने में रसोईघर से रसदार तरकारी पकाने की पसंदीदा गंध आने लगी। यशवंतराव स्वयं तरकारी बना रहे थे। हम भोजन करने बैठे, तब मनपसंद स्वादिष्ट चटपटी रसेदार तरकारी देखकर हम दंग रह गए।

तब रमेश समझ गया। इसके पहले मेरे साथ बातचीत करते समय एक दिन उसने कहा था, 'सुधीर भैया! कई दिन हो गए, मैंने चटपटी रसेदार तरकारी नहीं खाई रे!' संभवत: यशवंतराव ने वह बात सुन ली थी। उस इच्छा की पूर्ति उन्होंने अपने हाथों से तरकारी बनाकर की थी। यह सच है कि आत्मीयता की कोई सीमा नहीं होती। यशवंतरावजी का स्नेह तो उच्च स्तर तक पहुँचा हुआ था।

सहसंवेदना

मैं अत्यंत प्रतिकूल परिस्थिति में शिक्षा लेनेवाला विद्यार्थी था। बड़े परिश्रम से शिक्षा पूरी करके मैं उपाधिकारी बन गया। उसके बाद निश्चय करके मैंने शिक्षा जारी रखी और पी-एच.डी. की उपाधि के लिए परीक्षा

किसी को भी गलतियाँ करने की स्वतंत्रता है, परंतु पथ्य एक ही है—वही गलती न दुहराएँ।

दी। आज उसका परिणाम आने वाला था। बड़ी उत्सुकता थी। दोपहर ३ बजे परीक्षाफल घोषित हुआ। मैं पी.एच.डी. परीक्षा में उत्तीर्ण हो गया था। सबसे पहले यह खुशखबरी मैं यशवंतरावजी को देना चाहता था। वे कहाँ हैं इसकी जानकारी लेने गया, तब मुझे मालूम हुआ कि वे दौरे पर गए हैं। अधिक पूछने पर पता चला कि सर इस समय सांगली नगर में हैं। मैंने वहाँ का फोन नंबर प्राप्त किया। फोन लगाया, जो एक कार्यकर्ता ने उठाया।

'यशवंतराव कहाँ हैं? उन्हें संदेश दीजिए कि मैं पी-एच.डी. परीक्षा··· मैं वाक्य पूरा करने ही जा रहा था कि उसने कहा, 'सर, हमें एक घंटा पहले ही यशवंतरावजी से यह खबर मालूम हो गई और बैठक में उनके द्वारा बाँटे हुए पेड़े भी हम खा चुके हैं। हार्दिक अभिनंदन।'

अपने कार्यकर्ता द्वारा प्राप्त यश का यशवंतराव को बड़ा कौतूहल रहता था। दूसरे की खुशी में खुश होना क्या इतना आसान है? निश्चित ही यह असाधारण गुण है, जो धारण करनेवाले को असाधारण बना देता है।

समष्टि देवो भव

एक बार यशवंतरावजी से बातचीत करते समय उसने कहा, "यशवंतराव, आप सामाजिक कार्य के लिए इतना प्रवास करते हैं, इतना समय देते हैं, यही समय आप व्यक्तिगत नौकरी में कॅरियर बनाने में यदि देते···"—वाक्य पूरा होने के पहले ही तत्काल उन्होंने उत्तर दिया, "अरे, तब मैं अधिक-से-अधिक विभाग प्रमुख हो जाता, प्राचार्य हो जाता, फिर भी सामाजिक कार्य का संतोष कुछ अलग ही श्रेणी का है। उसके लिए व्यक्तिगत कॅरियर से दूर रहना ही पड़ता है।"

प्रखर बुद्धिवैभव धारण करनेवाले यशवंतरावजी ने जान-बूझकर अपने को संगठन में विलीन कर दिया था और उसका उन्हें जरा भी अफसोस नहीं था।

राष्ट्र देवो भव'

मुझे काम करना अब सचमुच ही बिलकुल संभव नहीं है। मैं बड़ी मित्रता से श्रीनिवास (जिला संगठन मंत्री) को समझा रही थी। सच तो यह है कि मुझे थोड़ा क्रोध भी आ रहा था कि यह समझ क्यों नहीं पा रहा है? अनगिनत कठिनाइयों का सामना करते हुए मैं किसी तरह अपनी नौकरी सुरक्षित रख पा रही हूँ और यह तो कहते ही जा रहा है कि 'जरा समय निकालो, छुट्टी ले लो।'

घर में बहुत तनाव था। अभी हाल में माँ का ऑपरेशन हुआ था जिसमें काफी खर्च हो गया था। मानसिक तनाव के कारण परिवार में एक-दूसरे से संबंध जरा बिगड़ गए थे। घर में जाते ही तनाव मालूम होने लगता। छुरी से काटे जाने की चुभन का अनुभव मिल रहा था। हर एक का रूठना-बिगड़ना और तिसपर सुबह का भोजन पकाना, साथ ही दौड़ते हुए दफ्तर पहुँचकर वहाँ कमर-टूट काम करना, फिर कंप्यूटर की क्लास, घर पहुँचने तक मैं अधमरी हो जाती थी और यह सयाना मुझसे कहा रहा है—समय निकालो। तभी कार्यालय में एक कार्यकर्ता दौड़ते हुए आ पहुँचा। उसे यशवंतरावजी द्वारा लिखा कागज का एक पुराना टुकड़ा मिल गया था। उन्होंने आपातकाल में जेल में आयोजित एक शिविर की पूरी योजना उस पर लिखी थी।

समयबद्ध नियोजन, विषयों की सुयोग्य योजना, समय का कठोर परिपालन, सबकुछ 'यशवंत' स्पर्श से आलोकित पुनीत लेखा-जोखा।

जेल में आयोजित वह शिविर! जहाँ ठीक भोजन नहीं, गंदी जगह, अँधेरे कमरे, नौकरी का पता नहीं, घर में बाल-बच्चे-पत्नी, पता नहीं किस अवस्था में जी रहे हैं। अपनी ही सरकार ने उन्हें जेल यातना दी है इसका संताप, सहयोगी कार्यकर्ताओं की चिंता, सभी युवक, अनुभवहीन। कब छूटेंगे या कभी छूटेंगे कि नहीं? कुछ मालूम नहीं। सबकुछ निराश, भयावह, प्रतिकूल! फिर भी ऐसी विपरीत परिस्थिति में यशवंतराव शिविर का आयोजन उत्साह से कर रहे हैं। प्रतिकूल स्थिति में भी काम के प्रति

कार्यकर्ता कर्मचारी नहीं बल्कि वह मनुष्य है, मित्र है।

उनकी श्रद्धा जरा भी कम नहीं! और मैं?

श्रीनिवास के प्रति उबलनेवाला मेरा क्रोध अब मुझ पर ही उलटने लगा। मेरा बदला हुआ मूड देखकर वह अचंभित हो गया। उस कागज के छोटे से टुकड़े की ताकत बाद में उसकी समझ में आ जाएगी, बाद में कभी।

कार्यकर्ताओं के जीवन में प्रपंच, नौकरी, व्यवसाय, कॅरियर, रुचि, ऐसे कई स्तरों पर समय के नियोजन की आवश्यकता होती है। फिर भी राष्ट्रकार्य की प्राथमिकता हर एक को सुरक्षित रखनी चाहिए, यही यशवंतरावजी ने प्रत्यक्ष प्रयोग से सिद्ध कर दिया था।

पालकत्व

यशवंतरावजी के संबंध में मैंने केवल सुना था। प्रदीप को परिषद् कार्य के लिए मुंबई जाने का सुझाव मिला था। उसकी स्नातकोत्तर शिक्षा अभी शेष थी। यशवंतराव घर आए, तब हम कुछ देर बातें करते रहे और उनकी बातचीत से मेरे मन में उनके प्रति आदरभाव जाग्रत् होने लगा।

बाद में मैं इस निष्कर्ष पर पहुँचा की उनके हाथों में मेरा बेटा निस्संकोच सौंपा जा सकता है। उनके सान्निध्य में यदि वह रहेगा तो उसकी किसी भी प्रकार की चिंता करने का कोई कारण नहीं रहेगा। मेरे बेटे के भविष्य की चिंता करने के लिए यशवंतराव यथार्थ रूप से समर्थ हैं।

प्रदीप की शिक्षा उनकी देखरेख, मार्गदर्शन में ही पूरी हुई। बाद में वह 'पूर्णकालिक कार्यकर्ता बनकर सुदूर प्रदेश में चला गया। इतने वर्ष बीत गए, आज भी वह प्रचारक बनकर काम कर रहा है। मैं निश्चिंत हूँ क्योंकि यशवंतराव का पारस स्पर्श उसे प्राप्त हो चुका है।

कार्यकर्ता के कल, आज और आनेवाले कल का संपूर्ण विचार एक पालक के रूप में करना और उसकी संपूर्ण जिम्मेदारी धारण करना बहुत कठिन है, लेकिन क्या यह आवश्यक नहीं है? सौभाग्य से ऐसा आदर्श पालक हमें प्राप्त हुआ था।

पहले मनुष्य

एक प्रमुख कार्यकर्ता ने लिखा है, कार्यकर्ता जब भी मिलने आया, तब यशवंतरावजी ने 'तुम किसी कार्यक्रम में क्यों नहीं गए', ऐसा कभी नहीं पूछा। 'मनुष्य महत्त्वपूर्ण है' यह तत्त्व उन्होंने अपने व्यवहार में हमेशा प्रकट किया।

मैं पूरे भारत का प्रवास करने के बाद केंद्रीय कार्यकर्ताओं के निवास स्थान पर पहुँचा। बैग रखते ही दरवाजा खोलनेवाले कार्यकर्ता से पूछा, "रमेश, प्रकल्प के आर्थिक नियोजन के संबंध में क्या हुआ?"

वहाँ यशवंतराव भी उपस्थित थे। एक क्षण उन्होंने मेरी ओर देखा और कहा, "प्रभाकरजी! अभी आप बड़ी दूर से यात्रा करके आए हैं। चलिए, पहले एक कप चाय पिएँगे।" और वे मुझे चायपान कराने ले चले। मैं मन-ही-मन समझ गया। आते ही मैंने कार्यकर्ता पर प्रश्नों की झड़ी लगा दी थी और वह भी हिसाब से संबंधित! मेरा यह व्यवहार उचित नहीं था। किसी भी बात को तभी उठाना चाहिए, जब सुननेवाला सुनने की मन:स्थिति में हो। तभी हमारा पूछना उपयुक्त होता है। यह व्यवहारिक रहस्य उनके छोटे से संकेत से मेरी समझ में आ गया था। जहाँ-तहाँ काम की चर्चा ठीक नहीं होती, क्योंकि मनुष्य यंत्र नहीं है। यह समझना क्या इतना कठिन है?

अखिल भारतीय स्तर पर काम करनेवाले कार्यकर्ता चर्चा करने के लिए यशवंतराव के पास पहुँचते थे। उनमें से एक कार्यकर्ता लिखते हैं— "एक अधिवेशन के बाद मैं यशवंतराव के घर बातचीत के लिए गया, तब प्रारंभिक चर्चा हुई। कार्यक्षेत्र की स्थिति, गतिविधियाँ, संगठनात्मक स्थिति, प्रवास क्रम आदि। जब फुरसत से दूसरे दिन फिर से मुलाकात हुई, तब उन्होंने एक नया प्रश्न पूछा, 'तुम्हारा हालचाल कैसा है?' मैंने तब सहज ही कार्य की बात कहना शुरू किया, तब मुझे रोक कर उन्होंने कहा, 'मेरा यह

कार्यक्रम यह साधन है, साध्य नहीं

प्रश्न नहीं है। ब्योरे दो प्रकार के होते हैं, एक कार्य का और एक तुम्हारा। कार्य में और कार्यकर्ता में, काल के अंतराल से अलग-अलग पहलुओं में उतार-चढ़ाव आता रहता है। कार्य का विवरण तो तुमने कल बतलाया। आज मैं तुम्हारा ब्योरा पूछ रहा हूँ।

पूछताछ का अलग, फिर भी आवश्यक एवं अनोखा पहलू मेरे ध्यान में आया! जिसके पीछे था असीम अपनापन और ममत्व!

महाराष्ट्र के प्रमुख कार्यकर्ताओं की बैठक चल रही थी और एक प्रमुख कार्यकर्ता अपनी डायरी में चित्र-विचित्र रेखाएँ बनाने में मग्न था। मैं उसके निकट ही बैठा था। मेरे महाविद्यालय के विद्यार्थी कक्षा में पढ़ते समय कई बार इसी तरह अपनी कॉपी में चित्र बनाते रहते हैं, यह मुझे मालूम था। फिर भी विद्यार्थी परिषद् के प्रमुख कार्यकर्ताओं की बैठक में ऐसा व्यवहार मुझे बेचैन कर रहा था। प्रतिक्षण मैं अधिकाधिक बेचैन हो रहा था। मेरे पड़ोस में ही यशवंतरावजी बैठे थे। परंतु उनके चेहरे पर कोई असहजता नहीं थी। चर्चा पूर्ण होने के बाद सब चाय पीने के लिए उठे और इस अवसर का लाभ उठाकर मैंने अपनी बेचैनी से यशवंतराव को अवगत करा दिया। मैंने कहा, "बैठक में महत्त्वपूर्ण विषयों पर चर्चा चल रही है और वह अपनी डायरी में चित्र बना रहा है, यह मुझे उचित नहीं लगता। क्या मैं उसे कड़े शब्दों में रोकूँ?"

चाय का घूँट भरते हुए यशवंतराव ने कहा, "देखिए मनोहर राव! विजय भी अपना प्रमुख कार्यकर्ता है। बैठक में चल रहे विषयों की गंभीरता को वह नहीं समझता है, ऐसा नहीं है। फिर भी वह डायरी में चित्र बना रहा है, इसका अर्थ है कि शायद वह अपने परिवार की किसी समस्या से परेशान हो। उन रेखाओं का अर्थ समझने के लिए हमें खुले दिल से बातें करनी पड़ेंगी। तब तक उसकी परेशानी ध्यान में आना कठिन है। हम ऐसा करें, उसके साथ सहज रूप में गपशप करें।"

महाविद्यालय में मैं मानस शास्त्र पढ़ाता था, फिर भी डायरी में खींची गई रेखाओं का मानस शास्त्र आज मैं यशवंतराव से सीख रहा था।

❖○❖

यशवंतरावजी के इकसठ वर्ष की आयु पूर्ण होने के उपलक्ष्य में किए जानेवाले समारोह में सम्मिलित होने के लिए हम एक गाँव में पहुँचे। बड़े उत्साह से हमारा स्वागत किया गया। कुछ व्यक्तियों से मिलने के बाद भोजन-विश्रांति लेकर सर (यशवंतराव) तैयार होकर बैठ गए। एक ही कार्यक्षेत्र में काम करनेवाले संघ परिवार के सभी ज्येष्ठ कार्यकर्ता यशवंतराव से मिलने आए। उन्होंने हाथ जोड़कर सबको प्रणाम किया। स्वभाव के अनुसार यशवंतराव ने हलकी हँसी-मजाक की बात छेड़ दी। कार्यकर्ता के मन से मानो बोझ उतर गया और वे खुले मन से यशवंतराव के सामने अपनी समस्याएँ बतलाने लगे।

वे कह रहे थे, ''हमारे जैसे प्रमुख कार्यकर्ताओं के संबंध भी तनाव से भरे हैं। कोई एक-दूसरे से खुलकर बात नहीं करता। एक-दूसरे के प्रति अविश्वास का वातावरण बना हुआ है। बताइए, इसे सुधारने के लिए क्या किया जा सकता है?''

यशवंतराव सभी की बातें ध्यान से सुन रहे थे। थोड़ी देर बाद उन्होंने शिकायत करनेवाले से पूछा, ''क्या तुम लोग कभी संघ शाखा में जाकर खेल खेले हो?'' ''शाखा जाना तो नहीं हो पाता है।'' उन्होंने उत्तर दिया।

तब यशवंतरावजी ने उन्हें संघ शाखा की उपयोगिता के बारे में समझाया। उनकी समस्या सुलझाने के लिए कुछ सुझाव उनके सामने रखे, जिसका सार यही था कि संघ में वे अधिक रुचि बढ़ाएँ और पूरी लगन से कार्यविस्तार में जुट जाएँ। बातें समाप्त होने पर उनके चेहरों पर प्रसन्नता की चमक झलक रही थी, मानो समस्या सुलझाने की कुंजी मिल गई हो। यशवंतराव के जीवन में संघ शाखा का कितना अनन्य महत्त्व था, यह पता चलता है।

यशवंतरावजी राष्ट्रीय स्वयंसेव संघ के महाराष्ट्र प्रांत के बौद्धिक प्रमुख थे। मैं अपने नगर में बौद्धिक प्रमुख की जिम्मेदारी सँभालता था। इसके पूर्व मैं विद्यार्थी परिषद् का पूर्णकालिक कार्यकर्ता रह चुका था। प्रांत

प्रत्येक व्यक्ति जो कुछ कहता है, वह तो सुनना ही चाहिए, परंतु जो वह कह नहीं पाता है, उसे सुनना-समझना आवश्यक एवं उपयुक्त है।

बौद्धिक प्रमुख के नाते मेरे नगर में पधार रहे थे। सुबह उनका आगमन हुआ, पूरे दिन में उनके साथ रहा, कई कार्यकर्ताओं के घर जाकर हमने उनसे बातचीत की। एक बैठक को यशवंतरावजी ने स्वयं संबोधित किया। ये सब बातें करते समय वे मेरे साथ भी बीच-बीच में बातचीत करते रहे। रात को देर से वापस लौटने तक वे मेरे साथ बातें करते रहे। मुझे यह अनुभव कर आश्चर्य हुआ कि दिन भर वे मेरी व्यक्तिगत जानकारी ही लेते रहे। मेरी आजीविका, मेरा परिवार, मेरी आदतें आदि। लेकिन एक बार भी उन्होंने मेरे नगर बौद्धिक प्रमुख के रूप में क्या कार्य हो रहा है, इस संबंध में मुझे क्या करना चाहिए, इसका जरा भी निर्देश नहीं किया। मैं अवाक् हो गया था। अंत में उन्होंने मुझसे पूछा, जो मेरे हृदय के अंतरतम में जा बैठा। वे बोले, ''देखो सुनील, तुम्हारे परिवार के सदस्य कौन-कौन हैं?'' मैंने उनके नाम गिनाना प्रारंभ कर दिया। नाम समाप्त होने पर प्रतिक्रिया जानने के लिए उनकी ओर उत्सुकता से देखने लगा।

उन्होंने शांत भाव से कहा, ''सुनील! तुम्हारे परिवार के चार सदस्य हैं। पाँचवा एक और महत्त्वपूर्ण सदस्य है—राष्ट्रीय स्वयंसेवक संघ!''

❖○❖

स्व. यशवंतराव की पत्नी श्रीमती शशिकला केलकर कहती हैं, ''मनुष्य की अच्छाई तथा परिवर्तन पर उनकी अद्‍भुत श्रद्धा थी। इस विश्वास के बल पर प्रत्येक व्यक्ति में गुण-अवगुण के मिश्रण को स्वीकार करते हुए गुणों का विकास और अवगुणों का विलोप करना संभव है, ऐसा उनका मानना था और यही उनके सामाजिक जीवन की सफलता का रहस्य था। फिर भी दिया हुआ प्रेम, व्यक्ति के गुणों का उपयोग कार्य के लिए हो, इस उद्‍देश्य से नहीं बल्कि वह विशुद्ध हृदय से दिया गया होता था, इसलिए वह सामनेवाले के हृदय तक पहुँच जाता था।

''आपातकाल के दिन थे। संघ परिवार के कार्यकर्ताओं की धर-पकड़ शुरू हो गई थी। यशवंतरावजी को भी गिरफ्तार किया गया। पुलिस के साथ घर से निकलते समय उन्होंने बहुत सी किताबें पढ़ने के लिए साथ ले ली थीं। जेल में कदम रखते ही कुछ दिनों में ही कई उपक्रम शुरू हो गए।

शिविर चर्चा, सत्र आदि और यशवंतरावजी ने उन उपक्रमों की योजना तथा कार्यवाही में अपने को पूरी तरह से उलझा लिया। थोड़े दिनों के बाद उन्होंने वे किताबें लौटा दीं और कहा, लोगों के बीच रहते हुए इसकी आवश्यकता नहीं है।''

संवाद एक कला

रात्रि के आठ बज रहे थे। एक बैठक में कुछ कार्यकर्ता आनेवाले थे। मैं किसी कारणवश एक घंटा पहले ही पहुँच गया था। थोड़ी देर में वहाँ यशवंतराव भी आ गए। मेरी कॉलेज की नौकरी के संबंध में कुछ पूछकर वे किसी लेखन में मग्न हो गए। मैं भी वहाँ रखी एक साप्ताहिक पत्रिका को पढ़ने लगा। इतने में एक कार्यकर्ता वहाँ आया। उसने मुझसे पूछा, सर! मैंने साप्ताहिक को देखना जारी रखते हुए पूछा, ''कौन है?'' ''मैं संजय।'' उसने कहा, ''मैंने उसकी ओर न देखते हुए कहा, ''आओ।'' मेरे सामने बैठकर उसने कहा, ''सर मुझे आपसे एक विषय के संबंध में बात करनी है।'' मैंने कहा, ''हाँ बोलो।'' और बाद में करीब पंद्रह मिनट तक बहुत चिंतायुक्त होकर वह कुछ बोलता रहा। मैं साप्ताहिक देखते हुए ही कुछ 'हाँ-हूँ' कर रहा था। ''अच्छा सर! मैं जा रहा हूँ, फिर मिलूँगा।'' कहकर संजय निकल भी गया। तब यशवंतरावजी ने अपनी डायरी में लिखना बंद किया और मुझसे कहा, ''विजयराव! अभी जो कार्यकर्ता आया था, क्या वह तुम्हारे साथ चर्चा करने के लिए आया था?'' ''हाँ।'' ''देखिए विजयराव, मुझे लगता है कि तुम्हारी चर्चा हुई ही नहीं। संभवत: वह आया था, वैसा ही लौट गया, अपनी समस्याएँ, तनाव अपने साथ लेकर ही चला गया।''

तुरंत मेरे ध्यान में आया कि संजय जब कुछ कह रहा था, तब यशवंतराव बीच-बीच में हमारी ओर ध्यान दे रहे थे। मैं अवश्य संजय के बोलते समय उसकी ओर देख भी नहीं रहा था। किसी की बातें सुनना यानी उस कार्यकर्ता से एकरूप होकर सुनना। उसके संवाद में मुझे प्रतिसाद देना आवश्यक था। संजय ने मुझसे बहुत कुछ कहा, फिर भी मैंने कुछ सुना ही नहीं।

उस समय मुझे यशवंतरावजी का एक वाक्य ध्यान में आया, 'सामनेवाला

जो कुछ कह रहा है, वह तो हमें सुनना ही चाहिए, उसी के साथ हमें वह भी सुनना चाहिए जो नहीं कह रहा है, या कह नहीं पा रहा है।'

कोई कार्यकर्ता हमसे बात कर रहा हो, तब सुनना क्या होता है, इसका वस्तुपाठ ही मुझे उस समय मिल गया।

❖❍❖

मैं मुंबई उपनगर में एक पूर्णकालिक कार्यकर्ता के रूप में कार्य कर रहा था। एक दिन दोपहर में मुंबई कार्यकारिणी की बैठक के लिए हम एकत्रित हुए थे। अपनी स्वाभाविक आदत के अनुरूप यशवंतरावजी बैठक प्रारंभ होने के पंद्रह मिनट पूर्व उपस्थित हो गए थे। नित्य की तरह सबकी पूछताछ शुरू हो गई थी। थोड़ी हँसी-मजाक भी हो रही थी, उपनगर के एक प्रमुख कार्यकर्ता ने मुझसे पूछा, "क्यों अनिलजी, कल आप का क्या कार्यक्रम है?"

मैंने बिना सोचे तुरंत जवाब देना शुरू किया, "कल सुबह पार्ला के उपनगर में स्थित महाविद्यालय में एक बैठक है, उसके बाद ग्यारह बजे ठीक लखीमचंद डाह्याभाई से मिलना है, क्योंकि वे एक विज्ञापन दे रहे हैं, उसके बाद रमेश के घर खाना खाकर शाम को कार्यालय में···। मेरी वाणी की एक्सप्रेस जोर से दौड़ रही थी कि इतने में मेरे कंधे को किसी ने प्यार से थपथपाया। अचानक मेरी वाणी की गाड़ी को ब्रेक लगा। चौंककर मैंने कुतूहल से देखा। स्वयं यशवंतरावजी अपनी मजाकिया हँसी से मुझे सचेत कर रहे थे—"अनिल, जरा प्रकाश के प्रश्न का उत्तर तो दो!" मैं चौंक पड़ा। मेरी समझ में नहीं आ रहा था कि मैं तो उत्तर दे रहा हूँ, फिर यशवंतराव ऐसा क्यों कह रहे हैं?

समझाते हुए यशवंतराव कहने लगे, "प्रकाश शायद प्रकाश तुम से कल मिलना चाहता है। कल तुम्हें उससे बातें करने के लिए समय है या नहीं? यह वह पूछना चाहता है।" तब मेरी समझ में आया कि प्रकाश को कार्यक्रम की सूची नहीं चाहिए, बल्कि उसे बातें करने के लिए थोड़ा समय चाहिए।

कार्यकर्ता के मुँह से निकले दो शब्दों का क्या अर्थ है? उसे समझने

मतभिन्नता हो सकती है, मन-भिन्नता नहीं।

का प्रयास हमें करना चाहिए, यह महत्त्वपूर्ण इशारा इस बातचीत में मुझे मिल गया था।

❖○❖

"देखिए, शरद का फोन आया है।" मेरी पत्नी ने मुझे बुलाकर कहा। मैंने फोन लिया। शरण पूर्णकालिक कार्यकर्ता है। वह मुझसे मिलना चाहता है। वह प्राध्यापक कार्यकर्ता पूरे प्रदेश में घूमता था अर्थात् कभी यशवंतरावजी से भी मिलकर मुक्त चर्चा का लाभ मिल जाता था। मैंने शरद के दोपहर ३ बजे मिलने के लिए बुलाया। उसके साथ उसी के विभाग से संबंधित चर्चा करनी थी। साथ ही उसकी व्यक्तिगत जानकारी भी प्राप्त करनी थी। वह अब क्या कर रहा है, यह भी जान लेना था।

मैंने अन्य काम पूरे किए। भोजन समाप्त किया। कुछ नोट्स निकालना शेष था, वह भी काम पूरा कर लिया और शरद की राह देखने लगा। कुछ पढ़ रहा था, इतने में दरवाजे की घंटी बजी। मैंने 'आओ' कहकर अंदाज से उसका स्वागत किया। शरद ही आया था। 'बैठो!' मैंने उससे कहा। वह सोफा सेट पर बैठ गया। पत्नी ने भी उसका हँसकर स्वागत किया। पीने के लिए पानी का गिलास दिया। इतने में फिर से घंटी बजी। 'कौन है, जरा देखा तो' मैंने पत्नी से कहा। 'जोशी सर आए हैं।' उठकर मैंने दरवाजे के पास जाकर जोशी सर का स्वागत किया, 'आइए सर!' 'मुझे आपसे कुछ बात करनी है।' उन्होंने कहा। 'सर, अंदर आइए न।' मैं जोशी सर को अंदर ले गया। 'शरद, मैं अभी आया।' मैंने शरद से कहा।

शरद समाचार-पत्र देखने लगा। पाँच-दस मिनट होते-होते पूरा एक घंटा हो गया। जोशी सर का विषय कथन चलता ही रहा। एक घंटे बाद बाहर आने पर शरद ने कहा, "सर, मुझे अभी एक बैठक में जाना है। क्या मुझे कल मिलने का समय देंगे?" "जरूर-जरूर, अभी तुम्हें बैठक के लिए जाना है न, तब तुम्हें निकलना ही चाहिए। हम अब कल ही मिलें तो ठीक होगा।" सुबह ११ बजे शरद बैठक के लिए चला गया।

रात्रि में एक बैठक में यशवंतराव से भेंट हुई। उन्होंने सहज ही पूछ लिया, "आज शरद से तुम मिलनेवाले थे। वह क्या कह रहा था?" मैंने

सहज ही कह दिया, ''वह आया था, परंतु उसी समय मेरे एक प्राध्यापक मित्र आ गए। उसके कारण उससे बातचीत नहीं हो पाई। मैंने उसे कल बुलाया है।'' यशवंतरावजी का चेहरा गंभीर हो गया। उन्होंने कहा, ''आप और हम प्राध्यापक पालक कार्यकर्ता हैं। किसी भी प्रमुख कार्यकर्ता को दिए गए समय का पालन हो, यह उसकी स्वाभाविक इच्छा होती है। यदि हम वह पूरी कर सकें तो उसकी ठीक देखभाल हम कर सकेंगे। कठिनाइयों को हल करने में उसकी सहायता कर सकेंगे।'' मुझे मेरी गलती का अहसास हो गया था।

❖❍❖

मैं एक प्रमुख कार्यकर्ता के नाते काम कर रहा था। थोड़ी लीडरशिप, थोड़ी मस्ती, कुछ साहस भरा काम करने में मेरा लगाव था। असंभव शब्द मेरे कोश में नहीं था। जैसे-जैसे मैं अधिकाधिक समय परिषद् कार्य के लिए देने लगा, मैं उससे डूबता ही चला गया। अंत में मन में पूर्णकालिक कार्यकर्ता बनने की इच्छा जगने लगी। यह इच्छा मैंने यशवंतरावजी के सामने प्रकट की। मुझे लगा कि तुरंत अनुमति मिल जाएगी, परंतु उन्होंने मेरे अति उत्साह को ब्रेक लगाते हुए कहा, ''पहले स्नातक हो जाओ, फिर पूर्णकालिक कार्यकर्ता बनने का विचार करना।''

पता नहीं कैसे मैं उनके सामने शांत हो जाता था। मन में चलनेवाला कोलाहल-तूफान अपने आप थम जाता था। चुपचाप उनकी सलाह मानते हुए मैं स्नातक बनने की तैयारी करने लगा। परिषद् कार्यालय में आने पर वहाँ के प्रमुख ने मुझे बताया, ''भाई, तुम पूर्णकालिक नहीं हो, इसलिए तुम्हारा खर्च तुम्हें ही करना पड़ेगा।'' मैंने स्वीकार कर लिया। कार्यालय में रहकर मैं बड़े उत्साह से, लगन से अध्ययन में जुट गया। लेकिन एक पुरानी आदत मुझे बार-बार सता रही थी। मैं छिपकर तंबाकू खा लेता था, फिर भी चारों ओर का वातावरण चिल्लाकर मेरी व्यसनाधीनता को धिक्कार रहा था। फिर भी एकांत मिलते ही तंबाकू खाने की इच्छा प्रबल हो जाती। मैं स्वयं

अपने प्रति कठोर, परंतु दूसरों के प्रति उदार व्यवहार होना चाहिए।

अपने को फटकारता, फिर भी व्यसन से मुक्त नहीं हो पा रहा था। मैं अपने को समझाता कि शिक्षा पूरी होने पर मैं पूर्णकालिक कार्यकर्ता बनूँगा, तब इसे छोड़ दूँगा। तब भी यदि यह संभव नहीं हुआ तो यशवंतरावजी को कैसे अपना मुँह दिखाऊँगा? क्यों न अभी जाकर उन्हें सबकुछ बता हूँ? सत्य बात मालूम होने पर सबकुछ खत्म हो जाएगा। मेरी प्रतिभा धूल में मिल जाएगी। मैं सभी की नजरों में गिर जाऊँगा, तब मैं कहीं का नहीं रहूँगा। यह भी लगता था। दूसरा मन कहता, 'मूरख, जो कुछ होना है, अभी हो जाने दे। पूर्णकालिक कार्यकर्ता बन जाने पर यह ड्रामा नहीं होना चाहिए।'

आखिर मैंने धड़कते दिल से यशवंतरावजी को फोन किया। दूसरी ओर से बोल रहे थे—"नमस्कार! मैं यशवंतराव केलकर बोल रहा हूँ।" उनके आश्वासक स्वर ने मुझे उत्साहित किया। "सर, मैं जितेंद्र बोल रहा हूँ। मैं आपसे मिलना चाहता हूँ। मैं बहुत परेशान हूँ। क्या मैं अभी मिलने आ सकता हूँ?" "हाँ-हाँ! जरूर आ जाओ।" उनकी धीर-गंभीर वाणी से आश्वस्त होकर मैं उनके घर पहुँच गया।

इधर-उधर की कुछ बातें हो जाने पर मैंने उनके सामने अपना मानसिक द्वंद्व प्रकट किया। वे अपना आश्चर्य छिपा नहीं सके। उन्होंने स्नेहयुक्त, फिर भी स्पष्ट शब्दों में कहा, "देखो तुम्हारा पूर्णकालिक कार्यकर्ता बनने का विचार उत्तम है, फिर भी पूर्णकालिक कार्यकर्ता की एक आदर्श प्रतिमा हमने समाज के सामने रखी है और व्यसनाधीन इनसान तो अपनी इनसानियत भी खो बैठता है, तब नेक इनसान, आदर्श कार्यकर्ता कैसे बन सकेगा?"

मेरा द्वंद्व समाप्त हो गया। मन का बोझ हलका हो जाने से मैं बड़े उत्साह से कार्यालय लौटा। अब मैंने निश्चय किया कि पूरी तरह से व्यसन-मुक्त होकर ही पूर्णकालिक कार्यकर्ता बनूँगा। फिर भी एक आशंका मन को सता रही थी कि जो बात यशवंतरावजी को मालूम हो गई है, अन्य किसी को मालूम तो नहीं होगी?

पाँच-छह महीने बीत जाने पर मुझे विश्वास हो गया कि यशवंतरावजी के विशाल अंत:करण रूपी लॉकर में मेरी बात बंद हो चुकी है। अब उसकी चाभी मेरे ही पास है, जब मैं चाहूँगा तभी वह खुलेगा।

इतना ही नहीं, उस विश्वास का ही यह सुपरिणाम था कि मैं पूरी तरह से व्यसन-मुक्त होकर अब पूर्णकालिक कार्यकर्ता बन गया हूँ। दूसरों की ज्ञात गोपनीय बातें सुरक्षित रखना ही परिपक्व कार्यकर्ता का लक्षण है, तभी वह समाज का विश्वासपात्र बन सकेगा।

रजनीकांत एक बहुत अच्छे कार्यकर्ता के रूप में काम कर रहा था। वह विद्यापीठ में स्नातकोत्तर का अध्ययन कर रहा था। वहीं पर मैं पूर्णकालिक कार्यकर्ता के रूप में कार्य कर रहा था। रजनीकांत का संवाद-कौशल अप्रतिम था। वह जिससे मिलता उसी को प्रभावित कर लेता। अपनी बात उससे मनवा लेता। इसी कुशलता के कारण उसके द्वारा निधि-संकलन हमेशा अच्छा हो जाता था। लेकिन रजनीकांत में एक कमी थी, संकलित राशि का हिसाब ठीक नहीं रखता था। हिसाब वह जरूर देता, लेकिन एक-दो महीने बाद प्रस्तुत करता था। मैं परेशान हो जाता, फिर भी यह समझ में नहीं आता कि यह बात उसे कैसे समझाऊँ? आखिर हम दोनों करीब एक ही उम्र के थे। मेरे द्वारा दोष-दर्शन उसे अच्छा नहीं लगता। आखिर मैंने इस संदर्भ में यशवंतराजी से बात की। यशवंतराव इस बात से सहमत थे कि उससे बात तो अवश्य करनी चाहिए। एक सामाजिक कार्यकर्ता होने के नाते आर्थिक व्यवहार सुस्पष्ट होना चाहिए। उन्होंने मुझे आश्वस्त किया कि वे खुद उससे बात करेंगे।

एक सप्ताह बाद रजनीकांत ने मुझसे गंभीरतापूर्वक बात की। यशवंतरावजी के साथ हिसाब के बारे में जो बात हुई, वह उसने मुझे बताई और अपनी गलती को स्वीकार किया। इस संदर्भ में एक और साक्षात्कार मुझे हुआ कि रजनीकांत की गलती की बात मैंने उनसे की थी, यह बात वह नहीं जानता था। इसीलिए हमारे संबंधों में कोई बाधा नहीं पहुँची। रजनीकांत के व्यवहार में सुधार हुआ और मुझे भी यशवंतरावजी के व्यवहार से सबक मिला कि कर्मियों की, दोषों की जानकारी कहाँ से प्राप्त हुई, इसे गोपनीय रखना ही हितकारक होता है।

मत अनेक, फिर भी निर्णय एक।

कार्यकर्ता का नियोजन

सुधीर ने पूर्णकालिक कार्यकर्ता का काम छोड़कर गृहस्थ जीवन में जाना तय किया। वह एक अच्छे महाविद्यालय में प्राध्यापक बना। नौकरी के साथ परिषद् का कार्य भी सक्रियता से कर रहा था। हर रोज कार्यालय में आना, कार्यकर्ताओं से वार्त्तालाप करना, उनकी कठिनाइयों को यथासंभव दूर करना आदि कार्यों में वह व्यस्त रहता था। अन्य क्षेत्रों में काम करनेवाले कई सामाजिक कार्यकर्ताओं का ध्यान उसकी ओर गया। उन्हें लगा कि अब सुधीर गृहस्थ हो गया है, क्यों न उसे अपने कार्यक्षेत्र में आमंत्रित करें? प्रमुख कार्यकर्ता उसके घर गए और उससे पूछा—क्यों भाई, हमारे कार्यक्षेत्र में कार्य करने में तुम्हें कोई आपत्ति तो नहीं है? सुधीर स्वभाव से बड़ा संकोची था, अति सरल स्वभाव के कारण किसी को 'न' कहना उसे संभव नहीं था। मन में वह जानता था कि यह क्षेत्र उसके स्वभाव के अनुकूल नहीं है। स्पष्ट रूप से न कहने की बजाय वह केवल हँस दिया। निमंत्रण देनेवाले कार्यकर्ता से इस हँसी का अर्थ 'हाँ' में मान लिया और तुरंत यशवंतरावजी के पास पहुँचे। उन्हें बताया कि सुधीर हमारे कार्यक्षेत्र में आने के लिए तैयार है। हमें एक बहुत अच्छा कार्यकर्ता मिल गया है।

यशवंतरावजी ने बड़े शांत भाव से पूछा, "विद्यार्थी परिषद् के प्रांत प्रमुख यहीं मुंबई में रहते हैं, आपने उनसे बात अवश्य की होगी?"

वे कार्यकर्ता तमतमाकर बोले, "उसकी क्या आवश्यकता है? जब सुधीर स्वयं तैयार है, तब प्रश्न ही नहीं उठता और किसी से बात करने का।" फिर भी यशवंतरावजी ने जोर देकर कहा, "देखिए, शायद अपनी कार्य पद्धति के अनुसार यह अच्छा होगा कि किसी कार्यकर्ता के बारे में कोई निर्णय लेने से पहले संबंधित क्षेत्र के प्रमुख कार्यकर्ता से बातचीत हो। प्रमुख कार्यकर्ता को यह पता होता है कि उस कार्यकर्ता की मन:स्थिति अभी क्या है, उसकी योजना-इच्छा क्या है। जीवन के किसी भी सामाजिक क्षेत्र में काम करना अच्छा ही है, लेकिन उस कार्यकर्ता की प्रवृत्ति के अनुकूल उसे अपना कार्यक्षेत्र मिले तो अधिक अच्छा रहता है, वह उसमें जरूर यशस्वी होगा। फिर भी आप सोचिए।"

इस सुस्पष्ट मार्गदर्शन से वे कार्यकर्ता समझ गए कि सुधीर के पास बिना प्रांतप्रमुख से मिले जाने में गलती हो गई है। प्रमुख कार्यकर्ता अपने क्षेत्र की पूरी जानकारी रखता है। किसकी कहाँ आवश्यकता है, कहाँ जाने से संबंधित कार्यकर्ता का पूरा उपयोग होगा, यह जानकारी भला अन्य कौन दे सकेगा? संगठन की सुसूत्रता और विकास के लिए विशाल एवं सुस्पष्ट दृष्टिकोण की आवश्यकता होती है। संभव है कि अपने मर्यादित क्षेत्र में उस कार्यकर्ता के आ जाने से कार्य का समुचित विकास हो, परंतु यदि दूसरी जगह उस कार्यकर्ता की अनुपस्थिति से हानि होती हो, तो भला समाज का संपूर्ण विकास कैसे होगा? अत: सुयोग्य निर्देशन में ही कार्यकर्ता का क्षेत्र बदलना सबके लिए हितकर होगा।

कार्य पद्धति

महाराष्ट्र के पूर्णकालिक कार्यकर्ताओं का एक अभ्यास-वर्ग संपन्न हुआ, जहाँ मेरी पूर्णकालिक कार्यकर्ता होने की घोषणा की गई। मुझे मुंबई में काम करने के लिए कहा गया था। कहीं भी परिचय देते समय मेरी शैक्षिक उपाधि का बड़े अभिमान से उल्लेख किया जाता था। मैंने टेक्नोलॉजी में स्नातकोत्तर उपाधि विशेष प्रावीण्य के साथ प्राप्त की थी। ऐसे उच्च शिक्षाप्राप्त व्यक्ति का पूर्णकालिक कार्यकर्ता बनाना औरों की दृष्टि में बड़ा महत्त्वपूर्ण था। इतना ही नहीं, मैं भी अपने आप को विशेष व्यक्ति मानने लगा था।

मुंबई आने के बाद सबसे पहले मैं यशवंतरावजी से मिलने गया। सब बातें हो जाने पर यशवंतरावजी ने मुझसे कहा कि काम शुरू करने से पहले यहाँ के नगर प्रमुख से अवश्य मिल लेना। इसी प्रकार महाराष्ट्र के प्रांत प्रमुख भी मुंबई में ही रहते हैं, उनसे भी मिल लेना। उसके बाद काम का प्रारंभ करना।'

इसके बाद तीन-चार दिन ऐसे ही आवभगत में बीत गए। मैं कई कार्यकर्ताओं के घर बड़े उत्साह से पहुँचा। परस्पर परिचय बढ़ाने लगा।

पूर्व योजना, पूर्ण योजना और अनुवर्तन यश के लिए उपयुक्त है।

यशवंतरावजी की सूचना को मैं बिलकुल भूल ही गया था, क्योंकि उसकी गंभीरता की ओर मेरा ध्यान ही नहीं गया था। मानो मैं पूर्णकालिक बनने के नशे में चूर था। कभी-कभी अच्छी बात भी सिर पर सवार हो जाती है, तो भी मनुष्य अपना संतुलन खो बैठता है और संगठन की दृष्टि से महत्त्वपूर्ण बातें आँखों से ओझल हो जाती हैं। मेरी अवस्था भी कुछ ऐसी ही हो गई थी।

चार-छह दिनों बाद फिर से यशवंतरावजी से मिलने का अवसर आया। बड़े उत्साह से गत सप्ताह में किन-किन व्यक्तियों से मिला, क्या-क्या नए अनुभव आए, कैसे-कैसे नए कार्यक्रम की योजना बनी आदि बातों की झड़ी लगा दी, लेकिन उनके मुँह पर संतोष की हलकी सी रेखा भी प्रकट नहीं हो रही थी। मेरी समझ में नहीं आ रहा था कि मेरे कथन में कौन सी त्रुटि हो रही है। आखिर यशवंतराव बोलने लगे, ''देखो दीपक, अपना काम शुरू करने के पहले यहाँ के ज्येष्ठ कार्यकर्ताओं से मिलने की बात मैंने कही थी, लेकिन मेरे इस सुझाव की आवश्यकता तुम्हारी समझ में नहीं आई, ऐसा लगता है। यह ठीक नहीं है। एक बार नहीं, बल्कि दो बार सुझाने पर भी तुम उसे नजरअंदाज कर रहे हो, क्या यह अच्छी बात है ? इतनी छोटी सी बात यदि ध्यान में नहीं रख सकते तो फिर पूर्णकालिक कार्यकर्ता की जिम्मेदारी कैसे सँभाल सकोगे ? किसी के प्रति हमारी जवाबदेही है, होनी चाहिए या नहीं ?''

अब यशवंतरावजी के सुझाव की गंभीरता मेरे ध्यान में आ रही थी। जिस क्षेत्र में हम काम करना चाहते हैं, वहाँ के प्रमुख से संपर्क करना हमारी सर्वोच्च प्राथमिकता होनी चाहिए, यह संगठन शास्त्र की मोटी बात समझने में मैं भूल कर रहा था। इतना ही नहीं, यशवंतराव जैसे ज्येष्ठ अनुभव संपन्न व्यक्ति कोई विशेष सुझाव दे रहे हैं, उनका निरादर जीवनकी बहुत बड़ी गलती है, इसका भान भी मुझे हो रहा था।

❖○❖

हमें इस संबंध में अपना कड़ा विरोध प्रकट करना चाहिए। महेश ताव में आकर बैठक में बोल रहा था। किसी महाविद्यालय के पदाधिकारियों के अनुचित व्यवहार से संबंधित चर्चा चल रही थी। महेश का स्वर ऊँचा होता

जा रहा था। एक जिम्मेदार छात्र संगठन होने के नाते हमें अपनी आवाज बुलंद करनी चाहिए। हमें उनके मुँह पर कालिख पोतनी चाहिए। गाँव में कहीं भी उनके कार्यक्रम नहीं होने देने चाहिए।

बैठक संचालित करने वाले प्रमोद की समझ में नहीं आ रहा था कि महेश को कैसे शांत करे। अंत में प्रमोद ने महेश को रोका और पूछा, ''अन्य किसी को इस संबंध में कुछ कहना है?'' तब दीपक ने बोलना शुरू किया, ''महाविद्यालय पदाधिकारियों का अनुचित व्यवहार निस्संदेह गंभीर और आपत्तिजनक है, परंतु किसी भी परिस्थिति में हमें अपना विरोध व्यक्त करते समय संयम नहीं छोड़ना चाहिए, ऐसा मुझे लगता है। इस अनुचित व्यवहार की जाँच-पड़ताल करने की माँग हम कर सकते हैं, भूख हड़ताल जैसा भी मार्ग है या उन पदाधिकारियों से इस्तीफा भी माँग सकते हैं।''

आगे की बैठक में काफी गरमागरम चर्चा हुई, और मुँह को कालिख लगाने जैसा मार्ग न अपनाते हुए, लेकिन भ्रष्टाचार विरोध का आंदोलन प्रखरता से चलाने का निर्णय लिया गया। फिर भी महेश को यह निर्णय बिलकुल स्वीकार्य नहीं था। बैठक छोड़ते हुए वह क्रोध में बोला, ''इस पद्धति से काम करना मेरे लिए संभव नहीं है।''

यशवंतरावजी ने अपना मौन तोड़ते हुए उसकी ओर देखकर कहा, ''बैठक में हम किसी भी विषय की चर्चा, उस विषय के सभी आयाम/पहलू ध्यान में रखते हुए करते हैं। मत कई प्रकार के हो सकते हैं, लेकिन निर्णय एक ही होता है। ऐसा भी हो सकता है कि प्रतिपादित मत के अनुसार निर्णय न हो, परंतु उसका विचार व्यक्तिगत स्तर पर करना उचित नहीं है। महेश, तुम यहाँ से उठकर जा रहे हो, जाने में कोई आपत्ति भी नहीं है, फिर भी यहाँ से जहाँ भी जाओगे, वहाँ का स्तर यहाँ से ऊँचा रखने की चिंता अवश्य करना।''

महेश नीचे बैठ गया। उसे अपनी भूल ध्यान में आ गई। अकारण किसी कार्यकर्ता को मक्खन लगाना यशवंतराव को पसंद नहीं था, इस संबंध में उनकी यह कठोरता कई व्यक्तियों के जीवन में बहुत कुछ सिखा गई।

भवसहभाग

मुंबई में कई बार बैठकों के लिए मेरा जाना होता था। इन बैठकों में यशवंतरावजी भी रहते थे, वे इस दौरान कार्यकर्ताओं पर उनके विकास की दृष्टि से पैनी नजर रखते थे।

ऐसे ही एक बार बैठक के पहले सत्र के बाद चायपान करते समय यशवंतरावजी ने मुझे बुलाकर कहा—क्यों भाई! बैठक में आप चुप्पी लगाए बैठे थे। क्या कोई विशेष कारण है? बैठक में आप बोलेंगे तो आपकी और उस इकाई के कार्यकर्ताओं की कठिनाइयाँ भी सभी के ध्यान में आएँगी। आप निःसंकोच होकर बोलिए। यशवंतरावजी ने कहा कि आपका कोई सुझाव भी संगठन के लिए उपयोगी हो सकता है। बैठक में आपके स्थान के कार्यकर्ताओं के विषय में दृष्टिकोण स्पष्ट हो सकेगा।

कार्यकर्ताओं की झिझक दूर हो, बैठक में सभी कार्यकर्ताओं का सभी विषयों पर सहयोग हो, यशवंतरावजी ऐसा प्रयास करते थे, जिससे कि अधिक योग्य एवं अधिक स्वीकार्य निर्णय लेने में आसानी हो जाती है।

अनुशासन

विद्यार्थी परिषद् के कलकत्ता अधिवेशन में पहले ही दिन शाम के समय तीन प्रतिनिधि अपना बोरिया-बिस्तर बाँधकर घर लौट रहे थे। उनकी ओर देख रहे प्रतिनिधियों को उनके उदास चेहरे साफ दिखाई दे रहे थे। जरूर कुछ बड़ी भूल की होगी।' अन्यथा अधिकाधिक कार्यकर्ता जोड़नेवाली विद्यार्थी परिषद् द्वारा तीन कार्यकर्ताओं को वापस भेज देना कैसे संभव है?

बाद में पता चला कि ये तीनों वीर अधिवेशन का सत्र शुरू होते ही कलकत्ता शहर में घूमने गए थे। खरीदारी करके भोजन के समय अधिवेशन में लौटे थे। इतनी दूर आने के बाद शहर देखने और खरीदी करने का मोह भला किसको न होगा? फिर भी ऐसा मोह टालने की शिक्षा जहाँ मिलती है, वह स्थान है विद्यार्थी परिषद्।

While planning in advance, do not think it is safe but make sure that is safe.

कार्यकर्ता को हद से अधिक स्नेह करनेवाले यशवंतरावजी समय आने पर अत्यधिक कठोरता भी बरतते थे। विद्यार्थी परिषद् के अधिवेशन का कोई निश्चित उद्‍देश्य है, वहाँ की सारी योजनाओं के मूल में विशेष विचार है, उसका कुछ अर्थ है। अधिवेशन में आकर कुछ भी करेंगे, कहीं भी घूमने जाएँगे, यह किसी भी परिस्थिति में नहीं हो सकता। इस घटना से सभी कार्यकर्ताओं को अनुशासन का संदेश मिल गया।

पूर्ण तैयारी

संगीत प्रतियोगिता पूरी होने के बाद पुरस्कार वितरण समारोह की तैयारी के लिए बैठक थी। उसमें यशवंतरावजी भी आए थे। पंद्रह-बीस मिनटों में हमने कार्यक्रम से संबंधित विभिन्न जिम्मेदारियों को बाँट लिया। यशवंतरावजी चुपचाप बैठे सुन रहे थे। मैंने उनकी ओर देखा, ताकि वे भी कुछ सुझाव दें। उन्होंने कहा, 'हम अभी कार्यक्रम की योजना बना रहे हैं। सच बात यह है कि कुछ लोग भगवान की पूजा करते समय मानस पूजा विधि अपनाते हैं। वे लोग क्रम से पूजा की सारी विधियों को मन में ही पूरा कर लेते हैं। पूजा सामग्री मन में जुटा लेते हैं। उसी प्रकार क्या हम भी पूरे कार्यक्रम की कल्पना नहीं कर सकते हैं? ऐसा करने पर कार्यक्रम की छोटी-छोटी बातें भी, जैसे कृति, सामग्री, व्यक्ति आदि ध्यान में आ जाएँगी और हमारी योजना भी परिपूर्ण बन जाएगी।'

किसी भी कार्यक्रम की व्यवस्था पुस्तिका तैयार होनी चाहिए, यशवंतरावजी का सदैव यह आग्रह रहता था। कार्यक्रम की पूर्व योजना परिपूर्ण योजना, और अनुवर्तन (योजनोत्तर कार्य) आदि संगठन शास्त्र के तत्त्वों का महत्त्व वे समझाना चाहते थे।

भव वृंद भाव (Team sprit)

महाविद्यालय के चुनाव के संदर्भ में अपनी भूमिका निश्चित करने के लिए प्रमुख कार्यकर्ताओं की बैठक चल रही थी। उसमें सभी जोर-शोर से अपना मत व्यक्त कर रहे थे। प्राध्यापक कार्यकर्ता भी अपने विचार रख रहे

थे। पीठ के पीछे हाथ रखकर यशवंतरावजी चुपचाप तन्मयता से सबकी चर्चा सुन रहे थे। 'चुनाव में भाग लेने से नुकसान ही होगा' विचार से लेकर 'चुनाव जीतकर हमें समुचित परिवर्तन लाना चाहिए तक' कई मत प्रकट हो रहे थे। सर्वानुमति नहीं हो पा रही थी। कुछ कार्यकर्ता उत्तेजित होकर इशारा कर रहे थे कि निर्णय उन्हीं के मतानुसार होना चाहिए।

अंत में सभी ने यशवंतरावजी की ओर देखा। यशवंतरावजी कहने लगे, 'बैठक में काफी चर्चा हो चुकी है। कोई भी निर्णय लेने पर उसके अच्छे-बुरे गंभीर परिणाम संगठन पर होंगे। कोई एक विचार ही उपयुक्त है, ऐसा आग्रह रखना शायद उचित नहीं होगा। अभी तुरंत निर्णय हो, यह भी आवश्यक नहीं है। मुझे लगता है कि बैठक अब यहीं समाप्त करें। एक-दो दिनों के बाद हम फिर मिलेंगे। संभव है, तब तक सर्व समावेशक वातावरण बन जाएगा और निर्णय लेना सुलभ होगा। विषय के अन्य आयाम भी सामने आ सकेंगे।'

बैठक को रोक दिया गया। दो दिनों के बाद ध्यान में आया कि चुभनेवाले आग्रह कम हो गए और बैठक में निर्णय कोई भी हो तो भी किसी की हार या जीत का भाव नहीं रहेगा।

विषय का 'परिपक्व' होना क्या होता है। यह उस समय ध्यान में आ पाया।

विवेक

विश्वविद्यालय द्वारा महाविद्यालयों के लिए एक आचार-संहिता बनाई गई थी और उसे अनिवार्य कर दिया गया था। वह आचार संहिता अव्यावहारिक और अनुचित होने से विद्यार्थी संगठनों में असंतोष बढ़ रहा था। विद्यार्थी परिषद् ने भी पूरा ध्यान देते हुए उसका विरोध करने का निर्णय ले लिया था। ऐसे समय में विश्वविद्यालय सीनेट की बैठक आयोजित की गई थी। उस

काम करते समय उसका विकास अपेक्षित है, उसी प्रकार कार्यकर्ता का भी विकास अपेक्षित है, केवल कार्यकर्ता का सहयोग नहीं।

बैठक के समय विरोध प्रदर्शित करने की योजना बनाई गई। बैठक के स्थान पर प्रदर्शन के समय कौन क्या भाषण करेगा, यह भी तय किया गया। विश्वविद्यालय के दीक्षांत सभागृह में सीनेट की बैठक शुरू हुई और परिषद् के कार्यकर्ताओं ने वहाँ घेराव प्रारंभ किया। जोरदार नारों से पूरा विश्वविद्यालय परिसर गूँठ उठा। नियोजित भाषण होने लगे। भारी कोलाहल होने लगा। अंत में कुलपति स्वयं बैठक छोड़कर बाहर आए और कार्यकर्ताओं के विचार सुन लेने की तैयारी दिखाई। अब एक अलग ही परिस्थिति निर्माण हो गई। कुलपति स्वयं बाहर आएँगे, इसकी कल्पना तक किसी ने नहीं की थी। कार्यकर्ताओं का जोश चरम सीमा पर पहुँच गया था। एक प्रमुख कार्यकर्ता सीमा से बाहर हो गया और किसी भी परिस्थिति में सीनेट की बैठक नहीं होने दी जाएगी, ऐसा उसने घोषित किया। फिर भी जोरदार नारेबाजी शुरू हो गई। अंत में कुलपति संतप्त हुए। उन्होंने पुलिस को बुलाया, अब कार्यकर्ता और भी अधिक उत्तेजित हो गए। नारों की तीव्रता अधिक बढ़ी। समूह को नियंत्रित करने का पुलिस ने काफी प्रयास किया, फिर भी स्थिति नियंत्रण से बाहर होती दिखने पर पुलिस ने लाठीचार्ज शुरू किया। भगदड़ मच गई। पुलिस का लाठी प्रहार बर्बर था। कई कार्यकर्ता घायल हो गए। कुछ कार्यकर्ताओं को गिरफ्तार भी किया गया।

इस घटना की चर्चा अगले दिन बैठक में हुई, प्रमुख कार्यकर्ता द्वारा अकस्मात् परिस्थिति को अनियंत्रित करने वाला और स्थिति को अत्यधिक गंभीर बनाने वाला भाषण करने से वातावरण बदल गया, यह मालूम हुआ। सभी उस प्रमुख कार्यकर्ता के विरोध में बोलने लगे। यशवंतरावजी ने उस बैठक में उपस्थित थे। उन्होंने अपनी शैली में बोलना प्रारंभ किया—'यह हमें समझ लेना चाहिए' शब्दों से बैठक में पूरी तरह शांति फैल गई। वे आगे कहने लगे, 'हमारा पूर्व नियोजन क्या था? क्या वह पूर्ण नियोजित भी था? जो कुछ भी पूर्व नियोजित था, उसके अनुसार संपूर्ण कार्यक्रम हुआ या कुछ अन्य तरीके से पूरा हुआ? यदि वैसा हुआ हो तो भी भविष्य में उसे कैसे टाला जा सकता है, आदि विषयों का विचार होगा तो कौन कितना गलत था, इसकी अपेक्षा अधिक व्यापक चर्चा हो सकेगी। और वैसी चर्चा संगठन के

लिए भी उपयुक्त होगी।' यशवंतरावजी के इस कथन से बैठक में उठनेवाली गुस्से की लहरें शांत हो गईं। चर्चा व्यक्ति को केंद्र बना रही थी, यह सबकी समझ में आ गया था और सब विषय की दिशा में आगे बढ़े।

कभी-कभी बैठक में गाड़ी पटरी से उतर जाती है, तब उसे पूर्ववत् करना भी आवश्यक होता है, यह इस बैठक में सबकी समझ में आ गया।

कार्य कुशलता के संस्कार

मैं अपने महाविद्यालयीन जीवन में विद्यार्थी परिषद् की कार्यकर्ता थी, परंतु शिक्षा समाप्त होने पर पंद्रह वर्षों तक कहीं भी मेरी सहभागिता नहीं रही। विद्यार्थी परिषद् के स्वर्ण महोत्सव के उपलक्ष्य में होनेवाले अधिवेशन में यह पंद्रह वर्षों की दूरी समाप्त करने का अवसर मुझे मिल गया। मैंने अधिवेशन के एक विभाग की जिम्मेदारी स्वीकार की और काम में जुट गई। किसी वाद्य को बचपन में सीखा हो और वर्षों तक उसे छूने का भी अवसर न मिला हो, तो भी अचानक वह वाद्य हाथ में आने पर कुछ ही क्षणों में उस पर उँगलियाँ एक अभ्यस्त की तरह चलने लगती हैं। ठीक वैसा ही मेरे साथ हुआ। बहुत कुशलता से मैंने अधिवेशन में अपनी जिम्मेदारी को पूरा किया, तब मेरे साथ काम करनेवाली नई कार्यकर्ता के मुँह से अनायास शब्द निकल पड़े, 'संयोगिता बहन, तुमने तो सारा काम ऐसे पूरा किया, मानो उसे करना तुम्हारी रोज की आदत हो। इतने वर्षों के बाद तुम्हें जरा भी झिझक नहीं हुई।' मैंने उसे कुछ उत्तर नहीं दिया। केवल हँस दी। उसके प्रश्न का उत्तर मेरे मन की गहराई में छिपे एक रहस्य में समाया था। 'अरी! मैंने पहली बार जिम्मेदारी को स्वीकार किया, विचार प्रक्रिया को सीखा, तब यशवंतरावजी मेरे मार्गदर्शक थे। उनके सभी संस्कार इतने प्रभावी थे कि इतने वर्षों बाद भी वे क्षीण नहीं हुए।' मैंने अपने मन से संवाद किया और गहराई में छिपे मानसिक रहस्य को जानकर बड़ी प्रसन्नता का अनुभव किया।

Give some body, Long rope.

कार्यकर्ता विकास

उत्कृष्ट शैक्षिक योग्यता रखने वाले मोहन को दो-तीन प्रदेशों के क्षेत्रीय संगठन मंत्री की जिम्मेदारी सौंपने की घोषणा हुई। बाद में कार्यकर्ताओं के समूह में बातें हो रही थीं। यशवंतरावजी भी वहाँ थे।

'मोहन ने बहुत थोड़े समय में ही इतनी प्रगति कर ली है।' किसी ने कहा।

'हाँ, वह सुधाकरराव की उपज है।' उसी समूह में खड़े सुधाकरराव ने तुरंत कहा, 'वैसा कुछ भी नहीं है। मोहन की क्षमता ही मूलतः बहुत कुछ है।' वहाँ खड़े यशवंतरावजी ने कहा कि सुधाकरजी का कहना भी किसी हद तक ठीक है। किसी ने किसी को गठित किया, ऐसा वास्तविकता में होता नहीं है। बीज का वटवृक्ष में रूपांतरण होता है, क्योंकि वह क्षमता उस बीज में ही होती है। किंतु एक बात जरूर सच है कि कार्यकर्ता-विकास के लिए अनुकूल वातावरण का होना बहुत आवश्यक है।

जैसे बीज का पौधे में रूपांतरण होने के लिए खाद-पानी की आवश्यकता होती है, उसी प्रकार कार्यकर्ता के विकसित होने के लिए परस्पर सहयोग, समुचित वातावरण एवं मार्गदर्शन की आवश्यकता होती है।

निर्णय क्षमता का विकास

मैं अध्यापक कार्यकर्ता होने के नाते कई बार यशवंतरावजी से मिलने उनके घर चला जाता था। हर बार बड़ी रोचक चर्चा होती। मैं वहाँ से समस्या को सुलझाने का सुलभ रास्ता पाकर ही लौटता था। कई अन्य कार्यकर्ता अपनी समस्या लेकर आते थे तथा यशवंतरावजी और उनकी बातचीत से मुझे भी अप्रत्यक्ष लाभ मिल जाता। एक बार मैं उनसे मिलने गया। कई कार्यकर्ता बैठे हुए वार्त्तालाप कर रहे थे। यशवंतरावजी ने मुझे ठहरने के लिए कहा। यह तो मेरे लिए अच्छा मौका था। नई बातें सीखने का अवसर मिल गया। मैं उनकी चर्चा बड़ी उत्सुकता से सुनने लगा।

मिलने आए कार्यकर्ता एक कार्यक्रम की योजना अपने मन में निश्चित करके आए थे। उन्होंने अपनी योजना यशवंतरावजी के सामने रखी। उनकी

योजना सुनकर मुझे लगा कि व्यवहार के स्तर पर वह योजना पूरी तरह गलत है। यशवंतरावजी भी उसे गलत कहकर अस्वीकार कर देंगे, ऐसा मुझे विश्वास था, फिर भी ऐसा कुछ भी नहीं हुआ। इतना ही नहीं बल्कि उन्होंने उस योजना की सराहना की। उस योजना के सभी पहलुओं को धीरे-धीरे उनके सामने स्पष्ट किया और अंत में कहा, 'आखिर निर्णय उन्हें ही लेना है।'

मैं भी संगठन का एक महत्त्वपूर्ण पहलू समझ रहा था कि ज्येष्ठ अनुभवी कार्यकर्ता होने के नाते सलाह-मशवरा करने नए कार्यकर्ता जब अपने पास आते हैं तब अनुभव-पद-आयु से बड़े होने से हम अपना निर्णय उन्हें सुना देते हैं, क्या यह उचित है? क्या हम ऐसा करते हुए नवोदित कार्यकर्ता की निर्णय लेने की क्षमता पर कुठाराघात नहीं कर रहे हैं? अपने कंधों पर उन्हें बैठाने की अपेक्षा क्या उन्हें उनके पैरों पर खड़े रहने की शक्ति प्रदान करना अधिक उचित नहीं है?

नए प्रयोगों का स्वागत

कार्यकर्ताओं के अभ्यास वर्ग की तैयारी जोरों से चल रही थी। पूरी योजना तैयार करने के लिए बैठक चल रही थी। यशवंतरावजी उस बैठक में उपस्थित थे। चर्चा में भाग लेते हुए किरण ने सुझाव दिया, 'इस बार हम अभ्यास वर्ग में 'ओव्हर-हेड-प्रोजेक्टर' का उपयोग करें तो अच्छा होगा। उसकी सहायता से विषय अधिक स्पष्ट होने में सहायता मिलेगी।'

इस सुझाव को सुनकर एक ज्येष्ठ कार्यकर्ता श्री वराडकर तत्काल बोल उठे, 'अरे, ऐसे प्रयोग तो पहले भी किए जा चुके हैं। उसका कुछ लाभ नहीं दिखाई दिया। तब फिर से उस निष्फल प्रयोग को दुहराने से क्या फायदा है?'

इस प्रतिक्रिया को सुनकर अनुकूल-प्रतिकूल मत प्रकट होने लगे।

कोई भी कार्यक्रम-प्रकल्प सिद्ध होने के लिए निरंतर प्रयास, पूर्ण योजना, पूर्व विचार, पूर्व योजना, पूर्व विचार ग्रंथरूप में लिखित होना उपयुक्त है।

अभी चर्चा अधूरी थी, तभी चायपान की छुट्टी हो गई। दुबारा बैठक शुरू होने पर प्रोजेक्टर का विषय फिर प्रारंभ हुआ, लेकिन अब चित्र बदल गया था।

विरोध करनेवाले ज्येष्ठ कार्यकर्ता श्री वराडकर ने प्रारंभ करते हुए कहा, पिछली बार प्रोजेक्टर का प्रयोग क्यों सफल नहीं हुआ, यह मुझे मालूम है। उन त्रुटियों को हम ध्यान में रखेंगे तो जरूर इस बार अवश्य लाभ होगा।

बैठक समाप्त होने पर मैंने श्री वराडकर से पूछा, 'आपने तो प्रोजेक्टर का प्रारंभ में विरोध किया था, तब अपना मत आपने क्यों बदल दिया?'

श्री वराडकर बोले, 'चायपान के समय यशवंतरावजी मुझसे मिले थे। उनके साथ चर्चा करने पर मुझे समझ में आया कि कार्यकर्ताओं के नए विचारों को यदि हम अपने कार्य में सम्मिलित करना चाहते हैं तो हमें उनके नए प्रयोगों को स्वीकार करना चाहिए। भले ही प्रारंभ में इन नए प्रयोगों में हमें सफलता न मिली हो, फिर भी नए कार्यकर्ताओं के उत्साह और कल्पना में हमें बाधा नहीं डालनी चाहिए। इतना ही नहीं, अपने अनुभवों की सहायता से उन नए प्रयोगों की सफलता का हर संभव प्रयास करना चाहिए। तभी कार्य को विकसित करनेवाले नए कार्यकर्ता हमें प्राप्त हो सकेंगे।

कार्यकर्ता विकास

मुंबई महानगर अभ्यास वर्ग चल रहा था। प्रतिवर्ष शिक्षक प्राध्यापक कार्यकर्ता अपने लिए एक-एक विषय चुनकर उसे वर्ग में प्रस्तुत करते थे। यशवंतरावजी ने अपनी विशिष्ट शैली में आग्रह किया कि इस वर्ष पूर्णकालिक और विद्यार्थी कार्यकर्ता भी एक-एक विषय प्रस्तुत करेंगे।

मैं जरा सहम गई। व्यक्तिगत रूप से मैं चाहे जितना बोल सकती हूँ, फिर भी विषय प्रस्तुत करना, सत्र संचालित करना संभव नहीं लगता था। आदत नहीं थी और वृत्ति भी नहीं थी। फिर भी यशवंतरावजी के सामने कोई अपील नहीं थी। आखिर मैं उनसे मिलने गई। उन्हें मेरा संकोच समझ में आ गया। उन्होंने कहा, देखो, मैं तुम्हें कुछ किताबें, लेख देता हूँ, उन्हें पढ़ो, अध्ययन करो और उसका सार निकालो। तब हम फिर मिलेंगे। चर्चा करेंगे।

बाद में तुम चर्चा-सत्र का संचालन करो। सब कुछ आ जाएगा। मेरी न कहने की हिम्मत ही नहीं हुई।

उन्होंने मुझसे सारी तैयारी करवा ली और मैंने सत्र संचालित किया। कार्यकर्ता को विचार-प्रवृत्त करना यशवंतरावजी की विशेषता थी। न तो उसे चम्मच से पिलाना और न उस पर सबकुछ छोड़ देना।

कार्यकर्ता का अध्ययन-मनन चलता रहना चाहिए, इस पर वे जागरूकता से ध्यान देते थे।' आज के युग में केवल निष्ठा पर्याप्त नहीं है। वह तो होनी ही चाहिए, साथ ही ज्ञान और कुशलता भी चाहिए।

विशालता

मैं और यशवंतरावजी बस से प्रवास कर रहे थे। स्वच्छ-सुंदर प्रभात, पहाड़ की घाटियों से बस गुजर रही थी। जब बस पहाड़ की चोटी पर पहुँची तब यशवंतरावजी ने मुझसे पूछा, 'क्या तुम्हें चारों ओर का विस्तीर्ण परिसर दिखाई दे रहा है? मैंने उनकी ओर देखकर 'हाँ' कहा। उन्होंने फिर से पूछा, क्यों? 'हम पहाड़ की चोटी पर आ गए हैं, इसलिए यह दृश्य दिखाई दे रहा है, 'मैंने वैज्ञानिक उत्तर दिया। हँसते हुए यशवंतरावजी बोले, 'अरे! मनुष्य के विचारों की ऊँचाई भी जब इसी तरह बढ़ जाती है, तब उसका दृष्टिकोण भी ऐसा ही विशाल हो जाता है।'

प्रकृति की विचार संपदा मुझ तक पहुँचाते हुए यात्रा कब समाप्त हुई, पता ही नहीं चला। जीवन की यात्रा में परिपक्वता के दर्शन करने का एक अवसर मुझे मिला।

समरसता

हम सभी प्रमुख कार्यकर्ता तीन दिनों की प्रदीर्घ बैठक के लिए लासलगाँव में इकट्ठा हो गए थे। गरमी के दिन थे, इसलिए छुट्टी के कारण एक

हमारा राष्ट्रीय पुनर्निर्माण का कार्य कई क्षेत्रों में चल रहा है। अपने क्षेत्र में चल रहे कार्य को सुचारू रूप से चलाना अपना काम है।

पाठशाला में बैठक आयोजित की गई थी। दिन भर बैठक चलती रही, उसके बाद सभी कार्यकर्ता रात में देर तक गपशप करते रहे। आशुतोष भी इसमें सम्मिलित हो गया था। वह उस हॉल में रात को देरी से पहुँचा, जहाँ यशवंतरावजी सोए हुए थे। अन्य लोग भी वहाँ सोए हुए थे।

हॉल में आते ही आशुतोष ने सभी ट्यूब-लाईटें जला दीं, जिनकी आवश्यकता नहीं थी। वैसे उस हॉल में एक नाईट-लैंप जल रहा था, जो पर्याप्त उजाला दे रहा था। आशुतोष के लिए उस प्रकाश में बिस्तर फैलाकर सोना संभव था। अचानक सभी ट्यूब लाईटें जलने से आठ-दस कार्यकर्ता जाग गए और देखने लगे कि क्या बात है? यशवंतरावजी भी उठ बैठे।

आशुतोष ने बड़े जोर से चिल्लाते हुए अपने सोए हुए मित्र से पूछा, 'क्यों विजयकुमार, सोए हो क्या?' बाद में वह बत्ती बुझाकर सो गया।

दूसरे दिन संयोगवश यशवंतरावजी देर से हॉल में आए और अपने साथ आए कार्यकर्ता से दबी आवाज में कुछ बोले और नाईट लैंप के धुँधले प्रकाश में ही बिस्तर फैलाकर चुपचाप सो गए। जरा भी आवाज नहीं होने दी। आशुतोष ने अपने कल के उस व्यवहार की यशवंतरावजी के इस व्यवहार से तुलना की, तब उसे अपनी 'गलती' ध्यान में आ गई।

सामूहिक जीवन में किसी को तकलीफ हो, ऐसा व्यवहार करना उचित नहीं है, भले ही कोई कुछ कहे या न कहे, यह बात यशवंतरावजी ने अपने व्यवहार से बता दी थी।

❖○❖

आंध्र प्रदेश के एक शहर में विद्यार्थी परिषद् का अधिवेशन चल रहा था। दोपहर भोजन के समय महाराष्ट्र के दो-चार कार्यकर्ता भोजन करते हुए बातें कर रहे थे। यशवंतरावजी भी सहज रूप से थाली लेकर कार्यकर्ताओं के साथ भोजन करने लगे। इतने में महाराष्ट्र के कुछ और कार्यकर्ता बात करते-करते वहाँ पहुँचे। उनमें से एक ने कहा, 'यार, यहाँ भोजन में रोटी ही नहीं है। केवल चावल-ही-चावल, हम कैसे भोजन करें?' यशवंतरावजी ने नजर उठाकर देखा कि कौन शिकायत कर रहा है? दूसरे ही क्षण हँसते हुए उस कार्यकर्ता को पास बुलाया। स्वयं यशवंतरावजी ही बुला रहे हैं, यह देखकर

वह भी हँसते हुए उनके पास बैठ गया। बाद में भोजन करते हुए यशवंतरावजी ने उससे कहा, 'मजे की बात यह है कि हमारा काम अखिल भारतीय स्तर का है। इसलिए साल भर में चार दिन हमें दूसरे प्रदेश का अनुभव करने का अच्छा अवसर मिल जाता है। हमें कम-से-कम चार दिन के लिए अपनी आदतों को दूर रखकर उस प्रदेश में घुल-मिल जाना चाहिए। वहाँ की पद्धति, भोजन आदि का खूब आनंद लेना चाहिए।'

'रोटी नहीं है' की शिकायत करनेवाले कार्यकर्ता को अपनी भूल ध्यान में आ गई।

नीतिमत्ता

सोलापुर शहर में यशवंतरावजी की पुष्टिपूर्ति समारोह मनाया जा रहा था। कार्यक्रम के बाद सर (यशवंतरावजी) को मुंबई जाना था। उन्हें विदा करने हम सभी कार्यकर्ता रेलवे स्टशन पहुँचे। रेलवे स्टेशन की सीढ़ियाँ चढ़कर जैसे ही हम स्थान पर पहुँचे, वैसे ही यशवंतरावजी ने अपना बैग मेरे हाथ में थमा दिया और जल्दी से टिकटघर की ओर चल पड़े। मैं थोड़ा हड़बड़ाया, क्योंकि उनका आरक्षण हो गया था और वह टिकट मेरे पास ही था। दूसरे ही क्षण अपने को सँभालकर मैं सर के पीछे दौड़ पड़ा और कहा, 'सर, आपका आरक्षण हो गया है और टिकट मेरे पास है।' उन्होंने मेरी ओर न देखते हुए ही कहा, 'प्रदीप, मेरा मुंबई तक का आरक्षण हो गया है, यह मेरे ध्यान में है, लेकिन तुम लोग मुझे विदा करने आए हो, मैं तुम सब कार्यकर्ताओं का प्लेट-फॉर्म टिकट लेने जा रहा हूँ।'

सामाजिक जीवन में नीति का पालन राष्ट्रीय चारित्र्य का दूसरा नाम है। यह वस्तुपाठ उनकी छोटी सी कृति ने प्रकट कर दिया था।

स्वयं सेवा

एक बड़े शहर में विद्यार्थी परिषद् का अभ्यास वर्ग चल रहा था। उस नगर के महापौर पूर्व विद्यार्थी परिषद् के कार्यकर्ता थे। शिविर में भोजन के समय वे उपस्थित थे। यशवंतरावजी ने उनका प्रसन्नता से हँसकर स्वागत

किया। सभी भोजन करने बैठे। भोजन के बाद महापौर के साथ आए नौकर उनकी थाली धोने के लिए उठाने दौड़ा। यशवंतरावजी ने अपनी थाली खुद उठा ली और धीरे से महापौर के कान के पास जाकर बोले, 'सतीश, अपनी थाली स्वयं ही उठानी चाहिए, यह संस्कार भूलना ठीक नहीं है।' इतना कहकर वे जोर से हँस पड़े।

सतीश की समझ में आया, 'अभी उसे बहुत कुछ सीखना शेष रह गया है।' विद्यार्थी परिषद् का काम करते समय मिले छोटे-छोटे सबक सुरक्षित रखकर ही अच्छा जीवन जीना संभव हो सकेगा।

सं-वद्ध्वम्

मैं विद्यार्थी परिषद् का पूर्णकालिक कार्यकर्ता था। अब अपने व्यवसाय में प्रतिष्ठित व्यक्ति हूँ। एक स्थानीय सामाजिक संस्था के प्रमुख पदाधिकारियों में से एक हूँ। इस संस्था के एक बड़े कार्यक्रम का प्रसंग है, बहुत बड़े उद्योगपति कार्यक्रम के प्रमुख अतिथि थे। वे हिंदी भाषी थे, किंतु कार्यक्रम के लिए आए नागरिक मराठी भाषी थे, इसलिए सारा कार्यक्रम मराठी में हो रहा था। प्रमुख अतिथि का भाषण स्वाभाविक ही हिंदी में हुआ। मेरे ऊपर आभार प्रदर्शन का काम था। मैं धन्यवाद देने के लिए खड़ा हुआ। अचानक विचार आया कि आभार प्रदर्शन हिंदी में करना चाहिए। आभार प्रदर्शन के बाद कार्यक्रम समाप्त हुआ। विदा लेते हुए प्रमुख अतिथि ने आयोजकों से कहा, 'देखिए, आभार प्रदर्शन का कार्यक्रम कुछ खास अच्छा लगा।'

तत्काल मेरे ध्यान में आया कि कई वर्ष पहले मेरे मन पर यशवंतरावजी ने एक संस्कार किया था। शहर कार्यकारिणी के पदाधिकारियों में भी यदि अन्य भाषा का होगा तो कार्यकारिणी की बैठक हिंदी में ही होनी चाहिए, ऐसा वे कहते थे। उसी संस्कार का आज प्रकटीकरण हुआ था। उसका महत्त्व भी पुनः ध्यान में आया।

कई कमरों से भवन बनता है, हम अपना कमरा साफ-सुथरा रखें।

आर्थिक व्यवहार

शाम का समय था। मैं विद्यार्थी परिषद् के लिए एक व्यापारी से बहुत बड़ा चंदा लेकर आया था। बड़ी खुशी से मैं कार्यालय में प्रवेश कर रहा था। मन में विजय के भाव थे, मानो मेरे कारण ही यह इतनी बड़ी राशि मिल गई हो। कार्यालय में काफी चहल-पहल थी। वहाँ यशवंतरावजी भी विज्ञापन के फोल्डर्स लिफाफे में डाल रहे थे। बीच-बीच में वे हँसी-मजाक भी कर रहे थे। मुझे देखते ही उन्होंने प्रसन्नता से 'आइए राजाजी!' कहकर स्वागत किया। वैसे वे उत्साह में सभी का इसी प्रकार स्वागत करते थे, फिर भी हर एक को वह 'स्पेशल' लगता था। मैंने उन्हें चंदा लाने की बात बताई। सभी ने मेरी बड़ी तारीफ की।

कार्यालय से बाहर जाते समय यशवंतरावजी ने मुझे अलग बुलाया और अकेले में कहा, 'देखो सुरेंद्र! तुम्हारे प्रयास उत्तम हैं। फिर भी संगठन के लिए चंदा इकट्ठा करते समय जहाँ तक संभव हो, अकेले नहीं जाना चाहिए। दो-तीन अन्य कार्यकर्ता हों तो अधिक अच्छा है। संगठन के लिए होनेवाले निधि संकलन या उसका विनियोग जैसा आर्थिक व्यवहार साधारणतः दो-तीन व्यक्तियों को मालूम होना चाहिए। यह कार्यकर्ता एवं संगठन दोनों के लिए उपयुक्त है।

❖❍❖

पश्चिम क्षेत्र के पूर्णकालिक कार्यकर्ताओं का वर्ग चल रहा था। अलग-अलग-अलग भागों में पूरा समय देकर काम करनेवाले वे कार्यकर्ता थे। वर्ग के अंत में एक स्थानीय व्यापारी सभी पूर्णकालिक कार्यकर्ताओं के लिए पेंट-पीस भेंट करनेवाले थे। बड़ी आस्था से यह भेंट दी जा रही थी। लेकिन प्रत्येक भेंट पर लिखा था, 'श्रीमान…के सौजन्य से'। रिक्त स्थान पर भेंटकर्ता का नाम लिखा था। इसलिए स्वाभाविक रूप से चर्चा होने लगी कि यह भेंट स्वीकार की जाए या नहीं? यशवंतरावजी से बातचीत की गई। उन्होंने कहा, 'ऐसी भेंट अ.भा.वि.प. द्वारा स्वीकार करने में कोई आपत्ति नहीं है। फिर भी 'सौजन्य से' शब्द और नाम उल्लेख करना उचित नहीं है। देनेवाले का शुद्ध समर्पण भाव होना चाहिए। नाम की चाह उचित नहीं है।

संगठन पर किसी का 'उपकार भाव' अनुचित है, यह ध्यान में रखने योग्य है।

मेरा कमरा ठीक रहे

'पूरे देश के घटनाचक्र में अपने संगठन का अस्तित्व नगण्य है', 'असम प्रदेश में हमने सत्याग्रह किया, परंतु असम प्रदेश की समस्या पर उसका क्या असर होगा, कुछ कहा नहीं जा सकता।

असम प्रदेश के सत्याग्रह के बाद प्रांतीय बैठक चल रही थी। उसमें कार्यकर्ताओं के स्वर में उपर्युक्त निराशा के भाव प्रकट हो रहे थे।

'देश के विद्यार्थी आंदोलन में भी अपना स्थान प्रभावी नहीं है। असम, तमिलनाडु जैसे प्रांतों में तो हमारा काम कुछ भी नहीं है।' किसी ने बहुत उद्विग्न होकर कहा।

अधिकांश कार्यकर्ता इसी हताशा में थे। उस बैठक में यशवंतरावजी सभी की बातें बड़े ध्यान से सुन रहे थे।

यशवंतरावजी ने बैठक की इसी हताशावस्था में प्रश्न किया, 'देखिए, यदि सोलापुर में रहनेवाला कार्यकर्ता 'असम में काम नहीं हो रहा है,' इस चिंता से रात भर छटपटाता रहे तो उसका क्या लाभ होगा? उसकी अपेक्षा उसने सोलापुर का काम अधिक परिश्रम और योजनापूर्वक किया तो कितना अच्छा होगा!'

इस प्रश्न से बैठक का स्वर ही बदल गया। निराशा तो दूर हो ही गई, लेकिन सबसे महत्त्वपूर्ण बात यह हुई कि कार्यकर्ताओं की विचार की दिशा ही बदल गई। जो बातें अपने हाथ में नहीं है, उनके लिए व्याकुल होना पागलपन ही है, यह प्रमुख कार्यकर्ता सहजता से समझ गए।

अनावश्यक बातों पर समय व्यर्थ खर्च न करने का एक स्वाभाविक संस्कार भी बैठक के कार्यकर्ताओं पर हुआ।

❖○❖

'यशवंतरावजी! इतने वर्षों से हमारा काम चल रहा है, फिर भी समाज

कार्यकर्ता का गुण-दोष-मर्यादा सहित स्वीकार महत्त्वपूर्ण है।

में क्या परिवर्तन हुआ है? जिन्हें हम अपना मानते हैं, वे भी कैसा विचित्र व्यवहार कर रहे हैं? देश के स्तर पर कैसे निर्णय लिये जा रहे हैं? क्या हम यही चाह रहे थे?'

इतने दिनों तक मन की गहराई में छिपी मेरी उद्विग्नता निर्बाध होकर बह रही थी। अपने ही परिवार के अन्य संगठनों में रहनेवाले कार्यकर्ता कैसे गलत निर्णय ले रहे हैं, मैं यह सोदाहरण व्यक्त करने का प्रयास कर रहा था। ऐसा गलत व्यवहार हम क्यों पचा रहे हैं? मैंने ऐसा दो टूक सवाल किया था। मैं प्रदेश के एक अनुभवी ज्येष्ठ प्राध्यापक कार्यकर्ता के रूप में जिम्मेदारी लेकर काम कर रहा था, फिर भी चारों ओर की परिस्थिति मुझे बेचैन कर रही थी।

मैंने अपनी बात पूरी कर ली है, ऐसा जानकर शांत चित्त से यशवंतरावजी ने कहा, 'महेशराव! तुम्हारे हृदय में समाज, देश, संगठन के प्रति अत्यधिक स्नेह है, उसी के कारण तुम यह सब कह रहे हो, इसमें संदेह नहीं है। इतना होने पर भी जरा सोचिए, एक बहुत बड़ी इमारत है, जिसमें २५-३० कमरे हैं। हमें ११ क्रमांक का कमरा दिया गया हैं। उसे साफ-सुथरा रखना हमारा काम है। अन्य लोग अपने कमरे किस प्रकार रखते हैं, इसका विचार करना अपनी शक्ति का अपव्यय है। बस हम इतना ही काम करें कि अपना कमरा साफ रखें।

कार्यपद्धति

महानगर के 'अध्ययन शिविर' के लिए यशवंतरावजी आए थे। नए वर्ष की कार्यकारिणी की घोषणा दोपहर में होनेवाली थी। विद्यार्थी परिषद् की कार्यपद्धति के अनुसार महानगर के मंत्री पद एवं अध्यक्ष पद की चुनाव प्रक्रिया पूरी हो गई थी। भोजन के समय यशवंतरावजी को कार्यकारिणी की सूची दिखाई गई, तब उन्होंने पूछा, 'इस वर्ष नए कौन आए हैं?'

महानगर प्रमुख ने तीन-चार नामों का उल्लेख करते हुए कहा, ''इन तीन-चार व्यक्तियों को नई कार्यकारिणी में सम्मिलित किया गया है।'' पिछले वर्ष की कार्यकारिणी में से किन व्यक्तियों को नहीं रखा गया है?

यशवंतरावजी ने आगे पूछा। "दीपक शेंडगे, प्रा. अच्युतराव पाठारे, श्रीमती सुलेखा पेडणेकर" शहर प्रमुख ने तत्काल जानकारी दी। तब यशवंतरावजी ने आगे पूछा, "क्या उन लोगों से बातचीत हुई है?" "एक-दो व्यक्तियों से हुई है। अन्य लोगों को अपने आप ही मालूम हो जाएगा कि वे कार्यकारिणी में हैं या नहीं।"

यशवंतरावजी ने कुछ आग्रह से कहा, "देखिए, उन्हें अपने आप मालूम होना उचित नहीं है। संगठन की दृष्टि से और कार्यकर्ता की दृष्टि से भी उनसे पहले बात होना उचित है। अभी वे उपलब्ध हों तो किसी जिम्मेदार कार्यकर्ता को उनसे चर्चा करने भेज दीजिए।"

किसी एक को समुचित कार्यपद्धति का ध्यान निरंतर रखना चाहिए और वह कठिन कार्य यशवंतरावजी ने बड़ी कुशलता के साथ अत्यधिक मृदुता से तो कभी कठोरता से पूरा किया।

❖❍❖

मैं बीड़ जिले में कुछ समय से पूर्णकालिक कार्यकर्ता के रूप में कार्य कर रहा था। उस दिन आदरणीय केलकर सर प्रवास पर आए थे। उनके प्रवास के निमित्त नगर कार्यकारिणी, नगर टीम तथा प्राध्यापकों की बैठक रखी थी। साथ ही व्यक्तिगत संपर्क हेतु कुछ परिवारों में भी जाना था। रात्रि में उन्हें लौटना भी था। सर इसके पूर्व भी बीड़ में प्रवास पर आए थे, किंतु मेरे कार्यकाल में उनका यह पहला प्रवास था। मैं अत्यंत उत्साहित था।

दिन भर के कार्यक्रम के पश्चात् यशवंतरावजी ने मुझसे पूछा, "माधव, अपनी टीम के प्रमुख कार्यकर्ता रहे, आदित्य, प्रा. पाठकजी गौरी आदि इस बार दिखाई नहीं दिए! क्या कारण है?" मैंने कहा, "सर, आजकल वे लोग आते नहीं हैं, मेरा भी कुछ दिनों से उनसे मिलना नहीं हुआ है। और फिर कुछ नए कार्यकर्ता भी मिले हैं, टीम में भी कुछ कार्यकर्ता नए जोड़े हैं।"

सर ने कहा, "देखो माधव, हम सभी को जोड़नेवाले हैं, किसी को छोड़ना ठीक नहीं। नए पूर्णकालिक का पहले के कार्यकर्ताओं से संपर्क न

कार्यकर्ता विकास के लिए अनंत स्नेह और आंतरिक सुधार की व्यवस्था होनी चाहिए।

करना, यह ठीक नहीं है। 'नया संगठन मंत्री नई टोली' यह उचित नहीं।

पुराने और वर्तमान के कार्यकर्ताओं को साथ में लेकर भविष्य के कार्यकर्ता खड़े हों, यह अपना काम है। हम भी शृंखला जोड़नेवाली एक कड़ी बनें।''

छवि, क्षमता एवं स्पर्धा

विभाग प्रमुख सदस्यता संख्या का विवरण बता रहे थे। राजेश वृत्त संकलन का काम कर रहा था। संदीप की बारी आई तो दो-तीन कार्यकर्ता बोले, संदीप के विभाग का वृत्त अवश्य ही विशेष होगा। वह हर बार सबसे आगे रहता है।

मैं संदीप के पास बैठा था। उसके उदास चेहरे से मैं समझ गया था कि इस बार वह सबसे आगे नहीं है। काम नया है और उस विभाग में वह नया-नया पहुँचा है। संदीप ने अपने को सँभालते हुए कहा, ''अभी मेरे पास जो वृत्त है, वह पचास प्रतिशत ही है। पूरा वृत्त आएगा तो हमारा विभाग जरूर सबसे आगे रहेगा।''

बैठक के बाद चाय-पान के समय चाय पीते-पीते यशवंतराव संदीप के पास गए। वे समझ गए थे कि संदीप ने 'नंबर वन' की छवि के चक्कर में फँसकर वृत्त निवेदन किया है। उन्होंने बड़े आश्वस्त भाव से कहा, ''संदीपजी, अपने काम में Individual performance, Image या Competition अर्थात् व्यक्तिगत क्षमता, छवि या स्पर्धा के लिए शायद कोई स्थान नहीं है, न ही होना चाहिए। हर एक इकाई का इतिहास, वर्तमान और स्वभाव अलग होता है, अत: वहाँ के कार्य की गति भी अलग-अलग होगी। उसे ठीक से तोला नहीं जा सकता। इसलिए उसके आधार पर अपनी क्षमता या छवि के बारे में इतना सचेत रहना क्या आवश्यक है? हम पूरी ताकत लगाकर ईमानदारी से काम करते रहे, यही पर्याप्त है। काम योजना के अनुरूप हो रहा है या नहीं, यह जरूर देखना चाहिए। यह जरूरी नहीं कि उसके परिणाम हर समय सबसे अच्छे या सबसे भारी प्राप्त हों।''

तथ्य का आग्रह

सन् १९७४ में आयोजित विद्यार्थी परिषद् का रजत जयंती समारोह मुंबई में बड़ी धूमधाम से संपन्न हुआ। पूरे देश से प्रतिनिधि आए थे। सफल समारोह के बाद पत्रकार-वार्त्ता भी हुई। एक पत्रकार ने पूछा, "अधिवेशन में कितने प्रतिनिधि उपस्थित थे?" मैंने बड़े जोश और गर्व से कहा, "सात हजार।"

पत्रकारों ने और भी कई प्रश्न पूछे। पत्रकार परिषद् समाप्त होने के बाद यशवंतरावजी ने पास बुलाकर धीरे से पूछा, "अशोक, कार्यालय से इस अधिवेशन में आए प्रतिनिधियों की निश्चित संख्या कितनी मालूम हुई है?"

मैंने कहा, "छह हजार दो सौ उन्नीस।" "तब फिर तुमने पत्रकारों को सात हजार संख्या कैसे बता दी?" यशवंतरावजी ने चिंतित स्वर में पूछा। "कुछ नहीं, मैंने केवल राउंड फिगर बता दिया।" मैंने बड़ी बेफिक्री से जवाब दिया।

"अरे भाई! हमें सदा सत्य तथ्य ही देने चाहिए। वह हितकर होता है, अन्यथा बढ़ा-चढ़ाकर असत्य जानकारी देने की व्यर्थ आदत पड़ जाती है। उसके कारण अपना और संगठन का नुकसान होता है।"

लोगों को अच्छा लगे या अपना सम्मान बढ़े, इसलिए आँकड़ेबाजी या बढ़ा-चढ़ाकर बातें नहीं करनी चाहिए, इसका वे सदा आग्रह रखते थे।

आत्मनिर्भरता

अखिल भारतीय अधिवेशन की तैयारी चल रही थी। उस संबंध में होनेवाली बैठक के लिए यशवंतरावजी प्रवास पर आए थे। अधिवेशन शुरू होने में ४-५ दिन ही रह गए थे। मैं यशवंतरावजी को अधिवेशन स्थल पर ले गया। मैदान में पंडाल लगाने की तैयारी चल रही थी। इतने में यशवंतरावजी का ध्यान वहाँ गड्ढे खोदनेवाले व्यक्ति की ओर गया। यशवंतराव ने मुझसे पूछा, "आदिनाथ, विद्यार्थी परिषद् के अधिवेशन की तैयारी में संघ प्रचारक

संगठन में Factory Defect न हो

सहित सभी लोग काम में लग गए हैं, ऐसा लगता है।'' मैंने उत्साह से कहा, ''ये जो गड्ढे खोद रहे हैं, वे संघ के विभाग प्रचारक हैं।'' यशवंतरावजी ने बड़ी गंभीरता से कहा, ''अब हमें मिलकर यह सोचना होगा कि अपनी शक्ति को ध्यान में रखकर ही कार्यक्रम कितना बड़ा हो, उसकी मर्यादा निश्चित की जाए। केवल कार्यक्रम खूब विशाल हो, इसलिए अन्य संस्थाओं के कार्यकर्ताओं को बुला लेना उचित नहीं है। हमें अपनी शक्ति अनुसार ही काम करने की आदत डालनी चाहिए। हर संगठन सभी दृष्टियों से (कार्यक्रम, अर्थ, कार्यकर्ता आदि) आत्मनिर्भर होना चाहिए।''

अर्थात् उसके बाद विद्यार्थी परिषद् के सभी राष्ट्रीय अधिवेशन परस्पर समन्वय का मूल सूत्र सुरक्षित रखते हुए अपने बलबूते पर ही यशस्वी बनाए गए।

❖❍❖

मुझे अ.भा.वि.प. में आए दो वर्ष हो रहे थे। एक प्रमुख सक्रिय कार्यकर्ता के नाते मैं कार्य कर रहा था। एक बार किसी निमित्त एक विषय पर मुझे लेख लिखना था। मैं यशवंतरावजी से मिलने गया। इधर-उधर की गपशप हुई। फिर मैंने कहा, ''सर, मुझे इस विषय पर एक छोटा सा लेख लिखकर एक जगह भेजना है; आप मुझे लिखकर दे देंगे तो ठीक रहेगा।''

सर बोले, ''देखो तुकाराम, हम लेखन मिलकर करेंगे। पहले तुम अपनी कल्पनानुसार लिखकर लाओ। एक-दो दिन बाद साथ में बैठकर पढ़ेंगे। मुझे कुछ ध्यान में आया तो सुझाव दूँगा। पहले लिखना तो तुम्हें ही होगा, मैं आवश्यक होने पर ही सहायता करूँगा।'' आखिर मैंने अकेले ही लेख लिखा। लेख लेकर सर से मिलने गया। आशय, शैली के बारे में बातचीत करते हुए उन्होंने कुछ सुझाव दिए। इस बातचीत, सुझावों के आधार पर मैंने लेख फिर से लिखा और यथास्थान उसे भेज दिया।

कार्यकर्ता के विकास में सहभागी होने की उनकी यह शैली मुझे परिणाम-कारक लगी। अन्यथा कुछ लोग तो अ से ज्ञ तक स्वयं ही सबकुछ बता देते हैं अर्थात् इससे कार्यकर्ता का विकास तो दूर, वह परावलंबी बन जाता है।

विनोद वृत्ति

कोणार्क एक्सप्रेस से हमारी यात्रा शुरू हो गई थी। केंद्रीय बैठक के लिए हम कुछ कार्यकर्ता निकले थे। मई का महीना था। आम का मौसम था। एक प्राध्यापक कार्यकर्ता ने उत्तम 'हाफुस' आम अपने साथ रख लिये थे। गपशप करते हुए उन्होंने आम बाहर निकाले और हर एक को आम खाने के लिए दिए। मैंने भी एक लिया। पास में एक ज्येष्ठ प्राध्यापक कार्यकर्ता बैठे हुए थे। आम खाना शुरू हुआ। इतने में अचानक गलती से मेरे हाथ में रखे आम का रस फूटकर पड़ोस में बैठे प्राध्यापक कार्यकर्ता की शर्ट पर गिर गया। वे क्रोधित हुए और जोर से चिल्लाकर बोले, "अरे मुकुंद! क्या है यह? देखते नहीं, सारी शर्ट खराब हो गई।"

यशवंतराव सामने ही बैठे थे। कुछ नहीं बोले। चुपचाप खिड़की से बाहर देखते हुए आम खाते रहे। मैं जरा घबराया, मायूस हो गया। कोई बहुत बड़ी भूल हो गई है, ऐसा लग रहा था।

शाम के समय फिर आम खाने का उपक्रम शुरू हुआ। मैं आम खाने के लिए ही तैयार नहीं था। मुझे भय लग रहा था। सोच रहा था मुझे आम खाना नहीं आएगा। इतने में यशवंतराव पास में बैठने के लिए आए। कहने लगे, "मुकुंदराव! आम कैसे खाया जाता है, अब मैं तुम्हें यह बताता हूँ। तुम ज्यादा नाराज मत होना। प्रकाशराव जो कुछ बोले, वे प्रेम से ही बोले थे।" यह कहना भी यशवंतराव नहीं भूले। कार्यकर्ता के पास थोड़ी हँसी-मजाक की बुद्धि होनी चाहिए, इससे जटिल प्रश्न भी सरलता से हल हो जाते हैं। यह इस घटना से ध्यान में आता है।

कार्यकर्ताभाव

हमारे शहर में राष्ट्रीय अधिवेशन संपन्न हो रहा था। पूरे देश से कार्यकर्ता आए थे। वातावरण उत्साह से लबालब था। पूरी योजना के अनुसार अधिवेशन का पहला दिन समाप्त हो गया। दूसरे दिन सुबह मैं अधिवेशन के कार्यालय में आराम से कुरसी पर बैठा था। वैसे अधिवेशन की व्यवस्था में दी गई मेरी जिम्मेदारी उद्घाटन के बाद कल ही समाप्त हो गई थी। नियंत्रक

माइक पर व्यायाम के लिए आने की सूचना दे रहे थे। सभी कार्यकर्ता शीघ्रता से वहाँ जा रहे थे। मैं कुरसी पर बैठे उन्हें देख रहा था।

इतने में यशवंतराव सामने से जाते हुए दिखाई दिए। वे भी व्यायाम सत्र में सम्मिलित होने जा रहे थे। जाते-जाते उन्होंने मुझे देख लिया और कहा, "अरे अविनाश! सत्र का समय हो रहा है। तुम चुपचाप कैसे बैठे हो?" "मैं जरा व्यवस्था में हूँ।" मैंने कुछ हड़बड़ाते हुए कह दिया। निश्चित रूप में मुझे क्या कहना है, समझ नहीं पा रहा था। व्यवस्था के संबंध में कहा जाए तो वह कल ही समाप्त हो गई थी। यशवंतरावजी ने मेरी दुविधा भाँप ली और पास में आकर कहा, "देखो, किसी व्यवस्था में होने पर भी कार्यकर्ता के रूप में जहाँ तक संभव हो, अधिवेशन के सभी कार्यक्रमों में सहभागी होना चाहिए। चलो, मेरे साथ चलो।" और बड़े स्नेह से वे मुझे कार्यक्रम में ले गए। मेरी समझ में आ गया कि इस तरह अपने आपको अलग रखना उचित नहीं है। उसके बाद मैं सभी कार्यक्रमों में मन से भाग लेने लगा।

सच तो यह है कि यशवंतराव का दोपहर में एक विभाग प्रमुख से हुआ संवाद मैंने सुन लिया था। भोजन वितरण की जिम्मेदारी उस कार्यकर्ता पर थी। विभाग के सभी कार्यकर्ता भोजन वितरित कर रहे थे। वह विभाग प्रमुख केवल एक जगह खड़े होकर मानो व्यवस्था का निरीक्षण-नियंत्रण कर रहा था। यशवंतराव ने अपनी स्नेहपूर्ण रोचक शैली में उसे भी सूचित किया था कि वितरण का काम उसे भी करना चाहिए, क्योंकि उस पर उसी विभाग एवं जिले का होने के नाते वितरण की जिम्मेदारी भी है। 'सबसे प्रथम एक कार्यकर्ता हूँ' इसका भान रहना चाहिए, यह आग्रह उन्होंने सदा सभी से किया।

कार्यकर्ता पर विश्वास

कार्यकारिणी की बैठक में अत्यंत महत्त्वपूर्ण विषय पर चर्चा चल रही थी। फिर भी अभी तक शेखर बैठक में उपस्थित नहीं हुआ था। वह परिषद्

सांघिक कार्य में संघभाव आवश्यक है।

के काम से ही दिल्ली गया हुआ था। फिर भी आज की बैठक महत्त्वपूर्ण है, यह उसे मालूम था। आज उसका आना आवश्यक था। अंत में उसकी अनुपस्थिति में बैठक शुरू हुई। चर्चा चलते-चलते किसी ने शेखर का उपहास करते हुए कह दिया कि शेखर दिल्ली में मजा कर रहा होगा। हम जो भी निर्णय लेंगे, उसमें उसकी ओर से कोई आपत्ति नहीं होगी। संभव है, उसे दो दिन और भी लग जाएँ।

सभी ने हँसकर इस उपहास भरे कथन में अपनी सहमति प्रकट की। फिर भी यशवंतराव के चेहरे पर विलक्षण गंभीरता दिखाई दे रही थी। उनको देखकर बैठक में हँसी का वातावरण एक क्षण में बदल गया। शांति फैल गई। यशवंतराव ने कहा, ''शेखर जिस काम के लिए दिल्ली गया है, उसमें कोई कठिनाई आना संभव है, फिर भी वह काम पूरा करके ही लौटेगा। मुझे लगता है, उसके आने तक किसी निष्कर्ष पर पहुँचना ठीक नहीं है।''

अपने कार्यकर्ता पर कितना जबरदस्त विश्वास उनके मन में था, साथ ही किसी कार्यकर्ता की अनुपस्थिति में उसे भला-बुरा कहना अनुचित है यह संस्कार भी उन्होंने हमें दिया।

कार्यकर्ता—पहले मनुष्य

प्रदेश टीम की बैठक शुरू हो गई थी। सभी प्रमुख कार्यकर्ता समय पर पहुँच गए थे। यशवंतरावजी तो अपनी आदत के अनुसार दस मिनट पहले ही बैठक में उपस्थित थे। बैठक का संचालन करते हुए अरविंदराव ने विषय स्पष्ट किया। उसके बाद चर्चा प्रारंभ हो गई। करीब आधे घंटे बाद श्रीमान मोहनराव बैठक में पधारे। कार्यकर्ता अपनी घड़ी देख रहे थे मानो यह इंगित कर रहे थे कि क्या यह बैठक में आने का समय है ? एक-दो कार्यकर्ताओं ने हाथ से इशारा करते हुए देरी से आने का कारण जानने की कोशिश की। एक-दो कार्यकर्ताओं ने उनकी ओर देखा तक नहीं।

मोहनराव लज्जित होकर सिर झुकाकर अपनी डायरी खोलने लगे। इतने में यशवंतराव की आवाज सुनाई दी, ''आइए मोहनराव, आइए! कुछ दिक्कत जरूर आई होगी, इसीलिए देर हो गई। देखिए, प्रांत सम्मेलन के बारे

में चर्चा शुरू हो गई है। आप भी शामिल हो जाइए।''

बैठक में उपस्थित सभी कार्यकर्ता समझ गए कि किसी को देर हो जाए तो कारण जाने बिना उसे कठघरे में अपराधी की तरह खड़ा नहीं करना चाहिए। एक जिम्मेदार कार्यकर्ता होने के बावजूद अवश्य ही कोई अपरिहार्य कारण से वह बैठक में समय पर नहीं आ सका होगा। अत: बिना उसे अपमानित किए अपना काम आगे बढ़ाना चाहिए। संगठन शास्त्र का यह अमूल्य पाठ हम सीख गए थे।

आंतरिक सुधार पद्धति

अगले दिन जगदीश का विवाह था। हम सभी कार्यकर्ता कार्यालय में नित्य की तरह इकट्ठा हुए थे। कौन-कौन जा रहा है ? किसी ने पूछा। अजय एकदम क्रोधित होकर बोला, ''किसी को वहाँ जाने की जरूरत नहीं है। उसने दहेज लिया है।'' ''अरे भाई, वह अपना ही कार्यकर्ता है, भला विवाह जैसे समारोह में क्या हममें से किसी का जाना उचित नहीं है ?'' किसी ने कहा।

''क्यों जाना चाहिए ? हम ही सभी से कहते हैं कि दहेज लेना ठीक नहीं है, इसलिए ऐसे विवाह का बहिष्कार करना चाहिए।''

''हमें विवाह मंडप के सामने प्रदर्शन और नारेबाजी भी करनी चाहिए।'' किसी और ने कहा। वातावरण तप्त हो रहा था, सभी जोर-जोर से बोल रहे थे। तभी यशवंतराव वहाँ आ गए। सभी ने उनकी ओर देखा। सभी उनकी प्रतिक्रिया जानना चाहते थे।

उन्होंने कहा, ''देखिए, विवाह उसके जीवन का एक अत्यंत महत्त्वपूर्ण अवसर है, ऐसे समय में उसे शुभेच्छा तो अवश्य देनी चाहिए, यद्यपि उसने अक्षम्य भूल की है। उस भूल का स्मरण भी उसे अवश्य करा देना चाहिए। हम सभी वहाँ जाकर शुभकामनाएँ देंगे, वहाँ की व्यवस्था में सहभागी बनेंगे,

---

The President is not boss of the Team, but he is only First among equals.

लेकिन भोजन न करते हुए तुरंत निकल आएँगे।''

दूसरे दिन हम योजनानुसार विवाह के समय पर पहुँचे, उसे शुभेच्छा देने के बाद भोजन न करते हुए चले आए। दो महीने बाद जगदीश मिला, तब उसने कहा, ''अरे भाई! तुम लोग भोजन किए बिना ही चले आए। मुझे मेरी भूल समझ में आ गई। घर के सदस्यों के दबाव के आगे मुझे झुकना नहीं चाहिए था।''

किसी को दु:खी न करते हुए उसकी भूल स्पष्ट रूप से बता देने की कुशलता यशवंतराव में थी। आंतरिक स्नेह तथा आंतरिक सुधार की इस विशेष पद्धति का अर्थ हम भलीभाँति समझ गए।

जीवन का अधिष्ठान

''यशवंतराव, कल मैंने अनघा से विस्तार से बातचीत की है।'' मैं यशवंतराव से चर्चा कर रहा था। अनघा विद्यार्थी परिषद् की होनहार प्रमुख कार्यकर्ता, अत्यंत बुद्धिमान होकर भी घमंड से दूर थी। आत्मीयता के कारण सभी उसके बारे में सोच रहे थे कि उपाधि प्राप्त करने के बाद उसे क्या करना चाहिए। मैंने आगे कहा, ''अनघा में आई.ए.एस. होने की क्षमता है। उस परीक्षा में भी वह यशस्वी होगी, ऐसा उसे विश्वास है। फिर भी, उसके मन में दुविधा है कि कॅरियर में बहुत बड़ा, आर्थिक सुविधा मिलने से सामाजिक संवेदना, समाज, देश का विचार क्षीण हो जाता है, तब क्या ऐसे मार्ग पर आगे बढ़ना उचित होगा?''

यशवंतराव बड़े कौतूहल से मेरी बात सुन रहे थे। बाद में उन्होंने कहा, ''देखिए, अनघा ने जो विचार प्रकट किया, वह सच ही है। चारों ओर जो दिखाई देता है, वही चित्र उसने प्रस्तुत किया है। फिर भी राष्ट्रीय स्वयंसेवक संघ में ऐसे कई उदाहरण हैं, जिन्होंने अपना कॅरियर भी बनाया, व्यावसायिक यश भी प्राप्त किया, संपन्नता भी हासिल की, फिर भी अपनी सामाजिक संवेदना जरा भी क्षीण नहीं होने दी, क्योंकि उनके जीवन का अधिष्ठान सामाजिक वेदना ही था। स्व. बाबाराव भिड़े (पूना) ने क्या यह आदर्श हमारे सामने नहीं रखा है?''

कार्यकर्ता—पहले मनुष्य

मैं पूर्णकालिक कार्यकर्ता होकर अपने निजी जीवन की ओर लौट रहा था। कार्यकर्ताओं द्वारा आयोजित विदाई समारोह के हार-गुच्छ लेकर बड़ी खुशी से घर आया। यशवंतरावजी ने बुलाया था, इसलिए उनसे मिलने गया। प्राथमिक पूछताछ के बाद उन्होंने मुझसे भविष्य की योजनाओं के बारे में पूछा। मैंने अपने विचार उन्हें बताए। वहाँ से मैं घर जाने के लिए निकला, तब उन्होंने मेरे हाथ में पाँच सौ रुपए दिए और कहा, "देखो, ये पैसे रखो और नौकरी मिलने तक जब भी पैसों की जरूरत हो, माँग लेना।"

मेरी आँखों से आनंदाश्रु बह निकले।

समय बीतने पर मेरी गाड़ी ठीक चलने लगी। एक दिन मैं पाँच सौ रुपए लेकर यशवंतरावजी के पास गया और उनसे कहा, "सर, अब मेरा काम ठीक चल रहा है। ये पैसे लौटाने आया हूँ।"

पुष्पवर्षा हो रही हो—ऐसा अहसास करानेवाले शब्द मेरे कानों में सुनाई पड़े, "अरे, मैंने तो ये पैसे तुम्हें पुत्रभाव से दिए थे, उन्हें लौटाने की क्या बात करते हो? उन्हें अपने पास ही रखो। तुम भी इसी भाव से उनका विनियोग करो।"

मुझे मिला यह पारस-स्पर्श मेरे जीवन को यथार्थ में अमीर एवं वैभव-संपन्न बना गया।

अर्थ विचार

सर्वत्र राष्ट्रीय अधिवेशन की तैयारी शुरू हो गई थी। बहुत दूर की यात्रा थी। मैं एक प्रमुख कार्यकर्ता के नाते पालकों से मिलकर उनके पाल्य कार्यकर्ताओं के नाम निश्चित कर रहा था। यात्रा-खर्च की दृष्टि से अधिवेशन में सहभागी होना कठिन था, फिर भी मैं अभिभावकों को समझाने का प्रयास कर रहा था। वे तैयार हो रहे थे। धीरे-धीरे योजनानुसार संख्या पूरी हो रही

वर्तमान स्पर्धा के युग में केवल निष्ठा पर्याप्त नहीं है। वह आवश्यक है, जरूरी है, परंतु उसके साथ ज्ञान और कुशलता भी होनी चाहिए।

थी। एकाध कार्यकर्ता छूट रहा था। मजे की बात यह थी कि अभी मेरा ही जाना निश्चित नहीं हो पा रहा था। मेरी जाने की तीव्र इच्छा थी, परंतु घर की आर्थिक स्थिति नाजुक थी। पिताजी को अभी वेतन भी नहीं मिला था। मैं दुविधा में फँस गया था। आखिर यशवंतरावजी ने पूछा, ''क्या-क्या तैयारी हुई? कितने लोगों का जाना निश्चित हुआ है?''

मैंने उन्हें सूची दिखाई, परंतु मेरा ही नाम उसमें नहीं था। ''और इसमें अशोक कहाँ है?'' यशवंतराव ने पूछा। लज्जित हँसी से मेरा सिर झुक गया। यशवंतराव सब समझ गए। उन्होंने कहा, ''देखो, तुम्हारी व्यवस्था मैंने कर दूँगा। उसकी चिंता मत करो।'' उन्होंने मेरे खर्च की व्यवस्था कर दी और मैंने अधिवेशन में उत्साह से भाग लिया। मेरे मन में उनकी वह उदारता सदा के लिए अंकित हो गई थी।

कुछ दिनों के बाद शिक्षा पूरी हो गई और मैं दौड़ते हुए सर के पास पहुँचा। ''सर, आपने मुझे छह साल पहले अधिवेशन के लिए ४५० रुपए दिए थे। मैं उन्हें लौटाने आया हूँ।'' मेरे चेहरे पर प्रसन्नता और समाधान की हँसी दौड़ रही थी।

यशवंतरावजी ने मेरे प्रथम वेतन के उपलक्ष्य में बधाई दी और कहा, ''अशोक, तुम्हें जो पैसे दिए, वह कर्ज नहीं था। तुम मिलने के लिए आए, इसी से मेरे पैसे मुझे मिल गए। अब ऐसा करो कि ये पैसे तुम अपने पास ही रखो और इसी प्रकार उनका उपयोग करो, बस चुकता हो गया।''

संत तुकाराम महाराज की पंक्ति मेरी आँखों के सामने आ गई, 'जोडोनिया धन उत्तम व्यवहारे, उदास विचारे वेंच करी' अर्थात् धन को उत्तम व्यवहार से प्राप्त करो और उसका विनियोग अलिप्त-निर्मोही भाव से करो।

पद-दायित्व विवेक

हाल ही में मेरी प्रदेश मंत्री के रूप में घोषणा हो चुकी थी। ऊपर से तो लग रहा था कि मैं बिलकुल साधारण-से-साधारण कार्यकर्ता हूँ, परंतु अंदर से इस नियुक्ति के कारण गर्वित था। अब मैं नेता हो गया हूँ, यह भाव धीरे से मन को स्पर्श कर रहा था। कितना भी प्रयास करें, फिर भी अधिवेशन में

स्टेज पर मैं, शोभायात्रा में सबसे आगे मैं, आम सभा में भाषण झाड़ूँगा मैं! ऐसे लुभावने चित्र मन में तैयार हो रहे थे, जिन्हें मैं दबा नहीं पा रहा था। अचानक वे अपना सिर उठा लेते थे। बड़ी कठिनाई से जमीन पर पैर रखनेवाला मैं अब धरती से दो इंच ऊपर ही चल रहा था। पहनने के झब्बे पर कड़क इस्त्री कर रहा था। नीचे बैठते समय इस्त्री न बिगड़ जाए, इसकी चिंता करने लग गया था।

कुछ दिनों के बाद प्रदेश कार्यकारिणी की बैठक गोवा में आयोजित की गई थी। बैठक के लिए जाते समय मैं और यशवंतराव कुडाल गाँव से साथ ही यात्रा कर रहे थे। गाड़ी देर से पहुँची। बैठक शुरू होने के २०-२५ मिनट पहले ही हम बैठक स्थान पर पहुँचे। जल्दी-जल्दी दाढ़ी, स्नान आदि से निवृत्त होकर किसी तरह बैठक में पहुँचा, तब तक बैठक शुरू हो गई थी। अर्थात् यशवंतराव पहले ही बैठक में पहुँच गए थे।

मैंने जैसे ही सभागृह में प्रवेश किया, यशवंतराव स्वयं तुरंत उठकर खड़े हो गए। मेरी ओर कुछ कदम बढ़ाकर उन्होंने मेरे दोनों हाथ पकड़कर मेरा स्वागत किया और मुझे बैठक में अपने साथ बैठने के लिए ले गए।

अब मेरी खुशी आसमान छूने लगी—मैं प्रदेश मंत्री, स्वयं यशवंतराव खड़े होकर मेरा स्वागत करते हैं। बैठक में उपस्थित सब लोगों से मैं सबसे बड़ा, मेरा मत अधिक महत्त्व का—जैसे विचारों से मन में हलचल शुरू हो गई। मैं बैठक में बैठा। मैं सबसे अधिक महत्त्वपूर्ण व्यक्तियों में से एक हूँ, ऐसा बार-बार मन में आ रहा था। डायरी-पेन निकाला। इतने में यशवंतराव ने धीरे से कहा, "इसके पहले मैंने तुम्हारा जो स्वागत किया, वह एक प्रदेश मंत्री का स्वागत था।"

मैं एक झटके से जमीन पर आ गया। मेरा जो स्वागत हुआ, वह मेरा नहीं था, एक प्रदेश मंत्री का था। संगठन के एक पदाधिकारी का था। मैं बड़ा नहीं हूँ, मुझ पर सौंपी गई जिम्मेदारी बड़ी है। मैं एक साधारण कार्यकर्ता। यशवतंराव संगठन-शास्त्र का इतना सूक्ष्म विचार कर रहे थे। सभी कार्यकर्ताओं के मन में प्रदेश मंत्री के संबंध में आदर होना चाहिए, साथ ही प्रदेश मंत्री को अपने साधारण कार्यकर्ता होने का स्मरण रखना चाहिए। कार्यकर्ता के व्यवहार

का इतना बारीकी से विचार करने की आवश्यकता जितनी उस समय थी, उतनी आज भी है। संभवत: थोड़ी अधिक ही है।

परिवार और समाज कार्य में समन्वय उचित

मैं आज बहुत खुश थी। मेरी मँगनी एक अच्छे बैंक अधिकारी के साथ हुई थी। तीन-चार साल विद्यार्थी परिषद् की पूर्णकालिक कार्यकर्ता रही। उस कार्य में मुझे असाधारण संतोष प्राप्त हुआ था।

निश्चित कार्यकाल समाप्त होने पर मैं घर लौटी थी और साल भर से यह मधुर रिश्ता तय हो गया था। अपने होनेवाले पति महोदय से पहली मुलाकात में ही मैंने उन्हें साफ-साफ बता दिया था कि मैं सामाजिक कार्य करती रहूँगी। वह लड़का भी समझदार मालूम हुआ, क्योंकि उसने हँसकर मेरी बात स्वीकार कर ली थी।

आज मैं यशवंतरावजी के घर यह खुशखबरी सुनाने जा पहुँची। मुझे देखते ही वे मुसकराते हुए बोले, "क्या बात है? आज बहुत खुश लग रही हो!" मैंने चरणस्पर्श करते हुए उन्हें बताया, "मेरी मँगनी हो गई है और यह खुशखबरी मैं सबसे पहले आपको बताने के लिए दौड़ते हुए आपके पास आई हूँ।" उन्होंने मेरा हार्दिक अभिनंदन किया और रसोईघर से भाभीजी को बुलाकर उन्हें यह शुभ वार्त्ता सुनाई। साथ ही एक पेड़ा भी मेरे हाथ पर रखा और बैठने के लिए कहा। उनके सामने मैं बैठ गई। उन्होंने अपनी चिरपरिचित स्नेहसिक्त वाणी में सभी प्रकार की पूछताछ की और अंत में बोले, "शुभा, यह सही है कि तीन-चार साल तुम पूर्णकालिक कार्यकर्ता रह चुकी हो, लेकिन अब तुम्हारी शादी तय हो चुकी है। एक बात पर जरा अच्छी तरह से सोच लेना। अब तुम गृहस्थ धर्म स्वीकार कर रही हो, इसलिए पूर्णकालिक की तरह शादी के दूसरे ही दिन शबनम-झोली गले में लटकाकर सामाजिक कार्य के लिए घर से बाहर निकलना बहुत जरूरी नहीं है। तुम्हारा रिश्ता केवल एक लड़के से ही प्रस्थापित नहीं हो रहा है, बल्कि एक घर-परिवार

किसी के गुणों की चर्चा सर्वत्र होनी चाहिए, लेकिन उसके दोष केवल यथास्थान ही कहें।

से हो रहा है। उन सभी सदस्यों के साथ मिलना-जुलना, उनके स्वभाव पहचानकर उनसे घनिष्ठ संबंध जोड़ना भी बहुत जरूरी है। धीरे-धीरे यथासमय अपने सामाजिक काम के बारे में भी सोच लेना। जैसे किसी घर में वृद्धा लालटेन की लौ बहुत छोटी करके रखती है और समय आने पर उसे बड़ा कर लेती है, उसी प्रकार तुम्हें भी सामाजिक कार्य की प्रेरणा-ज्योति सुरक्षित रखनी चाहिए और योग्य समय आने पर उसे प्रज्वलित करनी चाहिए। अतः बत्ती कभी बुझने मत दो, भले ही वह समयानुकूल छोटी-बड़ी बनानी पड़े।" यशवंतरावजी कार्य के साथ कार्यकर्ता का भी कितना ध्यान रखते हैं, यह समझ में आया।

प्रचारक संकल्पना

कई बार स्वयं अपने मन में ही प्रश्न उपस्थित होता है या कभी-कभी अन्य लोग भी यह पूछते हैं कि आप पूर्णकालिक क्यों बनना चाहते हैं।

प्रश्न जटिल अवश्य है। हम देशसेवा, समाज सुधार, युवा संगठन, स्त्री-मुक्ति आदि-आदि के लिए पूर्णकालिक कार्यकर्ता बने हैं, कुछ ऐसा कह देते हैं। यद्यपि उसमें सत्यांश अवश्य है, फिर भी वह पूर्ण सत्य नहीं है। आत्मपरीक्षण के बाद हम इस निष्कर्ष पर पहुँच जाते हैं कि उपर्युक्त लाभ पूर्णकालिक कार्यकर्ता होने से भले ही प्राप्त हो जाते हों, फिर भी वस्तुस्थिति या यथार्थ यह है कि पूर्णकालिक कार्यकर्ता बनने की ऐसी अद्‌भुत अकथनीय आनंद की अनुभूति हमें होती है, जिसके सामने अन्य लाभ गौण हो जाते हैं। कबीरजी के शब्दों में यह गूँगे के गुड़ की मधुरता जैसा असंभव काम है। पूर्णकालिक कार्यकर्ता की मस्ती, उसकी सर्वस्वार्पण से प्राप्त निर्लेप-निर्मोही-असंग वृत्ति-लाभ की प्रसन्नता अपने आप में एक अनुभव की वस्तु है। इसलिए केवल इतना ही कहा जा सकता है कि हम पूर्णकालिक कार्यकर्ता होने के लिए 'पूर्णकालिक' बने हैं।

❖○❖

मैं पूर्णकालिक कार्यकर्ता के रूप में काम कर रहा था। एक महानगर में कुछ समय अनुभव लेने के बाद मुझे बहुत दूर, जहाँ बिलकुल काम नहीं

था, काम करने के लिए भेज दिया गया। नए कार्यक्षेत्र में मैं गया, बिलकुल नया प्रदेश, किसी से जान-पहचान नहीं। स्थानीय बोलचाल की भाषा में भी काफी फर्क था। धीरे-धीरे लोगों से मिलना शुरू किया। कुछ लोग सुन लेते थे, कुछ लोग विरोध करते। कई लोग मुँह के सामने तारीफ करते थे, परंतु प्रत्यक्ष काम में नहीं लगते थे। मन में प्रश्न आते रहते थे। क्या हम ठीक रास्ते पर जा रहे हैं? क्या अपना विचार ठीक है। मुझे तो तुरंत सफलता की आदत हो गई थी। यहाँ की बंजर-पथरीली भूमि में मैं लड़खड़ाने लग गया। कभी ठेस भी पहुँचती थी, फिर भी चुपचाप अंदर-ही-अंदर चिढ़ता रहता था।

ऐसी मन:स्थिति में एक बैठक के लिए गया। वहाँ आए सभी कार्यकर्ताओं ने 'आत्मनिवेदन' नाम के सूत्र में अपने कार्यक्षेत्र में हुई प्रगति के बारे में निवेदन किया था। भोजन के समय यशवंतराव थाली लेकर मेरे पास आए। 'आइए' कहकर उन्होंने बड़े स्नेह से पास बुलाया। अनायास मैं उनकी ओर आकर्षित हो गया। भोजन करते हुए वे पूछताछ करने लगे। मैंने सोचा अपनी समस्याएँ उन्हें क्यों बताऊँ? मैं अधिक बोल नहीं रहा था, फिर भी यशवंतराव प्रश्नों की झड़ी लगा रहे थे और मुझे बोलने के लिए उकसा रहे थे। आखिर मेरी वेदना-व्यथा का बाँध टूट गया। मुझे खूब हलका सा लगने लगा। हमारी बातों को विराम देते हुए यशवंतराव ने कहा, ''देखो, ऐसे खुले मन से बातें करने लायक कोई स्थान तुम्हें ही पैदा करना चाहिए। तब सबकुछ अच्छा होगा।'' मानो मुझे संगठन-शास्त्र का एक महामंत्र मिल गया था। मैंने अपने कार्यक्षेत्र में ऐसा 'स्थान' निर्माण किया। अपना 'पालक' मैंने खुद बनाया; और आश्चर्य कि मुझे आशा का, उत्साह का अखंड स्रोत प्राप्त हो गया। व्यक्ति एवं संगठन को 'यह काम मेरा है' ऐसा सबकुछ स्वीकार करनेवाला 'पालक' मिलना बहुत आवश्यक और उपयुक्त है, यह मेरी समझ में आ गया।

❖○❖

''सर, मेरी पूर्णकालिक कार्यकर्ता के रूप में काम करने की इच्छा

साधिक कार्य में संघभाव आवश्यक है।

है।'' मैं यशवंतरावजी से कह रहा था। ''उत्तम! सुजय, अब तुम बी.कॉम. हो गए हो न! अब तुम्हें पूर्णकालिक कार्यकर्ता का विचार करने में कोई आपत्ति नहीं है।''

''सर,'' मैंने बीच में ही उन्हें रोकते हुए कहा, ''मैं साथ ही एल-एल.बी. करना चाहता हूँ।'' ''तुम्हारा यह विचार भी अच्छा है। एल-एल.बी. पूर्ण होने पर तुम्हें पूर्णकालिक कार्यकर्ता के रूप में काम करने से और अधिक अनुभव प्राप्त हो सकेगा।''

''सर, मुझे यह कहना है कि पूर्णकालिक कार्यकर्ता रहकर उसके साथ एल-एल.बी. की परीक्षा दूँ। सच बात यह है कि अब पढ़ाई के लिए घर से पैसे मिलना संभव नहीं लगता है।''

यशवंतरावजी ने अपनी भौंह उठाकर मेरी ओर देखा और गंभीरता से कहा, ''सुजय, लगता है हमारी सोच में जरा गड़बड़ है। तुम्हारी आर्थिक स्थिति को मैं जानता हूँ। तुम्हारी आगे की पढ़ाई के लिए खर्च की कुछ अन्य व्यवस्था की जा सकती है। तुम कार्यालय में निवास करो, इसमें भी मुझे कोई कठिनाई नहीं लगती है। फिर भी पूर्णकालिक कार्यकर्ता की संकल्पना में अपनी किसी व्यक्तिगत कार्यपूर्ति की संभावना न रखना, यह पथ्य सुरक्षित रखा जाना चाहिए। इसलिए जब भी तुम पूर्णकालिक कार्यकर्ता बनोगे, तब अन्य किसी बात का विचार नहीं करोगे, तभी ज्यादा अच्छी प्रकार से काम कर सकोगे। अभी तुम कार्यालय में रहकर विद्यार्थी कार्यकर्ता के रूप में काम करते रहो और अपना अध्ययन पूर्ण होने पर पूर्णकालिक कार्यकर्ता बनने का विचार करना ठीक होगा।''

पूर्णकालिक कार्यकर्ता के व्यक्तित्व या प्रचारक-कल्पना की ऊँचाई कहीं भी कम न होने देने की सावधानी यशवंतराव सदा बरतते थे।

''यशवंतरावजी, मैं आपसे मिलना चाहता हूँ।'' मैंने फोन पर उनसे कहा। ''हाँ, हाँ, अवश्य मिलिए। शाम के समय हमें बैठक के लिए जाना है, उसके पहले यहाँ आ जाओ, तब बात हो जाएगी।'' ''जी हाँ, अवश्य आऊँगा।'' मैंने कहा।

ठीक समय पर मैं यशवंतरावजी के घर पहुँच गया। सदा की तरह स्नेहपूर्ण स्वागत का स्वाद चखते हुए मैं कुरसी पर बैठ गया। थोड़ी देर इधर-उधर की पूछताछ हो जाने पर मैंने यशवंतरावजी से कहा, "सर, एक ऐसा विषय सामने आया है कि मेरे भाई की फर्म में कानून की दृष्टि से उन्हें एक और चार्टर्ड अकाउंटेंट (सी.ए.) के हस्ताक्षर की आवश्यकता है। मेरे भाई का कहना है कि मैं वहाँ हस्ताक्षर कर दूँ। मैं पूर्णकालिक कार्यकर्ता हूँ, इसकी उसे जानकारी है, फिर भी कागज पर मैं केवल हस्ताक्षर कर दूँ, इतना ही वह चाहता है, शेष सबकुछ वह स्वयं देख लेगा। मैं बड़ी दुविधा में फँस गया हूँ।"

थोड़ा मुसकराते हुए यशवंतराव बोले, "अपने बंधु का प्रस्ताव स्वीकारने के लिए तुम्हारा मन तैयार नहीं है, यह तुम्हारी समझदारी का ही प्रमाण है। प्रचारक या पूर्णकालिक कार्यकर्ता को संगठन और समाज के अतिरिक्त अन्य किसी भी झंझट में नहीं उलझना चाहिए, यही समुचित संकल्पना है। केवल हस्ताक्षर करने मात्र तक भी कहीं उलझना इस पूर्णकालिक संकल्पना को ठेस पहुँचाता है। इसलिए इस विषय में संकल्पना को सुरक्षित रखने का निर्णय ही उचित रहेगा, ऐसा मुझे लगता है।"

❖○❖

"अजय के मन में पूर्णकालिक कार्यकर्ता बनने का विचार चल रहा है।" मैं यशवंतराव से कह रही थी। मेरे विभाग में काम करनेवाला कार्यकर्ता प्रचारक बनना चाहता है, यह सुनकर मैं भी खुश हो गई थी।

"हाँ, ठीक है।" यशवंतराव सुन रहे थे। मुझे लगता है, वह इसी वर्ष बी.एस-सी. हो जाएगा, क्यों?" "जी हाँ। अब तक वह डिस्टिंक्शन में पास होता रहा है, इस वर्ष भी वह डिस्टिंक्शन में पास होगा, कह रहा था।" मैंने उत्साह से कहा।

यशवंतरावजी ने पूछा, "क्या उसे आगे पढ़ने की इच्छा नहीं है?" "वैसे उसे एम.एस-सी. पूरा करने की इच्छा हो रही है, लेकिन पूर्णकालिक

उत्तम पुरुष वह है जो विचार और व्यवहार में पूर्ण साम्यता रखता हो।

कार्यकर्ता बनने का उसका विचार सुनकर मैंने ही उसे एम.एस-सी. करने का विचार दूर रखने की सलाह दी है।''

''क्यों? ऐसा क्यों? देखिए, भविष्य का विचार करने पर आवश्यक है कि अपने कार्यकर्ता 'पूर्णकालिक' बनने के पहले सर्वोत्तम शैक्षिक योग्यता प्राप्त करें और बाद में पूर्णकालिक बनें, यही उचित रहेगा। देश के लिए शिक्षा का त्याग करना स्वतंत्रता प्राप्ति के पूर्व स्वाभाविक था, परंतु अब देश के लिए काम करते समय अपनी शैक्षिक योग्यता श्रेष्ठ होना ही आवश्यक है। देश की दृष्टि से और व्यक्तिगत दृष्टि से भी। इसलिए उसकी जरा भी इच्छा है तो उसे एम.एस-सी. करने दो। हमें कोई जल्दी नहीं है।'' संभवत: मैं एक पूर्णकालिक कार्यकर्ता के लाभ का मर्यादित विचार तो नहीं कर रही थी? देश और समाज सुरक्षित रखने के लिए केवल कार्यकर्ता की निष्ठा पर्याप्त नहीं है, बल्कि उसका सम्यक् विकास भी आवश्यक है।

मेरी पूर्णकालिक कार्यकर्ता के रूप में काम करने की इच्छा थी, इसलिए यशवंतरावजी से मिलकर चर्चा करना चाहता था। मैंने उनसे मिलने के लिए समय माँगा। तुरंत ही मेरे पत्र का उत्तर आया कि अगले सप्ताह शुक्रवार के दिन वे मुझसे मिल सकते हैं। साथ ही उन्होंने यह भी सूचित किया था कि आने के पहले वह एक नए गाँव में होनेवाले कार्यक्रम में जाकर उन्हें संबोधित करें और वहाँ के कार्यक्रम की रिपोर्ट उन्हें दें।

वक्तृत्व का गुण मेरे पास होने से किसी सभा को संबोधित करना मेरे बाएँ हाथ का खेल था। पूर्णकालिक कार्यकर्ता के लिए तो यह गुण मानो दूध में शक्कर की तरह उसकी उपयोगिता बढ़ानेवाला था। यशवंतरावजी की सूचना के कारण मैं और भी प्रसन्न था।

मैं उस स्थान के कार्यक्रम में जाना अवश्य चाहता था, परंतु अचानक आई पारिवारिक कठिनाइयों के कारण मैं वहाँ पहुँच नहीं पाया। फिर भी वहाँ के एक कार्यकर्ता से कार्यक्रम के सुचारू रूप से संपन्न होने की जानकारी प्राप्त कर ली। मैंने कार्यक्रम अच्छी प्रकार से संपन्न होने की सूचना पत्र द्वारा यशवंतरावजी को दे दी, परंतु अपने न जाने का उल्लेख संकोचवश नहीं कर सका।

पता नहीं कैसे यशवंतरावजी को मेरे न जाने की सूचना मिल गई, परंतु मेरे पत्र में उसका कोई जिक्र नहीं होने से उन्हें यह ठीक नहीं लगा। पूर्णकालिक कार्यकर्ता बननेवाले व्यक्ति का ऐसा व्यवहार उन्हें उचित नहीं लगा। तुरंत उन्होंने मुझे पत्र द्वारा सूचित कर दिया कि मेरा अभी पूर्णकालिक कार्यकर्ता बनने का उचित समय नहीं आया है; बाद में इसका विचार किया जा सकता है।

माखन से मृदु और कभी वज्र से भी कठोर बननेवाले यशवंतरावजी के ऐसे दिव्य दर्शन में कई कार्यकर्ताओं का निर्माण करने की अपार शक्ति थी। कहते हैं परिस्थितवश 'नरो वा कुंजरो' की घोषणा करनेवाले धर्मराज युधिष्ठिर का रथ भी, जो जमीन से दो उँगली ऊपर चलता था, वह जमीन पर चलने लग गया था। असत्य की छाया भी निर्मल सत्य को निस्तेज कर देती है। यशवंतराव नहीं चाहते थे कि संगठन के पूर्णकालिक कार्यकर्ता का स्तर जरा भी कम हो। वह शत प्रतिशत स्वर्ण की तरह चमकता रहे, हृदय से वे यही चाहते थे।

अजित पूर्णकालिक कार्यकर्ता बनकर श्रीरंगपुर में आया था। दो-तीन वर्ष अच्छा काम करने के बाद उसे दूसरे विभाग में भेज दिया गया। अपने उस नए क्षेत्र में वह अच्छा काम करने लगा, लेकिन श्रीरंगपुर में उसका आना जारी रहा। वैसे देखा जाए तो श्रीरंगपुर में उसका कोई काम नहीं था, फिर भी वहाँ के दो-तीन कार्यकर्ताओं से उसके घनिष्ठ संबंध बन चुके थे। उनसे मिलने वह बार-बार आता था।

श्रीरंगपुर में मनोज पूर्णकालिक कार्यकर्ता बनकर आ गया था। उसकी कार्यपद्धति की चर्चा वहाँ के कार्यकर्ता अजित से करते थे। विशेष रूप से एक छात्रा कार्यकर्ता माहेश्वरी के घर अजित का आना-जाना बढ़ गया था। उसे अब वह पत्र भी लिखने लगा।

माहेश्वरी अच्छी कार्यकर्ता थी और अजित के व्यक्तित्व को विशेष

प्रत्येक कार्यक्रम बैठक एक सुंदर कलाकृति होती है।

रूप से सराहती थी। अपने कॅरियर के बारे में, जीवन की अन्य समस्याओं के बारे में भी अजित की सलाह उसे महत्त्वपूर्ण लगती थी। अब अन्य नए कार्यकर्ता भी अजित और माहेश्वरी के संबंध के बारे में अच्छी-बुरी कहने लगे थे कि अजित जैसा अच्छा कार्यकर्ता भी इस नाजुक कमजोरी का शिकार क्यों हो रहा है?

अब यह समस्या कैसे सुलझाई जाए? विभाग प्रमुख होने के नाते और पालक कार्यकर्ता होने के कारण मैं भी चिंतित था। आखिर यह बात यशवंतरावजी तक पहुँची। उन्होंने हमें आश्वस्त किया कि वे स्वयं अजित से बात करेंगे। पूर्णकालिक कार्यकर्ता की गरिमा किसी संन्यासी से किसी तरह कम नहीं होती है। उसका किसी एक स्थान, एक घर, एक गाँव या एक व्यक्ति से आसक्त होना उचित नहीं है। वह तो बहते पानी की एक धारा है। आज यहाँ तो कल वहाँ। उसकी सब में अनासक्त सहभागिता होनी चाहिए। पूर्णकालिक व्यक्ति एक के प्रति आसक्त नहीं होता है, न ही होना चाहिए।

अत्यंत स्नेहपूर्ण संबंध होने पर भी पूरी तरह से अलिप्त भाव को अपनाना अत्यंत कठिन है। यह तलवार की धार पर चलने जैसा है। उसे ही दूसरे शब्दों में निर्लेप, निर्मोही कहा गया है। भारतीय दर्शन में इसे तटस्थ या साक्षी भाव कहा गया है। जीवन में सुख की कुंजी उसे बताया गया है। यदि साधारण व्यक्ति जीवन में भी यथार्थ सुख प्राप्ति के लिए, वह आवश्यक है, तो जिसने समाज-सुख को सर्वोच्च माना है, उसके लिए यानी एक संन्यासी के लिए तो यह गुण अनिवार्य है।

यथासमय यशवंतरावजी ने माहेश्वरी से बात की और उसने भी यशवंतरावजी से अपने व्यवहार को सुधारने का आश्वासन दिया। एक महीने बाद अजित का एक पत्र मुझे मिला, जिसमें लिखा था—

'प्रिय दादा,

अपना कार्य एक व्रत है, इसका अर्थ मैं पूरी तरह समझ नहीं पाया था। आदरणीय यशवंतरावजी से अभी मिलना हुआ। उनसे बातचीत के बाद मैं इस व्रत का अर्थ समझ गया हूँ। श्रीरंगपुर में उलझ गया था। परिणामस्वरूप मेरा संतुलन बिगड़ गया था। मुझे 'तटस्थ स्नेहभाव' का नया पाठ मिला है। मैं

सँभल गया हूँ। आप के स्नेह के लिए मैं कृतज्ञ हूँ।

आपका स्नेहांकित

अजित'

❖❍❖

पूर्णकालिक कार्यकर्ता के रूप में मेरे नाम की घोषणा होने के बाद मैं अपने कार्यक्षेत्र में काम करने लगा था। बहुत तत्परता और आत्मविश्वास से मैं अपने कार्यक्षेत्र में घूम रहा था। उत्कृष्ट शैक्षिक योग्यता का आधार होने से मेरा बड़े कौतुक से स्नेहपूर्ण स्वागत हो रहा था और मैं 'पूर्णकालिक कार्यकर्ता' की उपाधि से बहुत आनंदित था। डेढ़-दो महीने के बाद होने वाली प्रदेश बैठक में मैं बड़े उत्साह से सम्मिलित हुआ। उस बैठक में मैंने अपने कार्यक्षेत्र में धूमधाम से हुए कार्यक्रमों का जोरदार ब्योरा पेश किया।

बैठक के बीच हुए चाय-पान के समय यशवंतराव चाय की प्याली हाथ में लेकर मेरे पास आए और अपनी परिचित मुसकान बिखेरते हुए बोले, "क्यों राजा, (तब मेरे चेहरे पर विजय की हँसी थी और उनसे बात करते समय तो लग रहा था कि मैं आसमान में पहुँच गया हूँ।) तुम अपने कार्यक्षेत्र में हो, ऐसा समझकर मुझे बताओ कि कल संपूर्ण दिन तुमने क्या-क्या किया?"

यशवंतरावजी का प्रश्न मुझे परीक्षा में किसी बिलकुल सरल प्रश्न जैसा लगा। उसका उत्तर भी मैंने तुरंत सहजता से दे दिया। मेरी सुबह कोषाध्यक्ष से भेंट, बाद में महाविद्यालय में बैठकों की सूचना देना, उसके बाद मेधावी विद्यार्थी सत्कार समारोह से संबंधित योजना तैयार करना, छापेखाने में जाना, प्रमुख अतिथि का नाम निश्चित करना आदि कामों के बाद संचालन समिति की बैठक, कार्यालय में एकत्रीकरण आदि दिन भर का पूरा ब्योरा मैंने यशवंतरावजी के सामने तुरंत प्रस्तुत कर दिया। मेरी तेज दौड़ती एक्सप्रेस रोककर यशवंतरावजी ने मुझसे सीधा प्रश्न किया, "तुम कौन हो?" अब मैं जरा सकपकाया और सचेत होकर कहा, "पूर्णकालिक कार्यकर्ता।" यशवंतराजी ने आगे पूछा, "तब यह बताओ, आज दिनभर में तुमने संगठन को बढ़ाने की दृष्टि से कितना संपर्क किया?"

यशवंतराजी के इस प्रश्न से मैं तत्क्षण आकाश की उड़ान त्याग कर

जमीन पर आ गया। उन्होंने कहा, ''व्यवस्थात्मक कामों का बोझ हमारे ऊपर आता है यह सही है, फिर भी ये काम अन्य कार्यकर्ताओं को सौंपे जा सकते हैं, उससे उन्हें अनुभव भी मिलेगा। हमारा असली काम प्रसार का है, इसलिए प्रतिदिन २५-३० व्यक्तियों से भेंट करनी चाहिए, अन्यथा काम कैसे आगे बढ़ेगा।''

व्यक्ति-व्यक्ति से संपर्क की आवश्यकता तब मेरे ध्यान में आ गई, और पूर्णकालिक कार्यकर्ता की भूमिका भी मैं सही अर्थ में समझ सका।

महाराष्ट्र प्रदेश के पूर्णकालिक कार्यकर्ताओं की बैठक चल रही थी। प्रदेश के संगठन मंत्री बैठक का संचालन कर रहे थे। धीरे-धीरे अन्य विषयों के साथ हिसाब-किताब के संबंध में भी पूछताछ होने लगी। कुछ पूर्णकालिक कार्यकर्ताओं के मासिक हिसाब पूरे नहीं हुए थे। उन्हें कुछ समय दिया गया और उस समय तक हिसाब पूरा करने के लिए कहा गया। प्रदेश संगठन मंत्री गंभीर हो गए। उन्होंने कहा, ''समाज का धन खर्च करने पर उसका हिसाब समय पर देना हमारा प्रथम कर्तव्य है। यह काम करना जिन्हें संभव नहीं है, उन्हें पूर्णकालिक काम करना है या नहीं, इसका विचार करना चाहिए।'' अपना कथन पूरा करने के बाद प्रदेश संगठन मंत्री ने यशवंतरावजी की ओर देखा। वे शांति से सुन रहे थे। बाद में उन्होंने कहा, ''मुझे लगता है कि हर एक को लड़ना ही है, परंतु हर व्यक्ति का शस्त्र अलग है। पूर्णकालिक के रूप में काम करना निश्चित करने पर उस भूमिका के प्रति जो उचित है, वह सबकुछ होना चाहिए। प्रांत संगठन मंत्री ने ऐसा जो आग्रहपूर्वक कहा है, उस में अनुचित कुछ भी नहीं है। कम-से-कम उस ऊँचाई तक पहुँचने का प्रामाणिक प्रयास तो होना ही चाहिए। और उस संदर्भ में हमें स्वयं कठोर होने की आवश्यकता है, क्योंकि हम समाज में 'उदाहरण' प्रस्तुत करने जा रहे हैं। साथ ही हम समाज का धन उपयोग में ला रहे हैं, इसीलिए आधुनिक सुख-सुविधाओं का उपयोग करते समय आवश्यकता से अधिक व्यय तो नहीं हो रहा है, उसका भी हमें ध्यान रखना होगा।''

मैं विद्यार्थी परिषद् की पूर्णकालिक कार्यकर्ता के रूप में काम कर रही थी। आगरा नगर में अधिवेशन होने वाला था। मैं छात्र-छात्राओं के घर-घर जाकर उन्हें अधिवेशन में भेजने के लिए घर के बड़ों की अनुमति प्राप्त करने का प्रयास कर रही थी। नंदिनी के घर जाकर मैंने उसकी माता को सब जानकारी दी। नंदिनी की माता ने सब सुनने के बाद पूछा, "शुभा, तुम्हारे प्रवास का खर्च कौन वहन करता है?" मैंने तुरंत जवाब दिया, "परिषद् ही करेगी न!" तब दूसरा प्रश्न माता ने किया, "और अधिवेशन के बाद दिल्ली आदि स्थानों को देखने का खर्च कौन करेगा?" मैंने कहा, "वह खर्च भी संगठन ही करेगा।" तब नंदिनी की माता ने ठंडे स्वर में कहा, "शुभा, तुम्हारे लिए ठीक है, परंतु हम इतना खर्च नहीं कर सकेंगे।"

मैने सोचा, 'कई लोगों के लिए आर्थिक कठिनाइयों के कारण ज्यादा खर्च करना संभव नहीं होगा, लेकिन मुझे भी सामाजिक धन को इस प्रकार खर्च क्यों करना चाहिए?' तब मुझे यशवंतरावजी द्वारा पूर्णकालिक कार्यकर्ता के शिविर में की गई पूछताछ का स्मरण हो आया। यशवंतरावजी ने पूछा था—हम पूरा समय समाज का काम करते हैं। हमारे प्रवास का खर्च समाज ही देता है। तब वह खर्च अकारण तो नहीं हो रहा है, इसका क्या हम कभी विचार करते हैं?

❖❍❖

पूर्णकालिक कार्यकर्ताओं की बैठक समाप्त हो गई थी। सभी अपने कार्यक्षेत्र में जाने की तैयारी में लगे हुए थे। दो दिन के बाद दीपावली का त्योहार था। मेरे कार्यक्षेत्र के मार्ग में ही मेरा गाँव था। मेरे मन में विचार आया, वैसे भी मैं यहाँ तक आ गया हूँ, दो दिन यहाँ रुककर आगे कार्यक्षेत्र में जाऊँगा। मैंने प्रदेश संगठन मंत्री से बात की। उन्होंने निर्णय के लिए थोड़ा समय माँगा। इसी बीच में मैंने प्रांत प्रमुख से भी बात की। चाय के समय सहज रूप से यशवंतरावजी मेरे पास आए और कहा, "क्यों मित्र! आगे क्या कार्यक्रम है?" मैंने कहा, "रास्ते में दो दिन घर रुकने का विचार है। बाद में अपने कार्यक्षेत्र में जाऊँगा। वैसे मैंने राजेश और दादा से बात कर ली है, फिर भी अभी कुछ तय नहीं है।"

''क्यों भला? क्या अभी घर में कोई खास बात है?'' यशवंतरावजी ने पूछा। ''नहीं, वैसे कुछ विशेष नहीं। इस ओर आ ही गया हूँ बैठक के बहाने, तो परसों दीपावली भी है।'' मैंने कहा।

''हाँ-हाँ, बिलकुल ठीक है। फिर भी मुझे लगता है कि इसपर फिर से एक बार विचार करो। राजेश, प्रकाश, सुधीर, अशोक सभी पूर्णकालिक कार्यकर्ता हैं। वे सभी दीपावली अपने-अपने घर यानी अपने कार्यक्षेत्र में मनाएँगे। तुम्हारी दीपावली भी घर में होगी यानी किस घर में? अब क्या अपना कार्यक्षेत्र ही अपना घर ही नहीं है? सोचो, तुम ही बताओ।'' यशवंतरावजी विचार स्पष्ट कर रहे थे। मेरे मन का द्वंद्व समाप्त हो गया। दुविधा दूर हो गई और मैं सीधे अपने कार्यक्षेत्र में गया। वहाँ दीपावली का त्योहार बड़ी खुशी से मनाया।

पालक कार्यकर्ता

मैं, एक पालक कार्यकर्ता, पूर्णकालिक कार्यकर्ताओं की बैठक में निमंत्रित के रूप में उपस्थित था। बैठक समाप्त होने के बाद सभी अपने-अपने गाँव लौट रहे थे।

इतने में यशवंतरावजी मेरे पास आए और कहने लगे, ''अपने क्षेत्र के पूर्णकालिक कार्यकर्ता तीज-त्योहार के अवसर पर अपने गाँव में ही रहना चाहिए, ऐसा पालक कार्यकर्ता को देखना क्या उचित नहीं होगा? उन्हें त्योहार के समय अपने घर की याद न आए, ऐसा स्नेहपूर्ण व्यवहार यदि यहाँ पर मिला, तो उसे यही कार्यक्षेत्र अपना घर मालूम होगा, आपको क्या लगता है?''

पालक कार्यकर्ता की भूमिका का एक नया पहलू यशवंतरावजी ने सहज रूप से प्रस्तुत कर दिया था। मैंने अपने गाँव में काम करनेवाले पूर्णकालिक कार्यकर्ता को बड़े आग्रह के साथ कहा, ''इस वर्ष दीपावली का त्योहार हमारे घर पर रहकर ही मनाना है, समझे!''

प्रचारक संकल्पना

मुंबई के एक उपनगर में सेवा प्रकल्प के संदर्भ में कुछ गण्यमान्य

व्यक्तियों से मिलने के लिए हम घूम रहे थे। साथ में यशवंतरावजी भी थे। मैं और सुरेश दोनों पूर्णकालिक कार्यकर्ता थे और हेमंत विद्यार्थी कार्यकर्ता था। हेमंत ने मुझसे कहा, ''जरा चलिए, यहाँ एक होटल है।'' तब मैंने तुरंत कहा, ''अरे, यहाँ अच्छी चाय नहीं मिलेगी। क्या पास में दूसरा अच्छा होटल नहीं है?'' हमारी बातचीत यशवंतरावजी भी सुन रहे थे। उन्होंने हेमंत से कहा, ''चलिए महाराज, तुमने कहा है तो हमें क्या आपत्ति है? क्यों सुरेश?''

यशवंतरावजी का संकेत मिलते ही हेमंत तुरंत उस होटल में घुस गया। हमने वहाँ चाय पी। बाद में मिलने आदि का काम समाप्त कर हम लोग कार्यालय की ओर निकले। हेमंत अपने घर चला गया। मैं, सुरेश और यशवंतरावजी लोकल ट्रेन से लौट रहे थे। यशवंतरावजी ने हम दोनों के लिए मूँगफली खरीदी और एक-एक दाना मुँह में डालते हुए बोले, ''मोहन'', मैंने उनकी ओर देखा, ''पूर्णकालिक कार्यकर्ता की उचित मन:स्थिति क्या होती है, क्या तुम्हें मालूम है? सामाजिक व्यथा, संगठन की रचना, कार्यकर्ताओं की चिंता जैसे इतने विषय होते हैं कि उसे उसकी अपनी कुछ अलग चाह रहती ही नहीं है। वह समाज-भक्ति में मग्न हो जाता है। खो जाता है। सच कहा जाए तो वर्तमान युग का वह संन्यासी है। उस होटल की चाय अच्छी नहीं है, ऐसा तुमने कहा। यह कहना तुम्हारी आज की भूमिका के लिए पूरक नहीं है। मेरा कहना तुम्हें ठीक लगता है या कुछ अलग प्रतीत होता है?''

मुझे मेरा मत बताने की आवश्यकता ही नहीं रह गई थी। लोकल ट्रेन से उतरते ही मैं अहंकार के, प्रिय-अप्रियता के दोष से मुक्त हो चुका था। मैं यशवंतरावजी की ओर देखकर मंद-मंद मुसकराया। यशवंतरावजी समझ गए कि मैं समझ गया हूँ और बदल भी गया हूँ।

मैं पूर्णकालिक कार्यकर्ता के रूप में कार्य कर रहा था। जिला संगठन मंत्री की जिम्मेदारी मुझे सौंपी गई थी। नगर की एक योजना बैठक तय हुई थी। मैं और जिले के प्रमुख पालक कार्यकर्ता बैठक हेतु उस गाँव जाने वाले थे। उसी दिन दूसरे गाँव में एक पुराने कार्यकर्ता की शादी थी। मैंने दूरभाष पर प्रमुख पालक कार्यकर्ता को बताया, ''सर, मैं किशोर की शादी में जा रहा

हूँ। आप बैठक के लिए चले जाइए, मैं दोपहर तक बैठक स्थान पर पहुँच जाऊँगा।''

पालक कार्यकर्ता कुछ नहीं बोले। 'हाँ' कहकर उन्होंने फोन रख दिया, फिर भी अपनी नाराजगी वे छिपा नहीं सके। संभव है, यह नाराजगी उन्होंने यशवंतरावजी के पास भी प्रकट की हो। दो-तीन महीने बाद जब मैं यशवंतरावजी से मिला तब उन्होंने कहा, ''दिलीप, पूर्णकालिक कार्यकर्ता को विवाह जैसे कई महत्त्वपूर्ण कार्यक्रमों के निमंत्रण मिलते रहते हैं। यथासंभव वहाँ जाने में भी कोई आपत्ति नहीं है, लेकिन वहाँ जाना तब ही उचित होगा जब हमारे पूर्वनियोजित कार्यक्रमों में कोई बाधा न आती हो। जरूरी नहीं है कि हर आमंत्रण में हम उपस्थित रहें। अपने कार्यक्रम के बारे में स्थानीय पालक कार्यकर्ता, विभाग प्रमुख आदि से पूर्व प्रत्यक्ष बातचीत हो जानी चाहिए। केवल दूरभाष (फोन) पर्याप्त नहीं है। बताना और पूछना इसमें फर्क है। जिस कार्यक्रम में हम नहीं जा सकते हैं, वहाँ शुभेच्छा पत्र भी भेज सकते हैं। इसी प्रकार भविष्य में जब भी कार्य के निमित्त हम उस गाँव में जाएँ, तो संबंधित व्यक्ति के घर अवश्य जाएँ और अपनी कठिनाई उन्हें बता सकते हैं। पूर्णकालिक कार्यकर्ता की प्रमुख जिम्मेदारी केवल उसके कार्य की ही होनी चाहिए। अन्य सभी काम उसके लिए गौण होते हैं। कार्य-विकास की कसौटी पर परखकर ही अन्य कामों को अपने जीवन में स्थान देना चाहिए। प्रथम क्रम में केवल अपना कार्य ही हो सकता है, द्वितीय-तृतीय स्थान पर अन्य काम किए जा सकते हैं।

पूर्णकालिक कार्यकर्ता होने का अर्थ अब मैं धीरे-धीरे समझ रहा था।

❖○❖

मैं श्रीकृष्ण अ.भा. विद्यार्थी परिषद् का एक प्रांत संगठन मंत्री रहा। हमारे प्रदेश का पूर्णकालिक कार्यकर्ताओं का अभ्यास वर्ग था। मैं वर्ग के विषय में आदरणीय यशवंतरावजी से बातचीत कर रहा था।

सर ने व्यवस्था, बौद्धिक तथा चर्चा के विषय, प्रारूप, खेल, व्यायाम, वक्ता, वर्ग संचालन समिति आदि के बार में जानकारी ली।

आखिर में पूछा, ''वर्ग में कौन-कौन अपेक्षित है ?'' मैंने कहा, ''सभी

पूर्णकालिक कार्यकर्ता अपेक्षित हैं।'' आदरणीय यशवंतरावजी ने फिर से पूछा, ''और कौन-कौन?'' ''और कोई नहीं!'' मैंने कहा।

सर ने सुझाव दिया कि इन पूर्णकालिकों के साथ अपने प्राध्यापक, पालक (अभिभावक) कार्यकर्ताओं को बुलाना भी उपयुक्त होगा। पूर्णकालिकों के साथ-साथ पालक प्राध्यापक कार्यकर्ताओं का भी रहना अधिक उपयुक्त, अधिक फलदायी होगा।

ऐसे प्राध्यापक-पालक कार्यकर्ता एक दृष्टि से मन:स्थिति का विचार करते हुए पूर्णकालिक ही होते हैं। उनके मन में 'यह मेरा अपना काम है,' 'यह मेरा जीवन व्रत है' ऐसा भाव होता है और केवल पूर्णकालिकों की विशेष टोली बनने से काम होगा, ऐसी बात नहीं। केवल पूर्णकालिक या प्रचारकों पर काम निर्भर न हो। 'घर का खाते हुए समाज का काम करने वाले' व्रती कार्यकर्ता चाहे गृहस्थी या छात्र कार्यकर्ता के बलबूते पर कार्य को स्थायित्व मिलता है।

(वास्तव में किसी भी काम को स्थानीय समर्थन से सही स्थायित्व मिलता है।)

❖❍❖

पूर्णकालिक कार्यकर्ताओं की बैठक का समापन होने के बाद अगले कार्यक्रम की चर्चा चल रही थी। किसी ने सुझाव दिया, हम सभी पूर्णकालिक कार्यकर्ता पिकनिक पर चलें तो थोड़ी गपशप हो जाएगी।

कई कार्यकर्ताओं ने इस सुझाव का हर्षपूर्वक स्वागत किया। फिर भी यशवंतरावजी ने उन्हें कहा, ''ऐसी अनौपचारिक सैर, गपशप आदि का परस्पर संबंध दृढ़ होने में निश्चित ही उपयोग होता है, इसमें संदेह नहीं है। फिर भी एक छोटी सी बात ध्यान में रखना ठीक रहेगा कि हमेशा केवल पूर्णकालिक कार्यकर्ताओं की परेड निकालने की परंपरा संभवत: ठीक न हो, इसलिए उसमें कुछ समझदार अनुभवी परंतु पूर्णकालिक नहीं हैं, ऐसे कार्यकर्ताओं का भी इसमें सहभागी होना अधिक उचित होगा।''

पूर्णकालिक काम करनेवाले की 'स्वतंत्र बिरादरी' न हो, हमें इसका ध्यान सदा रखना चाहिए, यशवंतरावजी का ऐसा आग्रह रहता था।

सही घर संपर्क

एक बार मैं यशवंतरावजी के यहाँ एक पारिवारिक कार्यक्रम का निमंत्रण देने गया। पहुँचते ही मेरा हार्दिक स्वागत हुआ। बातचीत करते हुए मैंने सर को कार्यक्रम की जानकारी दी तथा घर आने का साग्रह निमंत्रण दिया।

उनके यहाँ से चलते-चलते मैंने कहा, सर, आते समय भाभीजी को भी अवश्य साथ लाइएगा। सर तुरंत बोले, देखो केशव, आपने भाभीजी को साथ लाने को कहा है—अच्छा है, किंतु भाभीजी टेपरिकार्डर या ट्रांजिस्टर हैं, जो मैं उन्हें साथ ले आऊँ। अरे, अंदर जाओ, उनसे मिलो, बात करो, यह ठीक होगा न। मुझे बात ध्यान में आई, मैंने भाभीजी को भी साग्रह निमंत्रण दिया।

स्त्री-पुरुष विचार

शहर का अभ्यास वर्ग अगले दिन ही था। वर्ग की पूरी तैयारी हो चुकी थी। नई शहर कार्यकारिणी शीघ्र ही तय करनी थी। ३-४ नाम आँखों के सामने थे। प्रत्येक नाम पर सभी दृष्टियों से विचार हो रहा था।

बैठक शुरू हुई। प्रत्येक नाम का विचार करते समय मेरा भी नाम सामने आया। एक बहुत समझदार, कार्यक्षम और अधिक-से-अधिक समय दे सकने वाली होनहार छात्रा कार्यकर्ता के रूप में शहर मंत्री पद के लिए मेरे नाम पर विचार शुरू हुआ। मेरी भी शहर मंत्री के रूप में काम करने की मन से पूरी तैयारी थी। घरवालों की भी सहमति थी। इस बैठक में यशवंतरावजी भी थे। उन्होंने सभी की बातें सुनीं और सब के अंत में अपना मत प्रकट करते हुए बोले, 'माधवी सचमुच गुणसंपन्न कार्यकर्त्री है। वह काम भी अच्छा ही करेगी, इसमें कोई संदेह नहीं है, फिर भी अपने चारों ओर रहनेवाले समाज को जो स्वीकार और हज्म होगा, उसी के अनुसार हमें चलना चाहिए। हमें समाज के केवल एक कदम आगे होना चाहिए। उनका कहना अन्य सभी के साथ मुझे भी ठीक लगा। किसी क़ी नाराजगी न होते हुए हमने दूसरा नाम चुना लिया।

कोई भी सामाजिक परिवर्तन धीरे-धीरे होना चाहिए, परंतु उस विषय की धारणा मन में पक्की होनी चाहिए। धीरज रखें। संयम हो। इसका ध्यान यशवंतरावजी ने बड़ी कुशलता से रखा। आगे चलकर वह छात्रा भी पूर्णकालिक कार्यकर्ता के रूप में काम करने लगी, जिसका आग्रह स्वयं यशवंतरावजी ने ही किया।

❖○❖

हरिपुर में प्रदेश का अभ्यास वर्ग होने जा रहा था। उसकी योजना तैयार करने के लिए हम बैठक में सम्मिलित हुए थे। अन्य समूची कार्यक्रम व्यवस्था का विचार हो जाने के बाद शिविर के नियंत्रक के बारे में विचार शुरू हुआ। कई नाम सामने आए। किसी ने सुझाया, 'सुजाता को यह जिम्मेदारी सौंपनी चाहिए।' सुजाता एक पूर्णकालिक कार्यकर्ता थी। जोशपूर्ण, बुद्धिमान और चतुर। उसका नाम सामने आते ही कुछ लोगों ने तुरंत अपनी प्रतिक्रिया प्रकट की। यह प्रदेश का अभ्यास वर्ग है। यहाँ डेढ़-दो सौ कार्यकर्ता आएँगे। महिला नियंत्रक यहाँ नहीं चलेगी। केवल महिलाओं का कार्यक्रम होता तो बात और थी। यहाँ इस वर्ग में ऐसा न किया जाए। अभ्यास वर्ग का संचालन ठीक से नहीं हो पाएगा। एक महिला को नियंत्रक बनाएँगे और सूचना हमें ही देनी पड़ेगी।

सभी अपना-अपना विचार प्रस्तुत कर रहे थे। किसी की कटु प्रतिक्रिया सुनकर यशवंतराव अपनी जगह बैठे बेचैन हो गए। तभी उनकी एक भौंह ऊपर उठ गई। अंत में सभी ने यशवंतराव की ओर किसी मार्गदर्शन की आशा से देखा। वे कुछ मत प्रकट करें, ऐसा सभी चाहते थे। अपने चश्मे की दोनों डंडियाँ जोड़कर वे कहने लगे, 'हम यहाँ प्रदेश स्तर के प्रमुख कार्यकर्ता इकट्ठा हुए हैं। संगठन को ही नहीं, बल्कि पूरे समाज को दिशा देने का गंभीर उत्तरदायित्व हमने स्वीकार किया है। इसलिए स्त्री और पुरुष इनकी स्वाभाविक क्षमता के संदर्भ में यहाँ जो कुछ मत प्रकट किए गए हैं, वे अधूरे दृष्टिकोण से प्रतिपादित हो रहे हैं। हम विचारशील कार्यकर्ता हैं। कोई महिला है, इसलिए विशेष महत्त्व देना जैसे अनुचित, वैसे ही कोई महिला है, इसलिए उसको अस्वीकार करना भी अनुचित है। सुजाता का नियंत्रक के

रूप में विचार करते समय नियंत्रक के लिए आवश्यक गुण उसमें हैं या नहीं, इतना ही विचार करना ठीक रहेगा। नियंत्रक महिला होने से नियंत्रक के कार्य का स्तर कम नहीं होता है। वह महिला विशिष्ट जिम्मेदारी स्वीकारने में समर्थ है या नहीं, इतना ही विचार करना ठीक रहेगा। इसी दृष्टि से यहाँ चर्चा हो और निर्णय लें।'

अर्थात् बैठक में सम्मिलित सभी की दृष्टि साफ हो गई और सुजाता ने नियंत्रक के रूप में उत्कृष्ट काम किया, यह कहने की अलग से आवश्यकता नहीं है। छात्र एवं छात्रा जहाँ एकत्रित काम करते हों, वहाँ एक और बात ध्यान में रखनी होगी। वह यह कि स्त्री-पुरुष एकत्र काम करते समय सर्वसमावेशक मित्रता का भाव रखना ही ठीक है, किंतु व्यक्तिविशेष की मित्रता मन में आशंका करती है और वह संगठन की हानि का कारण बन सकती है, इसका ध्यान अवश्य रखना चाहिए।

प्रदेश के चुने हुए कार्यकर्ताओं की बैठक चल रही थी। विषय था मराठवाड़ा में पूर्णकालिक कार्यकर्ता के रूप में किसे भेजा जाए। दो-चार नामों की चर्चा हुई। इतने में यशवंतरावजी ने सुझाया, 'मराठवाड़ा के लिए इस वर्ष नए पूर्णकालिक कार्यकर्ताओं में से एक चुना जाए तो ठीक रहेगा। ऐसा उसी प्रकार अब मराठवाड़ा में पूर्णकालिक छात्रा भेजने का भी प्रयोग करना अनुचित नहीं होगा।' यशवंतरावजी के इस प्रस्ताव से बैठक में बेचैनी फैल गई। बैठक के अन्य सभी व्यक्तियों को मराठवाड़ा में छात्रा पूर्णकालिक का प्रयोग कठिन लग रहा था। मराठवाड़ा में संगठन का काम अभी हाल ही में शुरू हुआ है, साथ ही मराठवाड़ा की सामाजिक स्थिति महिला 'पूर्णकालिक' इस प्रयोग के लिए अनुकूल नहीं है। इतना ही नहीं, वहाँ के स्थानीय कार्यकर्ताओं ने महिला 'पूर्णकालिक' संकल्पना का विरोध किया है।

किसी के कहने से पूर्व ही यशवंतराव ने कहा, 'मुझे प्रकाश ने बताया है कि स्थानीय लोगों की मानसिकता महिला पूर्णकालिक प्रयोग स्वीकारने की नहीं है, परंतु अब चारों ओर की परिस्थिति बदल रही है। अपने काम में भी छात्राओं का सहभाग काफी बढ़ गया है। अब हमें एक कदम आगे बढ़ना

चाहिए। वहाँ के लोगों से बात करते हुए उनकी मानसिकता में परिवर्तन लाने का विचार अब इस टीम को करना चाहिए। लगता है, मराठवाड़ा में महिला पूर्णकालिक इस प्रयोग का समय अब आ गया है। देखिए, सभी इस संबंध में क्या सोचते हैं?'

यशवंतरावजी का सुझाव सुनकर अनुकूल परिणाम हुआ, सभी ने इस प्रयोग को अपनाने का विचार किया। दो-तीन बार प्रवास करते हुए प्रदेश के प्रमुख कार्यकर्ताओं ने वहाँ के स्थानीय लोगों से इस संबंध में बातें की। उन्होंने भी उसे स्वीकार किया और मराठवाड़ा में 'महिला पूर्णकालिक कार्यकर्ता' प्रयोग यशस्वी हुआ।

सामाजिक समरसता

आज शाम को मैं यशवंतराव केलकर नामक एक प्राध्यापक के घर जानेवाला हूँ। मैं आजकल कभी-कभी विद्यार्थी परिषद् नाम की एक संगठन के कार्यक्रम में जाता हूँ। केलकर उसकी वरिष्ठ सदस्य हैं, उन्होंने बुलाया है।

कैसे-क्या स्वागत होगा अपना, मैं विचार कर रहा था। पिताजी पूज्य अंबेडकर और भगवान गौतम बुद्ध की प्रतिमा को हार पहनाते हैं। उन्होंने कल ही कहा है, यदि अपना अपमान करवाना हो तो जाओ उस केलकर के घर।

गली में रहनेवाले मित्र भी कह रहे थे, 'अरे, अ.भा.वि.प. संघवालों की है। घर में बुलाएँगे और खास अलग रखे प्याले में चाय पिलाएँगे। वह भी हाथ में नहीं देंगे, सामने रखेंगे, बामन कहीं के।' मैं विचारों में डूब गया। आखिर निश्चित किया कि आज अवश्य जाऊँगा और अ.भा.वि.प. वालों को बेनकाब कर दूँगा। अपने अभ्यास वर्ग में वे व्यर्थ ही 'समता' पर लंबे-चौड़े भाषण देते हैं, आज उन्हें मालूम होगा समता क्या होती है?

ठीक ५.३० बजे मैं अपने घर से निकला और पैदल चलते हुए शिवाजी पार्क में स्थित ब्राह्मणों की बस्ती में आ पहुँचा। केलकर सर के घर के दरवाजे की घंटी बजाई। सच कहूँ तो मन में जरा सा घबरा गया, इतने में

यशवंतराव हँसते हुए दरवाजा खोलते हैं और बड़ी प्रसन्नता से मुझे अंदर बुलाते हैं। 'आइए, बैठिए' बड़े टेबल के एक ओर मैं और दूसरे ओर सर हैं। कमरा एकदम साफा-सुथरा है, सभी चीजें करीने से रखी हैं। मोटी-मोटी अंग्रेजी किताबें, थोड़ी मराठी किताबें भी हैं। सर बातें करते हैं, प्रश्न बहुत करते हैं, मैं किसी तरह हलके-फुलके ढंग से उत्तर देकर छुटकारा पा लेता हूँ।

तब अचानक सर कहते हैं, 'अरे, इतनी दूर से आए हो, प्यास लगी होगी। जाओ, रसोईघर में चबूतरे पर पानी के घड़े रखे हैं, उनमें से पानी लो, और मेरे लिए भी लेते आना।'

मैं अवाक् होकर उनकी ओर देखता रहता हूँ। 'मैं-मैं, क्या मैं आपके रसोईघर से पानी ले आऊँ?' मैं जरा घबराते हुए कहता हूँ।

मेरा घबराना उनके ध्यान में नहीं आता है और सचमुच वैसा होना भी चाहिए।

'हाँ-हाँ, सामने ही है, तुरंत मिल जाएगा, मैं अंदर से दो गिलास पानी ले आता हूँ। मैं यशवंतराव की परीक्षा लेने आया था, इसका मुझे अब खेद हो रहा है। मैं लज्जित हो जाता हूँ। एक गिलास उनके सामने रखता हूँ, गरदन झुकाकर खड़ा होता हूँ। मेरे हाथ में रखे पानी में अनजाने में एक खारे पानी की बूँद समा जाती है। यशवंतरावजी से मेरा आजीवन के लिए एक अटूट रिश्ता उसी क्षण जुड़ जाता है, सामाजिक समता अपने जीवन में उतारने वाले महान् व्यक्ति के दर्शन पाकर मैं धन्य हो जाता हूँ।

❖❍❖

मकर संक्रांति का शुभ दिन था। संयोग से यशवंतरावजी का प्रवास हमारे गाँव में था। दिन भर का कार्यक्रम बिलकुल ठीक योजित किया था। गाँव में पधारने पर यशवंतरावजी ने सारे आवश्यक काम पूरे किए और पूछा, 'हमारे प्रवास प्रमुख कौन हैं?' 'सर, मैं ही हूँ।' मैंने कहा।

'अच्छा तो बताओ, आज हमें क्या-क्या करना है?' मैंने उन्हें दिन भर का कार्यक्रम दिखा दिया। अपना संपर्क सर्वस्पर्शी अर्थात् समाज के सभी स्तरों में रहनेवाले कार्यकर्ताओं से होना चाहिए, ऐसा यशवंतरावजी का आग्रह

होता था। उन्होंने उस दृष्टि से पूछताछ की। तब हम बाहर निकले और मिलना-जुलना शुरू हो गया।

दोपहर को गाँव की झोंपड़पट्टी में रहनेवाले एक कार्यकर्ता से मिलने गए। छोटी सी झोंपड़ी, मैं और यशवंतराव वहाँ पहुँचे। कार्यकर्ता का भाग्य आसमान छूने लगा। अपनी छोटी सी झोंपड़ी को भी उसने बड़े अच्छे ढंग से व्यवस्थित कर रखा था। बाहर पानी छिटका हुआ था। उसकी बूढ़ी माँ चूल्हे के पास फटी-पुरानी साड़ी सहेजे बैठी थी। यशवंतरावजी ने उस कार्यकर्ता से पूछा, 'कहो राजा, क्या चल रहा है?' उसने शीघ्रता से यशवंतरावजी को बैठने के लिए फटा कंबल बिछा दिया। सर उस पर तुरंत बैठ गए। बूढ़ी माता ने पानी का लोटा आगे बढ़ाया। कार्यकर्ता ने माँ से यशवंतराव का परिचय कराया। बूढ़ी माँ के चेहरे पर क्षीण हँसी बिखर गई। यह स्पष्ट दिखाई दे रहा था कि उसे इस परिचय के संबंध में कुछ समझ में नहीं आया। कोई बड़ा आदमी उसके यहाँ आया है, बस इतना ही वह समझ पा रही थी।

यशवंतरावजी ने पानी का लोटा मुँह को लगाया और पानी पिया। इतने में बूढ़ी माँ ने यशवंतराव को तिल-गुड़ देने के लिए हाथ आगे बढ़ाया, तब वे उठ खड़े हुए, तिल-गुड़ हाथ में लिया और तुरंत झुककर बूढ़ी माता को प्रणाम किया।

मैं स्तंभित रह गया। इसके पहले तीज-त्योहारों के अवसरों पर कई बार मैं उस झोंपड़पट्टी में गया था, परंतु मैंने कभी उस कार्यकर्ता की माता को प्रणाम नहीं किया था। आज मेरे मन पर यशवंतरावजी की विनम्रता की गहरी छाप अंकित हो गई।

❖❍❖

मेरे विवाह से संबंधित दौड़-धूप चल रही थी। शिवड़ी उपनगर से दादर स्थित मंगल कार्यालय में सारा सामान लेकर हम निकलनेवाले थे। दुर्भाग्य से उस दिन मुंबई बंद का आह्वान किया गया था। दादर तक पैदल जाने के अतिरिक्त और कोई चारा नहीं था। सुबह सभी रिश्तेदार निकलनेवाले थे, इतने में यशवंतराव घर आए। हम सब को बड़ी खुशी हुई। मैंने सर से पूछा, 'मुंबई बंद है, तब आप कैसे आए?' 'कुछ नहीं, दादर से पैदल ही

चला आया। चलिए, निकलना चाहिए।' उन्होंने कहा। उस हड़बड़ी में उन्हें चाय लेने का आग्रह किया। उन्होंने चाय ली और हम सभी बाहर निकलने लगे। हर एक ने सामान के बैग, थैलियाँ अपने हाथ में उठा लीं। यशवंतराव ने भी झट से एक थैली उठा ली।

'सर, रहने दीजिए।' मैंने संकोच से कहा। परंतु उन्होंने कहा, 'अरे, मैं तुम्हारे घर का ही हूँ। चलिए-चलिए, जरा जल्दी पहुँचना चाहिए।' ऐसा कहते हुए वे तेजी से कदम बढ़ाने लगे। आखिर कुछ उपाय न देखकर हम चुप रह गए।

मेरे घर के सभी यह देखकर अवाक् रह गए। यह केलकर प्राध्यापक आखिर 'बामन' ही है, ऐसा उपहास घर में कभी हुआ था। हम मंगल कार्यालय में पहुँचे। यशवंतरावजी ने वह थैली मेरे पिताजी के हाथ में दी। पिताजी ने उसमें जरा झाँककर देखा। उस थैली में मेरे नए जूते रखे थे।

उसी क्षण पिताजी की आँखों में आँसू आ गए। मेरे परिवार के सभी के मनों में जो संदेह, पूर्वग्रह के बादल थे, वे सभी छँट गए थे। अब शेष रह गया था स्वच्छ आकाश—स्नेह से भरा। मुंबई के एक उपनगर माहिम में मच्छीमार बस्ती में कांबले गुरुजी की झोंपड़ी। मैं कभी-कभी गुरुजी के साथ बातें करने के लिए उनके घर जाता रहता हूँ। एक अत्यंत चिंतक व्यक्तित्व। मेरा उनके प्रति बहुत आदरभाव था। उनकी झोंपड़ी यानी दरिद्रता का साकार रूप। छत पर वर्षा के पानी से बचने के लिए पीला प्लास्टिक बिछाया था। वह भी आठ-दस स्थान पर फटा हुआ था। झोंपड़ी में फटा-टूटा संसार फैला था, परंतु उसमें भी आनंद और संतोष की गंध फैली हुई थी। सत्रह स्थान पर दबी हुई अल्युमिनियम की पतीली-थाली। छोटा सा चूल्हा, जिसमें डाला कचरा जलता रहता है। इतने सारे फैलाव में एक ही पीतल का लोटा चमचमा कर दरिद्रता में भी गुरुजी के मन-सौंदर्य की चमक प्रकट कर रहा था। अँधेरे का अटूट साम्राज्य। एक कोने में मिट्टी के तेल से जलता दीपक प्रकाश की क्षीण किरण बिखेरता था।

मैं कांबले गुरुजी के घर रोज की तरह शाम के समय पहुँच गया। 'नमस्कार' कहकर झोंपड़ी में प्रवेश कर ही रहा था कि अचानक ठिठक

गया। यशवंतराव के दोनों पुत्र आलोक और न्याय वहाँ खेल रहे थे। मैंने कांबले गुरुजी से पूछा, 'गुरुजी! ये लड़के यहाँ कैसे आ गए?' कांबले गुरुजी ने कहा, 'आ गए हैं अपने काका के घर दो दिन रहने के लिए।' मुझे धक्का लगा। दूसरे दिन एक बैठक में यशवंतराव मिल गए। बैठक के बाद चाय पीते हुए मैंने उनसे पूछा, 'सर, मैं कल गुरुजी के घर गया था।' 'हाँ, तब?' 'वहाँ आलोक और न्याय मिले।' 'हाँ, तब?' 'नहीं, मेरी समझ में नहीं आया कि वे वहाँ किसलिए गए थे, और⋯।' 'अरे, इसमें न समझने जैसी क्या बात है? कांबले काका को बच्चे बहुत चाहते हैं। कभी सहज ही वे वहाँ रहने के लिए चले जाते हैं। और माधवराव, देखिए, हम अपने काम में सामाजिक समता जैसा बहुत कुछ बोलते हैं, फिर भी सच कहूँ। ये बातें प्रत्यक्ष जीवन में कुछ और ही संतोष देती हैं। मैं अपने बच्चों को उस संतोष की मधुरता की अनुभूति हो, इसलिए उसने घर जाने के लिए प्रोत्साहन देता हूँ। उसके बिना बताओ, उन्हें सामाजिक वेदना कैसे समझ में आ सकेगी?'

मैं अवाक् रह गया। मन-ही-मन सर को साष्टांग प्रणाम किया। कथनी और करनी के अंतर को मिटानेवाले क्या वंदनीय नहीं हैं?

सामान्य स्वयंसेवक

मैं विभाग संगठन-मंत्री के नाते काम कर रहा था। मेरे विभाग के एक छोटे गाँव में अभ्यास वर्ग का आयोजन किया गया था। दो दिन पहले ही यशवंतराव वहाँ आनेवाले थे। मैं एक सप्ताह पहले ही वहाँ पहुँच गया था। मैं स्वयं अभ्यास वर्ग की तैयारी पूरी करने में जुट गया और यशवंतरावजी के आतिथ्य की जिम्मेदारी दूसरे कार्यकर्ता पर सौंप दी। उसने यशवंतरावजी के आते ही सूचित कर दिया कि उनकी व्यवस्था एक विशेष व्यक्ति के घर पर की गई है और अन्य ज्येष्ठ कार्यकर्ताओं की व्यवस्था दूसरी जगह पर।

यशवंतरावजी ने तुरंत उस कार्यकर्ता से कहा, 'अरे संजय, मैं तो बीमार भी नहीं हूँ, और न इतना बूढ़ा हो गया हूँ कि मेरे लिए विशेष व्यवस्था की जाए। अरे भाई! हम सदा कहते आए हैं, 'सहनाववतु, सहनौ भुनक्तु।' मैं अलग नहीं, सबके साथ ही रहना पसंद करूँगा।' 'सहनाववतु' श्लोक तो

मैंने कई बार सबके साथ दुहराया था, लेकिन उसका सही अर्थ आज मेरी समझ में आ रहा था।

❖❍❖

बैठक में आगामी वर्ष में दी जानेवाली जिम्मेदारी तय करने के संबंध में चर्चा चल रही थी। कई नाम, उनके स्वभाव, दी जानेवाली जिम्मेदारी के प्रति उनकी अनुकूलता, कुछ पुराने संदर्भ आदि का विचार हो रहा था। बैठक ठीक हो रही थी कि धीरे-धीरे विजय और रमेश के स्वर में तीखापन प्रकट होने लगा। बैठक का वातावरण बिगड़ने लगा। मेरी समझ में यह स्पष्ट रूप से आ रहा था कि इन दोनों के व्यक्तिगत आग्रह-पूर्वग्रहों के कारण निर्णय लेने में उलझन पैदा हो रही है। अंत में बिना किसी निर्णय के बैठक रोक देनी पड़ी। 'इस पर और विचार बाद में करेंगे' कहकर बैठक समाप्त हो गई। मैं मन-ही-मन संतप्त हो गया था। बैठक की जानकारी देने में यशवंतराव के घर पहुँचा। उनकी ओर देखते ही मेरा क्रोध कम होने लगा, फिर भी विजय और रमेश के संबंध में विचार आते ही आगबबूला हो उठता था। मैंने जरा तीखे स्तर में यशवंतराव से कहा, 'सर, इस प्रकार यदि कोई वातावरण को बिगाड़ रहा हो तो उसे सबक सिखाना चाहिए।' यशवंतराव ने अपनी चिर-परिचित शांत शैली में समझाते हुए कहा, 'देखो श्रीकांत! काम करते समय हमें भिन्न-भिन्न स्वभाव के लोग मिलेंगे। अत: उन्हें अपनी पद्धति समझाना ज्यादा ठीक रहेगा।' किसी पर भी क्रोध न करते हुए उसके विचारों में रहनेवाली त्रुटि को समझा देने की कुशलता मैंने अवश्य उनसे सीख ली थी।

एक जीवन एक कार्य

मैं अपने जिला केंद्र के एक प्रसिद्ध महाविद्यालय में प्राध्यापक था। अनेक संस्थाओं तथा व्यक्तियों से मेरा व्यापक संपर्क था। परिषद् का सक्रिय कार्यकर्ता तो मैं था ही।

एक बार अ.भा.वि.प. की जिला बैठक में पहुँचने में मुझे देरी हो गई। केलकरजी भी उस बैठक में उपस्थित थे। बैठक के पश्चात् सर से बातचीत हुई। मैंने कहा, 'यशवंतराव, एक और संस्था की बैठक थी, इस कारण मुझे

आने में देरी हो गई।' 'ठीक-ठीक, अन्यान्य संस्थाओं के कारण आपकी व्यस्तता होगी। हाँ शायद परिषद् के प्रमुख कार्यकर्ता से बातचीत करके ही आपने ये कार्य स्वीकार किए होंगे।' यशवंतराव ने कहा, 'परंतु जितना हो सके किसी एक संगठन के कार्य को ही इस जीवन का कार्य मानकर चलना उपयोगी और फलदायी रहेगा। हाँ, परिस्थिति विशेष में अपने प्रमुख कार्यकर्ता कुछ कार्य सौंपते हैं तो यह अलग बात है।'

मुझे भी ध्यान आया कि किसी काम को पूरा न्याय देने की दृष्टि से यह विचार ही उत्तम है।

सर्वपंथ समभाव

यशवंतराव के महाविद्यालय की एक मुसलिम छात्रा उनके संबंध में कहती है—'मैं आपके सामने केलकरजी के जीवन का वह पहलू रखूँगी, जो हमारे हिंदुस्तानी समाज के लिए बहुत जरूरी है। समाज में कुछ लोग कट्टर हिंदू हैं, कुछ कट्टर मुसलमान हैं। तीसरी किस्म के लोग वे हैं जो अपने आपको सेक्युलर बताना चाहते हैं। वे अपने धर्म की परवाह किए बगैर आधे हिंदू और आधे मुसलिम बनते फिरते हैं। न घर के न घाट के। लेकिन केलकरजी चौथे किस्म के इनसान हैं, जिनकी अपने धर्म के साथ वफादारी में कोई कभी नहीं। वे अपने विचार, काम और धर्म के पक्के हैं। इन्हीं के लिए शायद गालिब ने कहा था, 'वफादारी बशर्ते इस्तेवारी ईमां है, मेरे बुतखाने में तो गाड़ो काबे में बरे मन को।'

केलकरजी मानते हैं कि दूसरे धर्म का ऐतबार करना चाहिए। उसकी इज्जत करनी चाहिए। मेरे जैसी कई मुसलिम, पारसी, ईसाई लड़कियों को वे अपनी बेटी जैसी मानते हैं। उनका घर मेरे लिए जामे अमान है। जहाँ मैं अपने आपको सुख-दुःख में शरीक करती हूँ। जब कभी उनके घर से लौटती हूँ तो अपने आपको बहुत सुकून में पाती हूँ। रोजे के दिनों में जब वे हमारे घर आते थे तो दिन भर कुछ खाते-पीते नहीं थे। दरअसल, केलकरजी का चरित्र मेरे लिए हमेशा रोशनी का एक किनारा रहा है।

'व्रजादपि कठोराणि मृदूनि कुसुमादपि'

पूर्णकालिक (Full Timer) अर्थात् जीवन का पूरा समय देनेवाले कार्यकर्ताओं का शिविर चल रहा था। मैं अपनी आदत के अनुसार हँसी-मजाक करते हुए किसी को विशेष निशाना बनाकर किसी की टोपी उछाल रहा था।

एक सत्र के प्रारंभ में सुहासिनी ने एक सामूहिक गीत गाना प्रारंभ किया। प्रारंभ की पंक्ति थी, 'दिव्य ध्येय की ओर तपस्वी, जीवन भर अविचल चलता है।' तभी अचानक यशवंतरावजी अपने आसन पर खड़े हो गए। भौंहें चढ़ाकर क्रोधित स्वर में बोले, 'मुझे लगता है कि हम सभी गलती कर रहे हैं, ऐसी गलती, जिसे क्षमा नहीं किया जा सकता।'

तीखे स्वर में बोलकर वे नीचे बैठ गए और अपनी डायरी में कुछ लिखने लगे। यशवंतरावजी के इन तीखे शब्दों से सभी उद्विग्न हो गए। उनका इतना क्रोधित रूप कई कार्यकर्ता पहली बार देख रहे थे। देशभक्ति से लबालब भरे गीत की खिल्ली उड़ाना, उपहास करना उन्हें कतई पसंद नहीं था। हर समय उनके मुख से निकले शब्द, कहो भाई, कहो बेटे जैसे अति कोमल शब्द सुननेवाले कान तीखे स्वर से कंपित हो उठे। उन शब्दों की दाहकता उन्हें बेचैन करने लगी। उस दिन हमने पहली बार 'वज्रादपि कठोराणि मृदूनि कुसुमादपि' मुहावरे का सार्थक रूप देखा।

'मनुष्य तू बड़ा महान् है'

प्रांत अधिवेशन में कार्यकर्ताओं का उत्साह अपनी सीमाएँ लाँघ रहा था। कहीं 'भारतमाता की जय' की गूँज थी, तो कहीं 'परिषद् जिंदाबाद' के नारे निनादित हो रहे थे। संपूर्ण अधिवेशन में युवाओं का जोश उमड़ रहा था। देशभक्ति का रंग हर जगह छाया हुआ था। इतने में प्रांत मंत्री हृषिकेश की सूचना वातावरण में गूँजने लगी, 'स्वच्छता विभाग के स्वयंसेवक मंच के बाईं ओर शीघ्र इकट्ठा हों, वहाँ सफाई की जरूरत है, स्वच्छता विभाग ध्यान दे।'

अधिवेशन में सहभागी कई उस ओर उत्सुकता से देखने लगे। स्वच्छता विभाग के कौन बाहरी व्यक्ति आ रहे हैं? परंतु दूसरे ही क्षण कुछ लोगों ने

एक विलक्षण दृश्य देखा। थोड़ी देर पहले जिनका परिचय परिषद् के सर्वोच्च पदाधिकारी के रूप में किया गया था, वे यशवंतराव केलकर झाड़ू लेकर मंच की बाईं ओर आगे बढ़ रहे थे। स्वच्छता कार्य में विलंब किसलिए? यहाँ छोटे-बड़े का कोई प्रश्न नहीं है, स्वच्छता हर किसी का काम है, किसी एक विभाग का काम नहीं है। कौन आगे बढ़े, इसका कोई आग्रह नहीं है। धन्य है वह नेता, जिसने अपने व्यवहार से समता का संदेश दिया था। मनुष्य तू बड़ा महान् है, महान् बन सकता है—इसका महान् सूत्र अपने व्यवहार से उजागर कर दिया था।

(मनोविज्ञान) मानसशास्त्र का सजीव सम्राट्

मैं एक महानगर निवासी प्राध्यापक नवीन कार्यकर्ता। परिषद् के वातावरण से बिलकुल अपरिचित। और महानगर के विख्यात महाविद्यालय में मानस शास्त्र पढ़ानेवाला प्रतिष्ठा प्राप्त प्राध्यापक। हर किसी के व्यक्तित्व की मानसशास्त्रीय विश्लेषण की स्वाभाविक प्रवृत्ति, अहंभाव को स्वाभाविक तथा पुष्ट करनेवाला परिसर, इसलिए किसी से घुल-मिलकर अपनेपन से बात करने की अनिच्छा।

अचानक किसी मित्र के आग्रह से विद्यार्थी परिषद् के अधिवेशन में हँसी-मजाक से बातें कर रहा था, यह बात मेरे लिए बिलकुल नवीन थी। मर्यादा को सुरक्षित रखते हुए निस्संकोच आपस में बातें हो रही थी। छोटे-बड़े सभी अपनी आयु एवं पद को भूलकर घुल-मिल रहे थे।

तभी एक अधेड़ उम्र के व्यक्ति ने मेरा ध्यान आकर्षित किया। वह छोटे-बड़े सभी कार्यकर्ताओं से बड़ी आत्मीयता से बातें कर रहे थे। व्यक्ति या समूह में उनका निस्संकोच घुलना-मिलना जारी था। जहाँ भी वे जाते, वहाँ व्यक्ति या समूह खुशी से झूम उठता था, मानो कोई कल्पवृक्ष या अमूल्य निधि प्राप्त हो गई हो। हर कोई खुले मन से उन्हें मिल रहा था। बड़ी तन्मयता से बातचीत शुरू हो जाती थी।

उस व्यक्ति से परिचय होने पर मालूम हुआ कि वे ही यशवंतराव केलकर हैं। वे भी एक विख्यात महाविद्यालय में अंग्रेजी के प्राध्यापक हैं,

फिर भी किसी प्रकार का अहंभाव उनमें दिखाई नहीं दे रहा था। वही सादगी, निश्छलता, अपनापन बिखेरते हुए वे सभी छोटे-बड़े कार्यकर्ताओं से खुलकर हँसी-मजाक कर रहे थे।

सबके साथ सहभागी होने की कुशलता से मैं प्रभावित हुआ। विशेष रूप से अधिवेशन के मध्यकाल में और चायपान के साथ खुलेपन से हँसी-मजाक में सहभागी होना मुझे लुभा रहा था। गंभीरता एवं खुलेपन का ऐसा अद्‌भुत मिश्रण मैं पहली बार अनुभव कर रहा था। उनके इस विशेष स्वभाव से एक स्वाभाविक वृंदभाव या 'टीम स्पिरिट का निर्माण हो रहा है, इसे मैं प्रत्यक्ष देख रहा था। साथ ही इस सहज मिलन प्रक्रिया से एक व्यक्ति एवं कार्य परिचय विकसित होता हुआ, मैं देख रहा था। हर हँसी--मजाक एवं चर्चा से परस्पर पारिवारिक एवं व्यक्तिगत समस्याएँ समझकर संबंध अधिक सुदृढ़ हो रहे हैं, यह भी मैं अनुभव कर रहा था। इस अपनेपन के बल पर हर समस्या की ओर एक विशेष समभाव की सृष्टि हो रही है, यह भी ध्यान में आ रहा था। यह सारा कार्य अपने व्यवहार से संपन्न करा देने की यशवंतरावजी की कुशलता आश्चर्यजनक थी।'

धीरे-धीरे सभी के प्रश्नों की ओर देखने की समान धारणा सभी कार्यकर्ताओं में विकसित होते देख अचंभित हुए बिना नहीं रहता था। मैं एक सशक्त मन का सम्राट् जो सभी के मनोभावों पर सहजता से राज करता हो, ऐसा अनुभव कर रहा था। यह चमत्कार उनकी अहंकार विसर्जित करने की अद्‌भुत कला से संपन्न हो रहा था। उनकी ओर देखकर साधारण कार्यकर्ता भी ज्येष्ठता कैसे संपादित कर सकता है, इसकी 'यशवंत' कुंजी प्रकट हो रही थी। सच्चा कार्यकर्ता केवल कार्य में सहभागी होने से नहीं बनता है, यह ध्यान में आ रहा था। उनके दिव्य स्पर्श से एक अहंकारी मनोविज्ञान का प्राध्यापक मैं अब मनोविज्ञान का एक साधारण विद्यार्थी बन गया था।

पहले समष्टि विचार

आपातकाल के दिन थे। धीरे-धीरे जेल में मीसा बंदियों की संख्या बढ़ रही थी। एक दिन शाम को मैं जेल में इधर-उधर टहल रहा था, तभी

एक बराक में मुझे यशवंतराव जी दिखाई पड़े। कुछ ग्रंथों का चयन करते हुए उन्हें एक बंडल में बाँध रहे थे। मैंने सहज उत्सुकता से पूछ ही लिया। इन ग्रंथों का चयन क्यों हो रहा है? 'जी, नमस्ते बेडेकर जी, ये सारी किताबें शेक्सपीयर-रोले आदि बड़े अंग्रेजी लेखकों की हैं। पता नहीं जेल में कितने रोज रहना पड़ेगा, अतः सोचा, वहाँ जेल में पढ़ने के लिए पर्याप्त समय मिलेगा। देखिए बेडेकरजी, अपने लोगों की संख्या, जेल के विभिन्न कार्यक्रम आदि सबकी सुनियोजित रचना सोच-समझकर करनी पड़ेगी। उसके लिए काफी समय देने की जरूरत है। संघ ने यह जिम्मेदारी हमें सौंपी है, इसलिए सोचा, व्यक्तिगत अध्ययन बाद में भी किया जा सकता है, अतः सारी किताबें लौटा रहा हूँ।'

नासिक रोड जेल में रखे गए कार्यकर्ताओं के कार्यक्रमों की पूरी योजना व्यवस्था की जिम्मेदारी यशवंतरावजी ने सहज स्वीकार की और व्यक्तिगत अध्ययन की योजना भी उसी सहजता से रद्द कर दी।

अर्थ व्यवहार

एक कार्यकर्ता परेश बड़े उत्साह से बैठक में कह रहा था—इस साल हम अपना कार्यक्रम गंधर्व हॉल में करेंगे। दूसरे कार्यकर्ता गोविंद ने उतनी ही शक्ति से कहा, 'अरे परेश, क्या तुम्हें पता है, गंधर्व हॉल का किराया कितना है? 'होगा, किराया अवश्य ज्यादा होगा, लेकिन कार्यक्रम कितनी शान से होगा।' परेश ने आग्रह किया।

गोविंद ने अपना मत फिर से दुहराया, 'नहीं, अपना कार्यक्रम कम खर्च में होना चाहिए।'

'तुम सदा ऐसे ही रोते रहो। कम खर्च, कम खर्च। पता नहीं हम कब सुधरेंगे। ऐसी दरिद्रता हमें जरूर ले डूबेगी।' परेश का प्रतिकार और अधिक कड़ा हो रहा था।

'अरे हेमंत, जरा तुम ही परेश को समझाओ।' 'अरे मित्र गोविंद, तुम भी इसे समझाओ कि इस समय कितने सदस्य हमने बनाए हैं। पागल कहीं का! सदस्य संख्या सुनकर इसकी बोलती जरूर बंद हो जाएगी। परेश किस

मिट्टी से बना है, यह एक बार उसे जरूर मालूम हो जाएगा।' परेश का अहंकार फुफकार रहा था।

'मित्र गोविंद, परेश का कहना कुछ गलत नहीं है।' हेमंत ने अपना मत बताकर आग में घी की आहुति दे डाली।

गोविंद निराश होकर यह सब देख रहा था। परेश अभी भी अपनी बात के लिए समर्थन जुटा रहा था।

बैठक किसी निर्णय के बिना समाप्त हो गई। गोविंद तुरंत यशवंतरावजी के घर पहुँचा और उनकी सुविधा-असुविधा का ध्यान न रखते हुए अपने मन की व्यथा बड़े विस्तार से पूरे जोश के साथ कह दी। यशवंतरावजी ने उसकी तीव्र अस्वस्थता तुरंत समझ ली। गोविंद बड़े आग्रह से उन्हें बता रहा था, 'सर, मैं अब उसे बिलकुल छोड़नेवाला नहीं हूँ। परेश को सबक सिखाए बिना मैं चुप नहीं बैठूँगा।'

यशवंतरावजी के आश्वस्त स्वर से गोविंद को महसूस हुआ कि उनका समर्थन उसे अवश्य मिलेगा। गोविंद ने बड़े मिन्नत भरे स्वर में कहा, 'सर, अब आप ही बताइए, बैठक में कोई दादा बनकर अपना मत दूसरों पर कैसे लाद सकता है। किसी की कोई परवाह न करते हुए अत्यधिक खर्च का निर्णय कैसे ले सकता है? क्या हम चुपचाप सिर झुकाकर उसे स्वीकार कर लें? बताइए, ऐसे समय में हम क्या करें?'

यशवंतरावजी ने उसकी तीव्र अस्वस्थता को जानते हुए उतनी ही शांति से कहा, 'देखो भाई गोविंद, हम समाज का संगठन करने जा रहे हैं। यह काम करते समय यह समझना भूल होगी कि हम किसी मूक बकरियों के झुंड को हाँक रहे हैं और सभी कार्यकर्ता चुपचाप बिना किसी विरोध के हमारे पीछे चल देंगे। परेश का बैठक में ही इस प्रकार बोलना निश्चय ही अनुचित है, फिर भी उसे सबक सिखाने की बात भी उतनी ही अनुचित हो सकती है, इसलिए कार्यकर्ता को उचित विचार करने के लिए प्रवृत्त करना ही एकमात्र उपाय है। देखो, तुम भी यह कार्य कर सकोगे!'

मानो किसी ने तीव्र दाहक जख्म पर शीतल चंदन का लेप लगा दिया हो, गोविंद को ऐसा सुखद अनुभव हो रहा था। शांत होकर अब क्या

करना है, इसका निश्चय भी उसने कर लिया। अगली बैठक में अपनी कोई प्रतिक्रिया परेश ने प्रकट नहीं की। सभी निर्णय योग्य रीति से लिये गए, तब गोविंद ने समझ लिया कि यशवंतरावजी ने परेश को कड़ी फटकार लगाई होगी। बैठक की समाप्ति पर गोविंद ने बड़े संकोच से परेश से कहा, 'कहो प्रिय परेश, कहीं हम पर नाराज तो नहीं हो?' 'बिलकुल नहीं, गोविंद! कभी-कभी हमारी आँखों पर अहंकार की पट्टी बँध जाती है। यशवंतरावजी ने बड़े स्नेह से पीठ थपथपाते हुए पूरा वार्षिक जमा खर्च समझा दिया और तब मेरा अहं पता नहीं कैसे पिघल गया और मैं होश में आ गया।'

बैठक में अपनी मर्यादा छोड़नेवाले कार्यकर्ता को सबक सिखाने की भाषा अनुचित ही है, इस सुयोग्य विचार का परिमार्जन मेरे मन पर अंकित हो गया, साथ ही गुट बनाने की (लॉबी बनाने की) दुष्ट प्रवृत्ति भी दूर रखने की सीख मुझे मिली।

सर की यह खासियत हमारे लिए एक अनूठा संस्कार बन गई।

उचित सम्मान

घाटों से हमारी गाड़ी गुजर रही थी। मैं खिड़की से परिलक्षित होनेवाली प्रकृति-संपदा को अतृप्त नजरों से निहार रहा था। कभी नींद से आँखें मिट जाती थीं। पिछली सीट पर यशवंतराव एवं प्रकाशराव बैठे थे। वे प्रकाशराव को मेरे संबंध में ही कुछ बता रहे थे। मैं अर्द्ध निद्रावस्था में सुन रहा था।

'प्रकाशराव, तुम्हारे ध्यान में आ ही गया होगा कि कई दिनों से हम सद्‌गुण संपन्न कार्यकर्ताओं का एक समूह तैयार करने में जुटे हुए हैं। अरे ये सुधन्वा है न! वह ऐसा ही एक गुणवान कार्यकर्ता है। उसका विषय निरूपण, नए कार्यकर्ता को जोड़ने की क्षमता, हिसाब रखना आदि सभी कुछ बहुत उत्तम है।'

मैं यह स्तुति सुनकर फूला नहीं समाया। हम ज्यादातर दोषों की चर्चा में ही सारा समय खर्च कर डालते हैं, ऐसी परिस्थिति में गुणों की पहचान करनेवाले बहुत थोड़े होते हैं और उसे दूसरों के सामने प्रकट भी कर देते हैं।

यशवंतराव इन्हीं दुर्लभ गुणों के कारण एक टीम निर्माण करने में सफल हुए।
'गुणीच गुणरागी च सरला विरलो जन: ।'

कार्यपद्धति

बैठक में कार्यक्रमों के संदर्भ में निवेदन प्रस्तुत किए जा रहे थे। सब कार्यक्रमों में कार्यकर्ताओं की उपस्थिति बहुत अच्छी थी। फिर भी मैं जरा चिंतित ही था, क्योंकि मेरे कार्यक्रमों में इने-गिने १५-२० कार्यकर्ता ही जुट पाए थे। अन्य कार्यकर्ताओं की बैठक में १०० से ज्यादा उपस्थिति थी। अब भला कम संख्या बताना मेरे लिए कैसे संभव होता? मैं इस विचार में डूबा हुआ था कि अचानक निवेदन करने की मेरी बारी आई। मैं उठ खड़ा हुआ। बैठक का स्थान, आदि बताते-बताते उपस्थित १२० कार्यकर्ता थे, ऐसा बता दिया। कुछ क्षण किसी ने कुछ नहीं कहा। मैं नीचे बैठने लगा, तभी यशवंतराव कहने लगे, 'अरे प्रभाकर! तुम्हारा कार्यक्रम हनुमान मंदिर में हुआ ऐसा तुमने बताया, लेकिन वहाँ तो ५०-६० व्यक्ति ही बैठ सकते हैं। उपस्थिति के आँकड़े में कोई भूल तो नहीं हो गई? जरा फिर से सोचकर बताओ।'

बैठक समाप्ति पर मैं सर के पास पहुँचा, तभी उन्होंने पूछा, 'क्यों महाराज, सब ठीक है न!' मैंने उदास स्वर में कहा, 'सर, मुझसे गलती हुई। मैंने झूठ संख्या बताई।'

शांत स्वर में सर ने कहा, 'अरे, संख्या कम हो तो इसमें नाराज होने का क्या कारण है? सत्य निवेदन से ही निश्चय अधिक दृढ़ होता है। आगे कुछ और अच्छा करो।'

अर्थ व्यवहार

'सर, मेरे से एक गलती हो गई है।' सावंत मैडम ने बड़े अपराधी स्वर में यशवंतरावजी से कहा, 'दान में मिले धन को मैंने निजी काम में खर्च कर डाला, अर्थात् वह खर्च अ.भा.वि. परिषद् को लाभ होने की दृष्टि से ही किया।'

‘देखिए, सावंत बहनजी, तुम्हारा कहना सही है, फिर भी यह विचार तो कीजिए कि हम सब एक सामाजिक संगठन खड़ा करने जा रहे हैं, हमारा हर व्यवहार अन्य कार्यकर्ता भी देखते हैं। इसलिए हमें बहुत अधिक सचेत रहकर ही व्यवहार करना चाहिए। ‘यद्यपि शुद्धं, लोकविरुद्धं नाकरणीयम्।’

मुझे लगता है कि बात अब ध्यान में आ गई होगी।

कोषाध्यक्ष के पद पर काम करने वाली मेरे जैसी एक कार्यकर्त्री को जिस कुशलता से मेरी भूल समझा दी, वही कुशलता मेरे अंदर छिपे ‘इनसान’ को जगाने वाली भी थी।

❖❍❖

सत्यनिवेदन

‘क्या केलकर साहब यहीं रहते हैं?’ आँखें लाल एक मदमस्त मनुष्य कार्यालय में घुसने की चेष्टा कर रहा था। मैं और वैभव सचेत होकर उसकी ओर देखने लगे।

वैभव ने तो चिल्लाकर कहा, ‘कौन हो तुम? चलो, निकलो यहाँ से! पता है तुम किसकी पूछताछ कर रहे हो?’

‘अरे भाई, उसे देखने आया हूँ।’ अब हमें विश्वास हो गया कि वह शराब के नशे में धुत्त है। होश गँवा बैठा है। उसे खींचकर कार्यालय के बाहर कर दिया और अंदर आकर हिसाब लिखने लगा। अचानक यशवंतरावजी के स्कूटर की आवाज सुनाई दी। हम जरा सचेत होकर अपना काम करने लगे।

और हमें आश्चर्य मिश्रित धक्का लगा, यशवंतरावजी उस शराबी का हाथ पकड़कर अंदर ला रहे थे। अंदर आकर बैठते ही वह शराबी उनके हाथ पकड़कर रोने लगा। धीरे-धीरे उसे शांत करते हुए उससे गपशप करने लगे। उसका हाथ पकड़कर पड़ोस में चाय पीने के लिए ले गए और बाद में उसे बड़े प्रेम से विदा किया। फिर कार्यालय में आकर कहने लगे, ‘अरे नितिन, यह शंकर घेवारे है, मेरा मित्र है। इसकी एक माल ढोने की गाड़ी है, काफी परिश्रम करता है। शाम को बहुत थक जाता है बेचारा। अपनी थकावट दूर करने के लिए कभी शराब पी लेता है।’ इतना परिचय देकर सर अपने काम

में जुट गए। कोई भी नशा करनेवाला और शराबी त्याज्य ही होता है, यह हमारी धारणा अब पूरी तरह बदल गई थी। साधारण से साधारण व्यक्ति का भी उचित सम्मान करने की सर की आदत हमारे लिए एक अनूठा संस्कार बन गई।

कार्यकर्ता आचार

नागपुर में 'साहचर्य संध्या' नाम से अनोखा कार्यक्रम आयोजित किया गया था। उसकी तैयारी के लिए मैं बड़े उत्साह से नागपुर पहुँच गया। दूसरे दिन से अन्य स्थानीय कार्यकर्ताओं के साथ काम में जुट गया। भोजन के लिए किसी भोजनालय में जाने की योजना थी। भोजन का समय होने पर मैं रास्ते से जाते समय नामपट्टी देखता जा रहा था। एक जगह लिखा था 'शाकाहारी सुग्रास भोजन'। पास में ही दूसरी जगह लिखा था 'मांसाहारी सुग्रास भोजन'। एक क्षण मैं शाकाहारी भोजनालय के पास रुका, लेकिन मेरे पैर मुझे मांसाहारी भोजनालय में ले गए। वहाँ मैंने भरपेट भोजन किया। एक सप्ताह तक मैंने वहीं मांसाहार भोजन किया। कार्यक्रम पूरा हो गया और मैं मुंबई लौट आया। विस्तार से पूरा हिसाब कागज पर लिखकर और पूरे वृत्तांत के साथ यशवंतरावजी को दे दिया। उसे पढ़कर उन्होंने कहा, 'तुम्हारा भोजन खर्च जरा अधिक लगता है। क्या तुम्हारे साथ कोई और भी था?' मनोहर ने सकुचाते हुए कहा, 'सर, मैंने नॉनवेज भोजन किया, इसलिए खर्च थोड़ा अधिक हो गया।' 'अच्छा, कोई बात नहीं। तुमने नॉनवेज भोजन किया, उसमें भी कोई आपत्ति नहीं। परंतु जरा सोचो, हम जिनके साथ काम करते हैं, उन्हें इससे क्या संकेत मिलता है। इस बात पर जरूर विचार करो। तुम्हें अब हम एक ज्येष्ठ कार्यकर्ता के रूप में देखते हैं, अनुभवी हो। कहते हैं—'महाजनो येन गताः स पंथाः' तुम समझ गए होगे कि मैं क्या कहना चाहता हूँ।'

समाज का धन खर्च करते समय उचित-अनुचित का ध्यान बड़ी बारीकी से रखना चाहिए, यह सीख मुझे अपने आप ही मिल गई, जिससे भविष्य में मैं अपने आपको फिजूलखर्ची से रोक सका।

❖○❖

प्रथम आनेवाले विद्यार्थियों के सत्कार का समारोह बड़े उत्साह से संपन्न हुआ। मैंने अपनी आदत के अनुसार एक-एक पैसे का हिसाब कागज पर लिख लिया था। तीन-चार बार उसे जाँच लिया, फिर भी ३५ नए पैसे लिखना छूट गया। मन में बड़ी खुशी हुई कि चलो, गलती ध्यान में आ गई। उसी खुशी में मैंने वह कागज यशवंतरावजी को दिखाया। आँखें बारीक करते हुए उन्होंने हँसते हुए कहा, 'वाह! मंदार, तुमने कमाल कर दिया। यह कागज मेरे पास ही रहने दो।'

थोड़ी देर बाद महानगर कार्यकारिणी की बैठक शुरू हुई। मैंने सर्वप्रथम विद्यार्थी सत्कार-समारोह से संबंधित निवेदन प्रस्तुत किया। उपस्थिति, प्रमुख अतिथि भाषण आदि का निवेदन देकर मैं नीचे बैठ गया। निवेदन के बाद किसी की कोई प्रतिक्रिया न आती देखकर यशवंतरावजी ने कहना शुरू किया—

'सर्वप्रथम विद्यार्थी सत्कार समारोह सुचारु रूप से संपन्न हुआ, इसमें कोई संदेह नहीं है, फिर भी विशेष बात यह है कि उसके खर्च का हिसाब बड़ी बारीकी से लिखा गया है। यह सारी मेहनत मंदार की है, जिसके लिए वह धन्यवाद के पात्र हैं। मुझे लगता है कि ऐसी आदत यदि हर कार्यकर्ता, हर कार्यक्रम से संबंधित हिसाब बारीकी से रखे तो संगठन का कार्य बहुत सुदृढ़ होगा', यह कहते हुए उन्होंने कागज पर लिखा हिसाब सबके सामने पढ़कर सुनाया।

केवल अपनी आदत के अनुसार किया हुआ काम संगठन की दृष्टि से कितना महत्त्वपूर्ण है, इसका अहसास मेरे साथ अन्य कार्यकर्ताओं को भी हुआ। एक साधारण कार्यकर्ता की एक सामान्य कृति भी संगठनात्मक दृष्टि से उजागर करने की विशिष्ट दृष्टि के कारण ही यशवंतराव एक विशाल अखिल भारतीय संगठन सगुण संपन्न एवं सुदृढ़ बन सके। सामाजिक कार्य में आर्थिक अनुशासन, पारदर्शित, सुस्पष्टता कितनी महत्त्वपूर्ण होती है और इसका सुसंस्कार हर कार्यकर्ता में होना कितना जरूरी होता है, यह तथ्य इस घटना से उजागर होता है।

समय पालन

शाम के ५ बजकर ५५ मिनट हो रहे थे। महानगर के एक विख्यात सभागृह में यशवंतरावजी की इकसठ वर्ष-पूर्ति का समारोह आयोजित किया गया था। सभागृह खचाखच भरा हुआ था। सनई का स्वर वातावरण को मंगलमय बना रहा था। यशवंतराव स्वयं उत्सव-मूर्ति होने पर भी आधा घंटा पहले सभास्थान पर उपस्थित हो गए थे। कई पुराने कार्यकर्ता, वरिष्ठ नागरिक एवं अन्य प्रतिष्ठित नागरिक यशवंतरावजी से मिलकर उन्हें बधाई दे रहे थे। काफी समय बाद एक-दूसरे से मिलनेवाले परिचित जन पुरानी यादों को स्मरण करते हुए अनांदित हो रहे थे।

५ बजकर ४४ मिनट हो जाने पर यशवंतराव मेरे पास आए और कहा, 'मोहन! कार्यक्रम के प्रमुख अतिथि अभी तक नहीं आए हैं, फिर भी परिषद् के कार्यक्रमों की समुचित परंपरा सुरक्षित रखने के लिए ठीक समय पर अर्थात् नियोजित समय पर ६ बजे कार्यक्रम शुरू कीजिए। मैं जरा दुविधा में पड़ गया कि अब क्या करें। फिर भी हिम्मत जुटाकर मैंने यशवंतरावजी से कह दिया, 'सर, अतिथि महोदय किसी जरूरी मीटिंग में व्यस्त हैं, ऐसा उनसे संदेश मिला है। वे १५-२० मिनट देरी से वे पहुँचेंगे।' 'कोई बात नहीं।' उन्होंने दृढ़ता से कहा, 'हम समय पर कार्यक्रम प्रारंभ करेंगे।' अब रुकने का कोई सवाल ही नहीं था। कार्यक्रम के प्रमुख अतिथि उस नगर के नगराध्यक्ष थे। वे ६ बजकर २५ मिनट पर कार्यक्रम स्थल पर पहुँचे, तब यशवंतरावजी का भाषण शुरू हो गया था। समयपालन से वे अतिथि बहुत प्रभावित हुए। कार्यक्रम समाप्त होने पर नगराध्यक्षजी ने खुले दिल से देर से आने के लिए क्षमा-याचना की और समय पर कार्यक्रम शुरू करने की बड़ी प्रशंसा भी की, और कहा कि भारत में ऐसे समय-पालन की बड़ी आवश्यकता है। इसलिए आप सभी प्रशंसा के योग्य हैं।

कार्यालय व्यवस्था

रविवार की एक प्रसन्न सुबह। यशवंतरावजी के घर पहुँचकर मन में चल रहे एक-दो विषयों पर चर्चा करने का विचार किया। सुबह नौ बजे

उनके घर फोन किया। भाभीजी से पता चला कि वे परिषद् कार्यालय में चले गए हैं। मैंने उन्हें वहीं मिलने का विचार करते हुए स्कूटर बाहर निकाला और तुरंत कार्यालय पहुँच गया। कार्यालय में महेश, अनघा, आदित्य आदि कार्यकर्ता बैठे हुए किसी कार्य में मग्न थे, फिर भी हँसी के फौव्वारे छूट रहे थे। मैंने अनघा से पूछा, 'क्या यशवंतराव यहाँ आए थे?' अनघा ने हँसते हुए कहा, 'हाँ, वो वहाँ बैठे हुए हैं।'

बैठक के एक कोने से यशवंतरावजी ने उत्साहपूर्वक से कहा, 'आइए, विपिनराव आइए।' मैंने चौंककर देखा, यशवंतरावजी एक कोने में चुपचाप बैठे स्टेशनरी सामग्री की सूची तैयार कर रहे थे। मैंने उनके सामने बैठ गया और देखा, सुंदर लिखावट में सूची बन रही थी। मेरे ध्यान में आ गया कि कार्यालय का 'स्टॉक-चेकिंग' चल रहा है। महेश, अनघा के साथ यशवंतराव भी उस कार्य में सहर्ष सहभागी हो गए थे। 'सर, क्या स्टॉक-चेकिंग हो रहा है?'

गौर करते और हँसते हुए उन्होंने कहा, 'क्या है विपिनराव, अपनी अनघा है न, उसने कार्यालय में क्या-क्या है, इसकी सूची बनाने की अच्छी कल्पना प्रकट की। बात यूँ हुई कि परसों एक बैनर की आवश्यकता थी, पर वह मिल नहीं रहा था। इसलिए अनघा की कल्पना सबको पसंद आ गई। आज दिन भर में यह कार्य पूरा हो जाएगा। आपको यदि यह कल्पना पसंद हो तो आप इसमें सहभागी हो सकते हैं, आपका स्वागत है, अन्यथा शाम को हम निश्चिंत होकर मिल सकते हैं।'

कार्यालय और उसकी व्यवस्था—यशवंतरावजी का आग्रह से प्रकट होने वाला विषय रहा है। वर्ग-सत्र में उसे वे साग्रह प्रतिपादित करते रहे हैं। इतना ही नहीं, अपना अमूल्य समय उसके लिए देते रहे हैं। पिन से लेकर पेन तक और पुस्तक से लेकर टेबुल तक सबकी सूची बनाना और उसके नाम की एक स्वतंत्र चिट्ठी तैयार करने का महत्त्व उन्होंने अपनी सक्रिय सहभागिता से प्रकट भी किया।

श्रेय

प्रांत अधिवेशन बड़ी शान के साथ संपन्न हुआ था। समारोह सत्र का

समय निकट आ रहा था। दो-तीन महीनों से चल रही दौड़-धूप अब अंतिम चरण में आ गई थी। मन में कुछ अलग ही बेचैनी शुरू हो गई थी। सभामंडप में नारों की गूँज सुनाई दे रही थी। विराट् या विशाल क्या होता है, इसकी आश्चर्यजनक अनुभूति हो रही थी, तभी नियंत्रक की उद्घोषणा हुई—

'अब व्यवस्था परिचय सत्र शुरू हो रहा है। व्यवस्था में लगे हुए कार्यकर्ता मंच के बाईं ओर इकट्ठा होंगे।' मैंने अपने हाथ में रखी बरतनों की सूची जेब में रख ली और मंच के पास आ गया। व्यवस्था परिचय शुरू हुआ। तभी एक अलग ही बात ने मेरा ध्यान आकर्षित किया। व्यवस्था प्रमुख का नाम पुकारते ही यशवंतराव उस कार्यकर्ता के पास पहुँच जाते और दो कदम उसके साथ चलकर कान में कुछ सूचना देते थे। तब उसके बाद वह कार्यकर्ता सबका अभिवादन करते हुए मंच पर बैठ जाता था। मेरी समझ में नहीं आ रहा था कि यशवंतराव उस प्रत्येक व्यवस्था प्रमुख के कान में क्या बता रहे होंगे? सभामंडप में तालियों की गूँज हो रही थी। अब मेरे नाम की उद्घोषणा हुई, 'अन्नदाता सुखी भव'! मैं मंडप में मंच की ओर जा रहा था तभी यशवंतराव मेरे साथ दो कदम चले और मेरे कान में कहा, 'सभामंडप में जो तालियाँ और जयघोष हो रहा है, वह अपने लिए नहीं है, अरविंद!'

और तभी यशवंतरावजी के भाषण के वाक्य का अर्थ समझ में आने लगा, 'मैं महा समुद्र का एक बिंदु मेरा कोई व्यक्ति-विशेष नहीं है।' (व्यक्ति विवेक)

संगठन की मर्यादा

जिला प्रमुखों की बैठक के लिए मैं पुणे नगर में गया था। बैठक शुरू हो गई। निवेदन, चर्चा, नए उपक्रमों की जानकारी आदि के साथ बैठक बहुत सुचारु रूप से चल रही थी। सबसे पीछे बैठकर और हाथों को बगल में दबाकर यशवंतराव बैठक का आनंद ले रहे थे। कभी बीच में ही किसी मुद्दे का स्पष्टीकरण भी संक्षेप में दे रहे थे, फिर भी कुल मिलाकर उनका बोलना बहुत कम था।

भोजनावकाश में पुणे नगर की विशिष्ट व्यवहार शैली पर एक व्यंग्य कविता लिखने की इच्छा हुई। शीघ्रता से मैं लिखने लगा। वह कविता पढ़कर मुझे हँसी आने लगी। भोजन के बाद हम कुछ कार्यकर्ता गपशप के मूड में थे कि मैंने वह व्यंग्यात्मक कविता पढ़ना प्रारंभ किया। सभी हँसने लगे।

हमारे यह ध्यान में नहीं आया कि हम बरामदे में खड़े थे, उसी के पास के कमरे में यशवंतराव विश्राम कर रहे थे।

अगला सत्र शुरू हुआ, बाद में चायपान की छुट्टी हुई। मैं चाय का कप लेकर आगे बढ़ ही रहा था कि यशवंतराव मेरे पास आए और बोले, 'अरे, प्रभाकर, जरा अलग बैठकर कुछ बातें करेंगे।' मुझे बड़ी खुशी हुई कि यशवंतरावजी से बातें करने का अनायास अवसर मिलेगा। हम सबसे दूर गए, तभी वे बोले, 'कविराज, मुझे भी अपनी नई कविता सुनाइए।'

मैं कुछ सकुचाया, जेब में कविता लिखा कागज निकालकर उनके हाथ में रख दिया। उन्होंने बड़े ध्यान से पूरी कविता पढ़ी और कहा, 'देखो प्रभाकर, तुम्हारा काव्यगुण निस्संदेह प्रशंसनीय है। प्रतिभा का अद्‌भुत वरदान तुम्हें मिला है। फिर भी एक विशाल संगठन के जिम्मेदार सदस्य होने के नाते काव्य रचना करते समय भी उस जिम्मेदारी का स्मरण रखना जरूरी है। काव्य लेखन की विशेष रुचि रखना सजीवता का लक्षण है, फिर भी उसका प्रकटीकरण करते समय विवेक का आधार छोड़ना उपयुक्त नहीं है।'

संतुलन

'अनिता! आओ बैठो।' यशवंतरावजी का परिचित स्नेहार्द्र स्वर मुझे सदा ही भाता था। पूर्णकालिक कार्यकर्ता अवस्था को छोड़कर अब ५-६ महीने हो गए थे। एक महाविद्यालय में प्राध्यापक का कार्य शुरू किया था। अब मेरा दिन-क्रम भी पूरी तरह बदल गया था। सबकुछ नया था, व्यवहार में अपनापन महसूस नहीं हो रहा था। लग रहा था, सभी से खुलकर मिलना चाहिए, नए लोगों से परिचय करना चाहिए, जहाँ अन्याय हो रहा हो, वहाँ डटकर खड़े रहना चाहिए, नए लोगों से परिचय करना चाहिए, चिल्लाकर

भारत माता की जय बोलनी चाहिए, शिविर अधिवेशन, व्यवस्था आदि कार्यों में डूब जाना चाहिए, एक अलग ही मस्ती, मदहोशी, हम किसी से क्या लेते हैं, वह राम हमें दे रहा है, जैसी एक संन्यासी की भावोन्मत्त अवस्था में जीनेवाली मैं, अब बिलकुल अलग जीवन जी रही हूँ। सहमत न होते हुए भी किसी प्राचार्य की आज्ञा का मूक परिपालन कर रही हूँ। साथ ही अपने अन्य सहकारियों के स्वार्थी-संकुचित विश्व में खुश रहने की कूपमंडूक प्रवृत्ति, सबकुछ स्वार्थ की संकुचित पटरियों पर दौड़नेवाली मेरी जीवन गाड़ी उसका एक साधारण डिब्बा बनकर इच्छा के विरुद्ध इंजन के पीछे दौड़ रही हूँ और रिश्तेदारों की विचित्रता की बातें अच्छी नहीं लग रही हैं, सबकुछ अज्ञान, मूर्खता का बोलबाला है, इसमें उलझ जाने से परिषद् कार्यालय में जाना भी दुश्वार हो गया है। कभी चली भी जाऊँ तो घर लौटने की जल्दी। यह अलग जीवन मन को अस्वस्थ कर देने वाला है। ऐसी दुविधा में मैं यशवंतरावजी के सामने बैठ गई।

'मेरी बेटी, इतने अस्वस्थ नहीं होते! उनके चंदन से शीतल-सुगंधित शब्दों ने मेरी दाहकता कम कर दी। 'अनेक व्यक्तियों को दुर्लभ पूर्णकालिक कार्यकर्ता होने का सुअवसर प्राप्त हुआ था और इस सुखद अनुभूति का अमृत-स्वाद चखा था। एक दुर्लभ अनुभव की निधि प्राप्त हुई थी। उसी अमृतानुभूति के बल पर अब तुम्हें वर्तमान जीवन को सरस बनाना है। अब तुम्हें भविष्य के पच्चीस वर्षों की योजना बनानी है, नियोजन उत्तम होना चाहिए। अपनी सुखद विचार-भूमि को सुदृढ़ बनाकर सशक्त होने की जरूरत है। साथ ही कहाँ हमें रुकना चाहिए, इसका भी विवेक होना चाहिए।' यशवंतरावजी की इस भेंट से मुझे नए उत्साह से जीवन की नई जिम्मेदारियाँ वहन करने की शक्ति प्राप्त हुई।

आज मैं व्यक्तिगत कर्तव्यों को पूरा करते हुए परिषद् के कार्यों में भी उतनी ही सक्रिय हो गई हूँ।

अखंड सावधान

सभा में मेरे पूर्णकालिक कार्यकर्ता बनने की उद्घोषणा हुई। काम शुरू

करने से पहले स्थानीय कार्यकर्ताओं ने मेरे गाँव में शुभेच्छा देने का कार्यक्रम आयोजित किया था। कार्यक्रम में स्वयं यशवंतरावजी उपस्थित रहने वाले थे। निश्चित समय पर कार्यक्रम शुरू हुआ। मेरे संबंध में कुछ कार्यकर्ताओं के भाषण, यशवंतराव का संगठन और अधिक सबल करने के संबंध में भाषण, वंदे मातरम् आदि सारा कार्यक्रम उत्तम रीति से संपन्न हुआ। चायपान के समय हँसी-मजाक हो रही थी। तभी एक कार्यकर्ता ने कहा, 'दीपक, अब तुम ऐसे क्षेत्र में जा रहे हो, जहाँ अधिक काम नहीं हुआ है। दिन भर वहाँ क्या करोगे?'

मैंने कहा, 'तब तो मेरा काम आसान हो जाएगा। वहाँ के संघ प्रचारकों एवं अन्य संघटन कार्यकर्ताओं से मिलूँगा, उनकी सलाह लेकर यह निश्चित करूँगा कि कैसे और कब काम करना उचित रहेगा।' तभी वहाँ उपस्थित संघ-कार्यकर्ता ने मजाक के स्वर में कहा, 'उसमें क्या पूछना है। सुबह शाम जनसंपर्क करना और दोपहर में विश्राम करना। पूरे देश में दोपहर को संघ विश्राम करता है, नींद लेता है।'

तत्काल सचेत होकर यशवंतरावजी ने कहा, 'संघ दोपहर में सोता नहीं है, यह अवश्य ध्यान में रखना चाहिए। स्थानीय संघ प्रचारक बहुत जल्दी सुबह उठकर काम में लग जाता है, इसलिए दोपहर में भोजन के बाद वह थोड़ा आराम कर लेता है।'

अखंड सचेत रहना तो यशवंतरावजी की प्रमुख पहचान थी। साधारण गपशप में भी कहीं गलत संकेत न मिले, इसलिए वे सदैव सावधान रहते हैं और सहकारियों को भी सचेत रहने की सूचना देते रहते थे।

कार्यकर्ता विचार

'सुभाषराव, हममें से किसी को मुकुंद से बात करनी चाहिए। विशेषरूप से आप ही बात करें तो अधिक उचित रहेगा। मुकुंद के अगले चार-पाँच सालों का विचार करें तो उसको संघ कार्य की जिम्मेदारी सौंपना उचित रहेगा? उस दृष्टि से इस वर्ष संघ शिक्षा शिविर में उसका व्यवस्था के कार्य में रहना उपयुक्त रहेगा।'

यशवंतरावजी कुछ साग्रह, साथ ही सूचनात्मक स्वर में अपनी बात समझा रहे थे। उनके इस कथन से कार्यकर्ता के निकट भविष्य को ध्यान में रखते हुए योजना कैसी हो, यह शिक्षा मानो वे मुझे दे रहे थे। उनकी सूचनानुसार मुकुंद के घर जाकर मैंने उससे चर्चा की। इसके परिणामस्वरूप उसकी अपनी इच्छा न होने पर भी संघ व्यवस्था में उसे सहभागी होना पड़ा अर्थात् संघ से संबंधित कार्यकर्ताओं से भी मैंने और यशवंतरावजी ने बात कर ली थी, इससे मुकुंद संघ कार्य से जुड़ गया था। आजकल वह संघ कार्य निष्ठा पूर्वक कर रहा है। वह बात शरद के संदर्भ में भी हुई।

हर समय दोनों इकट्ठा रहते थे, फिर भी शरद से संबंधित उनका निरीक्षण कुछ अलग ही था। उसके साथ होनेवाली चर्चा और उसे मित्रों से प्राप्त उसके स्वभाव, विचार एवं रुचि मालूम होने से उसके संबंध में यशवंतराव की धारणा अलग बन गई थी। शरद के लिए उन्होंने सहकार भारती संगठन से जुड़ना बेहतर समझा और उस संगठन से संबंधित लोगों से उन्होंने आवश्यक चर्चा भी कर ली। प्रत्यक्ष उससे भी उनकी बात हो गई। अब सहकार भारती संगठन में शरद पूरी तरह से जुड़ गया है अर्थात् इसका प्रमुख श्रेय यशवंतरावजी की कुशलता को जाता है। उसके परस्पर स्नेहपूर्ण संबंधों के फलस्वरूप ही उन्हें हर इनसान की सही पहचान हो जाती थी और कौन सा कार्य किसके लिए अधिक उपयुक्त होगा, इसे भी वे तुरंत समझ लेते थे, जिससे अपनी क्षमता, आदि के अनुरूप कार्यक्षेत्र मिल जाने से संगठन एवं कार्यकर्ता दोनों लभान्वित होते थे।

निर्णय प्रक्रिया

महानगर कार्यकारिणी के नाम सुनिश्चित करने के लिए बैठक आयोजित की गई थी। एक-दो कार्यकर्ता और उन पर कौन सी जिम्मेदारी सौंपी जाए, इसके संबंध में सबकी सहमति नहीं हो पा रही थी। काफी विचार-विनिमय के बाद यशवंतरावजी ने कहा, 'इस विषय पर विचार करने के लिए कल फिर से मिलना उचित होगा।' इतना कहने पर बैठक समाप्त हो गई। दूसरे

दिन बैठक शुरू होने पर ध्यान में आ गया कि कल जो कार्यकर्ता कड़े शब्दों में अपनी प्रतिक्रिया प्रकट कर रहे थे, आज सौम्य शब्दों में अपना विचार प्रकट कर रहे हैं, परिणामस्वरूप सभी निर्णय सर्वानुमति से लिये गए। यशवंतरापव जी ने कहा, 'यदि समूह में स्वाभाविक स्नेह भाव हो, तो सर्वानुमति सुलभ हो जाती है, दुराग्रह दूर हो जाता है और सुख संवाद संपन्न हो जाता है। सभी की समान धारणा बन जाती है। ऐसा स्वाभाविक स्नेह-समूह ही उचित निर्णय ले सकता है और उस पर ठीक से अमल कर सकता है।'

कार्यालय

मुंबई महानगर में यशवंतराव जब भी होते, तब वे कार्यालय में जरूर आ जाते थे। एक दिन मैंने उनसे कहा, 'सर, कार्यालय में रोज आने का मानो आपने नियम ही बना लिया है।'

तब उन्होंने कहा, 'सुजय, कार्यालय संगठन का हृदय है। यहाँ की स्वाभाविक बातें, गपशप, एक-दूसरे की पूछताछ, किसी कार्यकर्ता की मानसिक उलझन, किसी कार्यकर्ता पर सौंपी जिम्मेदारी के संदर्भ में उससे चर्चा होना आदि सब प्रतिदिन सुचारु रूप से होता है। कार्यालय के अलावा अन्य स्थान कौन सा है? उत्तमा श्वासोच्छ्‌वास से जैसे शरीर का स्वास्थ्य उत्तम रहता है, वैसा ही जहाँ उत्तम कार्यालय होगा, वहाँ का वातावरण उत्तम होगा तो संगठन दूर-दूर तक काम कर सकेगा।'

संगठन का संस्कार

परिषद् के रजत जयंती समारोह की तैयारी जोरों से चल रही थी। अधिवेशन के उद्‌घाटन कार्यक्रम की निमंत्रण पत्रिका छपकर आ गई थी। अब निमंत्रण पत्रिका के ४००० लिफाफों पर संबंधित व्यक्ति का नाम लिखने का काम मैंने आठ-दस कार्यकर्ताओं को सौंप दिया। दो दिनों में लिफाफों पर नाम लिखने का काम पूरा हो गया। अब उस पर टिकट लगाकर उन्हें डाकघर में पहुँचाने के लिए लिफाफे अलग कर रहा था। इतने

में हमारे एक स्थानिक प्राध्यापक कार्यकर्ता के ध्यान में आया कि कई नाम दो-तीन बार लिखे गए हैं। किसी एक उद्योजक का नाम उद्योजक सूची में लिखा गया है, साथ ही लायंस-रोटरी क्लब की सूची में भी लिखा गया है। तो इस प्रकार ४००० पत्रिकाएँ गलत लिखी गई थीं। वे प्राध्यापक कार्यकर्ता बहुत क्रोधित होकर मुझसे बोले, 'विद्याधर, क्या तुम इस पर ध्यान नहीं दे सकते थे? अब सभी निमंत्रण पत्रिकाएँ व्यर्थ हो गई हैं। काम करने की यह कोई पद्धति है?'

तभी यशवंतराव कार्यालय में आ गए थे। उन्हें यह सब मालूम हो गया। उन्होंने कहा, हम सब कार्यकर्ता हैं। जो कुछ हुआ है, उस पर चर्चा न करते हुए इसमें क्या किया जा सकता है, इस पर सोचना चाहिए। अभी काफी समय निकल चुका है। कल हम फिर से मिलेंगे। दूसरे दिन हम जरा जल्दी ही कार्यालय में आ गए। तभी हमने आश्चर्य से देखा कि यशवंतरावजी ने नामानुसार वे लिफाफे अलग कर रखे थे, जो दो-तीन बार एक ही नाम लिखे गए थे। इतना ही नहीं बल्कि एक बड़े लिफाफे में ऐसे लिफाफे रख दिए और उस पर लिखा, 'अगले कार्यक्रम के लिए।'

यह सारा काम दिन भर के कड़े परिश्रम से चुपचाप यशवंतरावजी ने पूरा किया था, बिना कोई टीका-टिप्पणी के।

'यशवंतराव' जैसे अद्‌भुत शिल्पी का हाथ सभी के व्यक्तित्व को सुयोग्य आकार दे रहा था, और वह भी चुपचाप।

स्त्री-पुरुष समानता

'स्त्री-पुरुष समानता' यह विषय यशवंतराव सही अर्थों में जीवन भर प्रकट करते रहे। एक दिन उनकी बीमारी में पूछताछ के लिए मैं उनके घर गई थी। बातचीत में उन्होंने कहा, 'अब देखिए, मैं जरा थककर घर पहुँचा तो माँ मुझे विश्राम करने की सलाह देती है। क्या मेरी तरह पत्नी भी घर के बाहर काम नहीं करती है? पर इस बात का उल्लेख माँ क्यों नहीं करती हैं?'

उन्होंने जरूर इस तथ्य को पूरी तरह पहचाना था। प्रत्यक्ष व्यवहार में भी यह स्त्री-पुरुष समानता का भाव वे प्रकट करते रहे।

मैं १९७९-८० में बीमार था और यशवंतरावजी के घर ही रहा। मैंने देखा कि यशवंतराव सब्जी खरीदने के बहाने अपनी धर्मपत्नी को साथ में ले जाते थे, तभी आवश्यक बातचीत भी हो जाती थी। रात्रि के भोजन पर सभी एक साथ रहें, ऐसा प्रयास भी करते थे। सप्ताह या दस दिन में एक बार रात्रि में शरबत पीने के बहाने सभी एक साथ बैठते थे।

महिलाएँ ही चाय क्यों बनाएँ? सब्जी वे ही क्यों काटें? भोजन वे ही क्यों बनाएँ? बरतन वे ही क्यों धोएँ? कपड़े वे ही क्यों साफ करें? घर की सफाई का काम उन पर ही क्यों? जबकि नौकरी करने में वे पुरुष जितना ही परिश्रम करती हैं और समय खर्च करती हैं। तब उपर्युक्त सारे काम उसे ही करने हैं—यह क्या उचित व्यवस्था है?

स्त्री-पुरुष की समानता की सच्ची कसौटी तभी होती है जब उसका व्यवहार विवाह के बाद भी समान व्यवहार के स्तर पर होता हो। यही धारणा एवं व्यवहार यशवंतराव अपने जीवन में सदा प्रकट करते रहे।

कार्य विस्तार पद्धति

विद्यार्थी परिषद् में कुछ वर्षों तक पूर्णकालिक कार्यकर्ता था। दूसरे शब्दों में प्रचारक के स्तर पर काम करते हुए बाद में नौकरी एवं गृहस्थी में स्थिर हो गया।

यशवंतरावजी के साथ हुई बातचीत के बाद संघ विचार से संबंधित एक स्वतंत्र संगठन में मैंने काम करने का विचार किया, परंतु उस संगठन का काम अभी कुछ नहीं था। अपने एक घनिष्ठ मित्र प्राध्यापक शंकर महेकरजी के साथ बात करते हुए मैंने उन्हें अपनी कठिनाई बताई।

मैंने उनसे कहा, ''महेकर सरजी, मैंने अपने लिए एक नए क्षेत्र में काम करना अवश्य निश्चित किया है, परंतु वहाँ तो अभी कुछ काम ही नहीं हुआ है। कहाँ से प्रारंभ करूँ, यह मेरी समझ में नहीं आ रहा है।''

महेकरजी ने बड़े आश्वस्त स्वर में कहा, ''अरे भाई रामजी! यशवंतरावजी का उदाहरण प्रत्यक्ष सामने है। उन्होंने परिषद् का काम अखिल भारतीय स्तर पर एकदम शुरू नहीं किया। प्रारंभ में उन्होंने मुंबई में ही कार्यकर्ताओं का

एक समूह खड़ा किया। किसी का भाई और किसी की बहन इस कार्य में उन्होंने जोड़े। उस समूह को कुछ नए कार्यक्रमों की पहचान करा दी। उसी प्रक्रिया से कुछ अधिक कार्यक्षम कार्यकर्ता इकट्ठा हो गए। आठ-दस समविचार रखनेवाले उत्साही कार्यकर्ताओं का समूह-निर्माण ही उनके कार्य विस्तार का केंद्र-बिंदु बन गया।

"बाद में पूरे महाराष्ट्र में ऐसा एक कार्यदक्ष समूह तैयार हो गया। उसी शैली को अपनाते हुए अन्य कई प्रांतों में ऐसे कुशल कार्यकर्ता-समूह तैयार हो गए। इन समूहों से नित्य संपर्क बढ़ाते हुए यशवंतरावजी ने अपना सारा जीवन उस कार्य विस्तार में समर्पित कर दिया और इस प्रकार अखिल भारतीय विशाल संगठन तैयार हो गया।"

इस प्रकार यशवंतजी की जीवन-शैली में मुझे नए संगठन कार्य को प्रस्तावित करने की प्रेरणा प्राप्त हुई और मैं पूरे जोश के साथ नए कार्य में जुट गया।

एक स्वयंसेवक

'सर, मैं आशु बोल रहा हूँ।'

'हाँ-हाँ, आशु, बोलो!' यशवंतरावजी का सदा मृदु स्वर!

'सर, मेरा मित्र आश्विन देसाई, अभी हाल ही में बी.कॉम. हो गया है। वह अपने अगले शिक्षा कार्यक्रम के संबंध में आपसे कुछ बातचीत करना चाहता है।

'ठीक है।'

'क्या उसे आपके पाास भेज दूँ?'

'देखो आशुतोष, आज शाम को मुझे दक्षिण मुंबई विभाग की बैठक के लिए जाना है, इसलिए उससे पूछकर बताओ कि क्या उसके लिए कल आना संभव होगा?'

केवल कार्यकर्ता को ही यशवंतराव अपना समय देते थे, ऐसा नहीं है बल्कि उनसे मिलने की इच्छा रखनेवाला उनसे कभी भी मिल सकता था। इसलिए किसी ने ठीक ही कहा है कि यशवंतरावजी का फोन कभी भी

व्यस्त (एंगेज्ड) नहीं रहता है और उनके घर का दरवाजा भी अंदर से कभी बंद नहीं रहता है।

❖O❖

परिषद् के अखिल भारतीय अध्यक्ष, केंद्रीय टीम के सदस्य जैसी कई जिम्मेदारियों से मुक्त होने पर भी वे बहुत बड़े कार्यकर्ता हैं, ऐसा भाव यशवंतरावजी ने न कभी प्रकट किया था, न कभी अपने व्यवहार-आचरण से प्रकट होने दिया। बड़े अधिवेशन में या अभ्यास वर्ग में वे केवल एक साधारण कार्यकर्ता के रूप में देखे गए। भोजन या अल्पाहार लेनेवालों की कतार में वे स्वाभाविक रूप से खड़े हो जाते थे। अन्य कार्यकर्ता की तरह निवास व्यवस्था को अपना लेते थे। सीधे-सादेपन को उन्होंने अपने व्यवहार से अन्य कार्यकर्ताओं में संक्रमित कर दिया। इससे यशवंतरावजी को भी हर कार्यकर्ता की मानसिक हलचल एवं कार्य की वर्तमान अवस्था को समझने में सहायता मिल जाती थी।

सहयोगियों के प्रति संवेदना

'सर, अभ्यास वर्ग में जाने के लिए मेरे पास पैसे नहीं हैं।' 'सर, परीक्षा फॉर्म भरने के लिए मुझे पैसे चाहिए।' 'सर, घर की दीवार गिर गई है, थोड़े पैसों की जरूरत है।' इस तरह कई कार्यकर्ता अपनी व्यक्तिगत कठिनाइयाँ, आवश्यकताएँ लेकर यशवंतरावजी के पास पहुँच जाते थे। हर समय वे उनकी आर्थिक सहायता करते, दौड़कर उनकी मदद करते। कुछ लोग दिए गए पैसे लौटाते नहीं थे, कुछ लोग भूल जाते, फिर भी कार्यकर्ता की व्यक्तिगत समस्याएँ दूर करने का यशवंतरावजी जी-जान से प्रयास करते थे।

कार्य का क्षितिज

आपातकाल की वह भीषण रात्रि थी, लेकिन हमारा यह सौभाग्य था कि नासिक जेल में हमारे बीच यशवंतराव भी थे। कई नए कार्यक्रमों का सूत्रपात यशवंतरावजी के मार्गदर्शन में संपन्न हुआ था। विविध कार्यक्रमों से

दिन भर का समय भी हमें कम महसूस होने लगा। नए उपक्रमों की मानो झड़ी लग गई। वैसे देखा जाए तो नए उपक्रम, प्रकल्प, आंदोलन, अभ्यास वर्ग और अधिवेशन का मतलब ही अखिल भारतीय विद्यार्थी परिषद् है! यही तो उसकी असली पहचान थी। केवल एक छोटी सी चौखट में हम बँधे हुए थे, लेकिन यहाँ जेल में एक बैठक लेकर यशवंतरावजी ने उस संकुचित धारणा को विशाल आयाम में परिवर्तित कर दिया।

उस बैठक में उन्होंने कहा, ''हम ऐसा सोचें कि कल भविष्य में अपने विचारों के निकट रहनेवाले व्यक्ति शासन में सरकार चला रहे हैं तब उस सरकार में विभिन्न क्षेत्रों में अपनी जिम्मेदारी पहचानकर सुचारू रूप से कार्य करनेवाले कितने सक्षम कार्यकर्ता भले ही अभी हमारे पास न हों, लेकिन उच्च क्षमता रखनेवाले व्यक्तियों की पहचान करना और उनसे घनिष्ठ संपर्क बढ़ाना हमारे लिए संभव है, इसे ही 'जन संगठन' कहते हैं।'' दूसरे शब्दों में 'कैडर बेस्ड ऑर्गनाइजेशन विद मास फॉलोइंग' का अर्थ भी यही है, यह हमारे ध्यान में आ गया।

कार्यकर्ता विकास

'सर! मुझे परिषद् की संविधान संशोधन की समिति में लिया गया है, फिर भी उस कार्य में मैं बिलकुल जानकार नहीं हूँ। संविधान संशोधन एक महत्त्वपूर्ण कार्य है, अतः उसमें किसी प्रकार की त्रुटि हो और वह त्रुटि भी मेरे द्वारा हो, यह मेरे लिए खेदजनक होगा।'

मैं बहुत अस्वस्थ होकर यशवंतरावजी को अपनी असमर्थता बता रहा था। वे आँखें बंद कर सारी बातें सुन रहे थे। थोड़ी देर बाद उन्होंने बड़े स्नेह से मेरी ओर देखा और कहा, ''निरंजन, इस नई जिम्मेदारी से अस्वस्थ होना स्वाभाविक ही है, फिर भी जरा सोचो कि तुम, प्रा. पंडित, मोहन जैसे सभी कार्यकर्ता कुछ वर्षों से कार्य के विभिन्न पहलुओं को बहुत निकट से देख रहे हो। इसलिए तुम्हारे विचारों की क्षमता विशिष्ट स्तर तक निश्चित ही पहुँच चुकी है। अब इस नए कार्यक्षेत्र में प्रवेश करने से उस क्षमता में निश्चय ही वृद्धि होगी। मुझे विश्वास है कि तुम इस जिम्मेदारी को सुचारू रूप से निभा सकोगे।''

यशवंतरावजी ने मुझ पर कितना विश्वास किया था। मैंने भी तब अपनी जिज्ञासु अध्ययन वृत्ति को अधिक समर्थ बनाया। संविधान संशोधन के कार्य में अपनी सारी शक्ति लगा दी। यशवंतरावजी की प्रेरणा से संघ परिवार के एक क्षेत्र के विकास कार्य में संविधान संशोधन का अनुभव मेरे लिए उपयुक्त सिद्ध हुआ। इस प्रकार परिषद् की संविधान संशोधन की जिम्मेदारी मुझ पर सौंपी गई थी। वह अनुभव मेरे काम में आया। कार्यकर्ता पर पूरा विश्वास रखते हुए उसे नित्य नए कार्यक्षेत्र की विकास-प्रक्रिया में आगे बढ़ाना यशवंतरावजी की खासियत थी, जो संगठन-शास्त्र का मूल मंत्र है।

व्यक्ति नहीं, विचार आधारित संगठन

हमारे महानगर के कार्यकर्ताओं ने स्व. यशवंतराव को श्रद्धांजलि समर्पित करने का एक कार्यक्रम आयोजित किया था, उसे पूरा करने के बाद लौटते समय परिषद् कार्य में नए आए एक कार्यकर्ता नंदू म्हेत्रे ने कहा, 'सुधाकर, मैं तुम्हारी परिषद्-वरिषद् आदि को नहीं जानता, लेकिन तुमने कहा इसलिए इस श्रद्धांजलि कार्यक्रम में सहभागी हुआ, लेकिन तुम्हारे केलकर बहुत बड़े व्यक्ति दिखाई देते हैं। सभी के उनके संबंध में दिए गए भाषण सुनकर लगा कि वे बहुत महान् थे, परंतु सुधाकर अब तुम्हारी परिषद् का क्या होगा? उनके बाद इसे कौन आगे बढ़ाएगा?'

मैंने म्हेत्रे से कहा, 'नंदू, तुमने जो आशंका प्रकट की है उसका उत्तर भी यशवंतरावजी ने दे दिया है। संगठन को विकसित करते हुए उन्होंने सदा ध्यान रखा कि संगठन कभी उनके ही बल पर अवलंबित न रहे। उसे अपनी ओर बाँधकर कभी नहीं रखा। जब कोई नहीं था, तब हर जगह वे आगे बढ़ते थे। बाद में हर क्षेत्र में सुयोग्य कार्यकर्ता का निर्माण करते हुए 'हर पद यानी एक स्वतंत्र जिम्मेदारी' का समीकरण उन्होंने अपने व्यवहार से प्रस्थापित कर दिया। जिम्मेदारी का वहन करनेवाले कार्यकर्ताओं का एक विशाल समूह उन्होंने अपने अखंड परिश्रम, बैठक, चर्चा, गपशप आदि से तैयार किया और चुपचाप वे उस पद-जिम्मेदारी को उन पर सौंपकर धीरे से अलग हो गए। इतना ही नहीं, कल मैं 'अखिल भारतीय संस्था' का अध्यक्ष था,

आज नहीं हूँ, ऐसा होने पर भी स्वयं के कार्य में, संगठन निर्मिति की प्रक्रिया में जरा भी कमी नहीं आई है। यह उन्होंने अपने व्यवहार से दिग्दर्शित किया। व्यक्ति नहीं, कार्य नित्य चलता रहे, इसलिए 'यशवंतरावजी के बाद कौन?' यह प्रश्न ही पैदा नहीं होता है। पद एवं व्यक्ति का विशेष महत्त्व एवं विचार यह परिषद् कार्य पद्धति में न होने से किसी एक के बाद दूसरा कौन यह प्रश्न ही कभी उपस्थित नहीं हुआ है।

बातचीत

'सुप्रिया, आज शाम को ७.३० बजे अलंकार कार्यालय में जरूर पहुँचना।'

'क्यों? वहाँ कोई विशेष कार्यक्रम है?' सुप्रिया ने प्रश्न किया।

'अरी, वहाँ एक बैठक का आयोजन किया गया है, कोई खास विषय नहीं है। यशवंतरावजी वहाँ पधारनेवाले हैं।'

हम समय पर बैठक स्थल पर पहुँच गए। बैठक के पूर्व खुले दिल से सबका स्वागत, हँसी-मजाक। यशवंतरावजी की उपस्थिति ही कितनी प्रेरक थी, उन्होंने बैठक का प्रारंभ किया।

वैसे इस बैठक का कोई विषय नहीं है, फिर भी हम सब अनुभवी कार्यकर्ता हैं, थोड़ा-बहुत कार्य हर एक ने किया हुआ है। परिषद् की विचारधारा, राष्ट्रीय पुनर्निर्माण का विस्तृत संदर्भ एवं कार्य के विविध आयाम और चारों ओर घटित होनेवाली महत्त्वपूर्ण घटनाओं आदि के संबंध में उन्होंने व्यापक विचार-विनिमय खुले मन से होने की आवश्यकता बताकर बैठक का विषय निर्धारित कर दिया। कार्य का अनुभव रखनेवाले कार्यकर्ताओं की विचार-भूमि अधिक ठोस बनाने की दृष्टि से सुसंपन्न होनेवाली वह एक कार्यशाला ही थी। ऐसी बैठक में अत्युत्तम ग्रंथ-साहित्य की चर्चा भी हो जाती थी। एक दृष्टि से यशवंतरावजी की अखंड तपश्चर्या, परिश्रम एवं दूरदृष्टि का वह एक सुमधुर फल था।

ऐसी बैठक प्रति माह आयोजित की जाती थी।

सामाजिक नैतिकता

उस कालखंड में महाराष्ट्र में राशन-व्यवस्था थी। उन्हीं दिनों एक प्रांत बैठक के लिए मुझे बंबई जाना पड़ा। मैं मन में बड़ा प्रसन्न था, क्योंकि बंबई यानी यशवंतरावजी का निवास स्थल। बंबई में इस बार यशवंतरावजी के घर उनसे मिलने अवश्य जाऊँगा, ऐसा निश्चय मैंने कर लिया।

इसलिए साथ में कुछ चावल ले लिये, जो उस समय राशन के कारण दुर्लभ थे। बैठक समाप्त होने पर चावल की थैली लेकर 'शिवसागर' बँगले पर पहुँचा, क्योंकि किसी कारणवश यशवंतराव बैठक में उपस्थित नहीं थे। यशवंतरावजी के घर पहुँचकर मैंने दरवाजा खटखटाया। स्वयं उन्होंने ही दरवाजा खोलते हुए स्नेह-स्वागत के स्वर में 'आओ, आओ' कहकर खुद पानी का गिलास ले आए। बैठक के संबंध में पूछताछ की और मेरे अगले कार्यक्रम के संदर्भ में पूछा।

मैंने जरा सकुचाकर ही कहा, "सर, मैं आपके लिए थोड़े से चावल ले आया हूँ।" और चावल की थैली उनके सामने रख दी। उस थैली को देखते हुए उन्होंने कहा, "अरे श्रीधर! इतनी दूर से मेरे लिए चावल भला क्यों ले आए हो? और मेरे दोस्त, तुम्हें यह मालूम है न कि आजकल चावल जिले के बाहर ले जाना अपराध है। जब कानून की रक्षा होगी, तभी देश सुरक्षित रहेगा। देखा, यह चावल तुम वापस ले जाओ।" ऐसा कहकर वे रसोईघर में गए और मेरे लिए स्वयं शरबत बनाकर ले आए।

मुझे थोड़ा बुरा जरूर लगा, लेकिन नियम-कानून बनाए गए हैं, उनका परिपालन हमें उतनी ही निष्ठा, आग्रह से करना चाहिए, इसका दृढ़ संस्कार मेरे मन पर हुआ।

दिखावेवालों से बचना

प्रदेश अधिवेशन के लिए जाते समय संघ का शाखा-वेश भी बिना भूले साथ ले गया था। अधिवेशन के दूसरे दिन सुबह संघ शाखा में जाने का अवसर मिला। वहाँ प्रार्थना भी मैंने ही की। शाखा समाप्ति पर फिर अधिवेशन स्थान पर लौट आया। वहाँ शाखा पर न गए हुए कार्यकर्ता अपना सामान

बटोर रहे थे। मैं कई कार्यकर्ताओं से बातचीत करता हुआ वहाँ खड़ा था। इतने में पाजामा, शर्ट और स्वेटर पहने हुए यशवंतराव मेरे निकट आए और मेरे पीछे खड़े हो गए। उनके आने की आहट सुनकर मैं तुरंत उनकी ओर मुड़ा, तभी धीरे से यशवंतराव बोले, ''रमेशजी, संघ-शाखा समाप्त हो गई है। ऐसा लगता है न! अतः नागरी वेश में आ जाने में कोई आपत्ति नहीं है।'' यह कहकर दूसरे ही क्षण वे वहाँ से शीघ्रता से खिसक गए।

मुझे यशवंतरावजी का यह 'मुलायम' इंजेक्शन वस्तुस्थिति का भान करा देने के लिए पर्याप्त था। मैं तुरंत कपड़े बदलने के लिए अपने कमरे में चला गया।

किसी भी बात का अकारण प्रदर्शन करना उचित नहीं है, साथ ही जिस समूह में हम रहते हैं, उस समूह का ध्यान रखना कितना आवश्यक है, यही उनकी सूचना से मेरी समझ में आ गया।

संगठन कार्य शाश्वत है

उपनगर की एक विस्तारक योजना का समारोह होने जा रहा था। उसके लिए यशवंतराव आ गए थे। विस्तारक योजना में सहभागी हुए १५-१५ कार्यकर्ता एक अलग ही मनःस्थिति में समारोह के लिए उपस्थित थे। यशवंतरावजी ने सदा ही नित्य संपर्क का महत्त्व प्रतिपादित किया था। इस कार्यक्रम में भी उन्होंने उस सूत्र को आगे बढ़ाते हुए कहा—

'The more I read, the more I knew, how little I knew!' अर्थात् 'जितना अधिक मैं पढ़ता गया उतना अधिक मेरी समझ में आता गया कि मैं कितना कम समझ पाया था।' यही अवस्था विस्तारक की अपना काम करते समय हो जाती है। जितना अधिक हम लोकसंपर्क बढ़ाते हैं उतनी अधिक संगठन की वैचारिक संकल्पना सुस्पष्ट होने लगती है; और कल मैं कितना नासमझ था इसकी यथार्थ अनुभूति होने लगती है।

यशवंतराव कई बार विस्तारक होकर कार्य कर चुके थे या दूसरे शब्दों में वे विस्तारक जीवन ही सदा व्यतीत करते रहे। ऐसे उपक्रमों से ही नए कार्यकर्ता, एक समर्थ कार्यकर्ता कैसे बनते हैं, यह विश्वास एवं अनुभूति उनके जीवन का एक अभिन्न अंग बन गई थी।

दैनंदिन देशभक्ति

संघ का उत्सव समाप्त होने पर मैं यशवंतरावजी को स्कूटर पर अपने घर ले जा रहा था। सुबह का समय होने से रास्ते में ज्यादा भीड़ नहीं थी। मैं जरा ढाढ़स बाँधकर, वन-वे का नियम तोड़कर निकट के रास्ते से उन्हें घर ले गया। घर पहुँचकर यशवंतरावजी ने तुरंत कहा, ''अरे योगेश! तुम और मैं संघ स्वयंसेवक हैं, क्या इस बात को तुम भूल गए। तुम बताओ, वन-वे का नियम तोड़कर मुझे घर क्यों ले आए? हम केवल संघ-स्थान पर ही स्वयंसेवक नहीं होते, बल्कि चौबीसों घंटे अर्थात् नित्य स्वयंसेवक रहते हैं। संघ शाखा से दूर रहने पर भी हमारा व्यवहार संघ स्वयंसेवक जैसा अर्थात् आदर्श रहना चाहिए। सच तो यह है कि संघ-स्थान से दूर रहने पर ही हमारे स्वयं-सेवकत्व की सच्ची कसौटी होती है।''

आपातकाल में यशवंतराव १४ महीने जेल में थे। वहाँ संघ स्वयंसेवकों के लिए जो उपक्रम होते उनकी पूरी जिम्मेदारी उन पर ही थी। ये घर पर जरूर लिखते। आपातकाल में घर लिखे पत्रों से यह बात साबित हो जाती है कि राजनीतिक संघर्ष में भी उनका ध्यान घर की ओर भी था।

आर्थिक व्यवहार

''गिरीशजी, यह बताइए कि ट्रस्ट का ऑडिट कहाँ तक पूरा हुआ है?'' यशवंतरावजी ने जरा कड़े स्वर में ही पूछा।

''चल रहा है, थोड़ा हिसाब अधूरा रहने से देरी हो रही है।''

''देखिए, गिरीशजी! यह एक सामाजिक न्यास है। इसका ऑडिट समय पर ही होना चाहिए। हम पर भरोसा रखकर काफी निधि इकट्ठा होने लगेगी, तब यदि ऑडिट समय पर नहीं हुआ तो धन को गलत दिशा में जाने का अवसर मिल जाएगा।'' उन्होंने मुझे अधिक सतर्क रहने की ओर संकेत किया था।

❖○❖

आपातकाल का यशवंतरावजी का एक पत्र बहुत ही रोचक है। अपनी पत्नी के नाम लिखे इस पत्र में वे कहते हैं, नित्य खर्च के लिए पैसों की

आवश्यकता होती है, इसलिए जरा हिसाब रखने में खींचतान करनी पड़ती होगी। ऐसी दुविधा में संभव है कि तुम्हें ऐसा लगेगा, किसी एक 'क्ष' व्यक्ति से पैसे मिल सकते हैं, क्योंकि हमने उसे उधार दिए थे, फिर भी ऐसा विचार कदापि न करना। इससे कुछ बचाकर खर्च करना उचित रहेगा।

परिपक्व मन की इससे अधिक विकसित अवस्था और क्या हो सकती है।

❖○❖

संघ की एक बैठक में परिषद् के कार्यक्रमों से संबंधित निवेदन प्रस्तुत करना था, फिर भी अभी कुछ कार्यक्रमों के संदर्भ में खर्च रसीदें प्राप्त होना शेष था, हिसाब अभी अधूरा था। यशवंतरावजी से मैंने कहा, "सर, कार्यक्रमों का हिसाब अभी अधूरा होने पर भी उसका कुल हिसाब मोटे तौर से बताया जा सकता है।" तब यशवंतरावजी ने तुरंत कहा, "किरण! क्या यह सत्य नहीं है कि हिसाब अधूरा है? अतः मुझे निवेदन में यही सत्य बताना पड़ेगा। कुल मिलाकर, मोटे तौर पर आदि कहना उचित नहीं है। हिसाब अभी अधूरा है, ऐसा ही हमारा निवेदन होगा।"

किसी भी बैठक में बढ़ा-चढ़ाकर गोलमोल शब्दों में अपना निवेदन प्रस्तुत करना उन्हें कतई पसंद नहीं था।

ऑल फॉर वन, वन फॉर ऑल

एक ज्येष्ठ कार्यकर्ता बता रहे थे, 'ऑल फॉर वन, वन फॉर ऑल' शब्द तो कई बार सुनने को मिलता था। जब सन् १९७९ में गंभीर रूप से मैं बीमार पड़ा तब यशवंतराव मुझे अपने घर ले गए। दवा चालू हुई। मेरे भोजन में दाल निषेध थी, इसलिए उनके घर में कई महीनों तक दाल नहीं बनी। उसके बगैर ही सभी ने भोजन किया। कई-कई रातों मैं उन्हें अपने बिस्तर के निकट पाता था। हालाँकि वे स्वयं बहुत स्वस्थ नहीं थे। मैं 'वन फॉर ऑल, ऑल फॉर वन' का अर्थ समझ गया।

गुण-दोष के साथ जो जैसा है वैसा ही संगठन में स्वीकार्य है, यह शब्द भी सुनता था, परंतु उसका अर्थ यशवंतराव के व्यवहार से हम सीख पाते थे।

एकाध बार मेरे मन में बात उठती थी कि यूसुफ खिलजी, जाकीरमन रमणबाला, नाईक साहब आदि का संगठन में क्या उपयोग है ? क्यों यशवंतराव इतनी तकलीफ उठाकर इनकी चिंता करते हैं, इनके लिए उपलब्ध रहते हैं, सहायता करते हैं, सुझाव देते हैं, बदले में कुछ भी आशा नहीं रखते हैं ?

उपयोगिता के मेरे स्वभावदोष के कारण ये प्रश्न मन में उठते थे, लेकिन यशवंतरावजी के व्यवहार से निस्वार्थ स्नेह का अर्थ समझ में आया। यह भी समझ में आया कि संगठन की शास्त्र-शुद्ध रचना से अभ्यस्त होने पर भी जब मैं अन्य क्षेत्र में काम करने लगा तब कुछ अस्वाभाविक लग रहा था। आशा के अनुसार काम आगे नहीं बढ़ रहा था। मन में निराशा हो रही थी। ऐसी परिस्थिति में क्या करें, कैसे करें, इस उधेड़बुन में दो-तीन दिन लगा रहा। दौड़कर यशवंतराव के पास जाने को मन ललचा रहा था। मन को मुक्त करने का वह स्थान था, लेकिन वे सख्त बीमार थे, बिस्तर पर हिल भी नहीं सकते थे, यह मुझे मालूम था। ऐसी स्थिति में मैं उनसे कैसे मिलूँ? बेचैन होकर कमरे में ही इधर-उधर टहलने लगा। पता चला कि वे सोए हैं। निराश होकर मैंने फोन नीचे रख दिया, फिर बेचैन होकर कमरे में घूमना शुरू हुआ। थोड़ी देर बाद उन्हें फिर से फोन किया, फिर वही उत्तर मिला। मेरी उद्विग्नता बढ़ रही थी। जी छटपटाने लगा। शाम को फोन आया, 'सुबह मिलने के लिए बुलाया है।' इस संदेश से काफी बोझ कम हुआ। यशवंतराव से दूसरे दिन क्या बोलूँगा, इसकी योजना बनाने लगा। दूसरे दिन सुबह ही ऐसा प्रतीत होने लगा कि असाध्य बीमारी में उन्हें तकलीफ देना ठीक नहीं है। मैंने जाना स्थगित कर दिया। उनकी ओर से तीन बार फोन आया कि वे मिल सकते हैं। दुविधा में पड़ गया, जाने की हिम्मत नहीं हो रही थी, दूसरा दिन भी बीत गया और तीसरे दिन मैं यशवंतरावजी से मिलने उनके घर पहुँचा।

यशवंतराव बिस्तर पर लेटे हुए थे। पेट फूल गया था, उनकी ओर देखकर जी घबराने लगा। मुझे देखकर थोड़ा हँसते हुए उन्होंने मुझे आश्वस्त किया। मैंने स्वास्थ्य के संबंध में पूछताछ की तो उन्होंने कहा, ''अब ठीक है।' पास ही दूध से भरी प्लेट रखी हुई थी, फिर भी उसे उठाने की स्थिति में वे नहीं थे। मैंने उसे उठाकर उनके होंठों से लगाया। उन्होंने इसके पहले

कभी भी दूसरों से सेवा नहीं ली, परंतु उस समय उन्होंने मुझे नहीं रोका। हमेशा की स्नेहपूर्ण शैली में मेरी पूछताछ की। मैंने काँपते स्वर में कुछ बोलने की कोशिश की। मेरे कंपित स्वर से उन्होंने मेरी मन:स्थिति को भाँप लिया, क्योंकि वे मानो मन को भाँपनेवाले जीवित एक्स-रे मशीन ही थे। अपने चेहरे की प्रसन्नता को सुरक्षित रखने का वे प्रयास कर रहे थे। निश्चय के स्वर में उन्होंने कहा, ''तुमने काम करने की ठान ली है न! फिर दीवार ही क्या, पर्वत भी टूटेगा। जब तुमने निश्चय किया है तो काम अवश्य होगा। कोई-न-कोई यह काम करनेवाला ही है। क्या तुम इसे पूरा करोगे? हिम्मत रखो।'' इन शब्दों को सुनकर दृढ़ निश्चय करते हुए ही मैं लौटा। दूसरे दिन फोन की घंटी बजी, दूसरी ओर से सूचना मिली, 'यशवंतराव परलोक सिधार गए हैं।'

अंतिम संवाद

यशवंतरावजी का स्वास्थ्य दिन-प्रतिदिन बिगड़ ही रहा था। सन् १९८७ के सितंबर महीने का वह दिन मुझे आज भी याद है। उन्होंने मुझे घर बुलाया और कहा, ''यह देखो सविता, अब तीन-चार महीनों में जाने की तैयारी करनी है।'' ये शब्द मेरे हृदय में तीर की तरह चुभ गए। उन्होंने कई वर्षों की डायरियाँ मुझे सौंप दीं। पत्रों को नष्ट कर दिया, नोट्स, कॉपियाँ देकर मुझे ढेर सारी सूचनाएँ दीं और अंत में कहा, ''देखो, अब मैं बिलकुल प्रसन्न हूँ।'' बाहर जल-धाराएँ बरस रही थीं।

क्या वे मृत्यु रूपी बादलों से बातें तो नहीं कर रहे थे? अलिप्त भाव से निर्मोही शुद्ध रूप में अपनी भूमिका प्रस्तुत करते हुए यशवंतराव चिर-विदा हो रहे थे। ६ दिसंबर, १९८७ को उन्होंने मृत्यु से दोस्ती कर ली।

□

कार्यकर्ताओं के नाम पत्र

१४ मई, १९६९

परम मित्र प्रकाश,

सप्रेम नमस्कार।

तुम्हारा पत्र मिला। खुले दिल से तुमने अपने विचार प्रकट किए हैं तथा परिषद् कार्य की सर्वांगीण प्रगति की जो इच्छा प्रकट की है, उसके लिए मैं स्वतंत्र रूप से कुछ विशेष लिखूँ, ऐसा नहीं है। पूरे वर्ष के कार्य का प्रगति विवरण, कार्यकर्ताओं के परस्पर संबंध और नए कार्यकर्ताओं पर उसका परिणाम—इन तीनों विषयों पर तुमने कुछ विचार प्रकट किए हैं, वे सचमुच विचार करने योग्य हैं। इसलिए उसे ध्यान में रखकर मैं सूत्र रूप में कुछ विचार प्रकट कर रहा हूँ।

परिषद् का सभी स्थानों का काम शुरू करते समय कुछ सूत्र या पाथेय मन में रखें—यथायोग्य समझ, कुशलता और परिश्रमशीलता धारण करनेवाला एक अध्यापक और निर्मल, निस्स्वार्थ देशभक्ति से भरा हुआ एक तरुण विद्यार्थी, ऐसे दो कार्यकर्ता प्राप्त करना। परिषद् के कार्य के संबंध में उनकी कल्पना स्पष्ट करना, उनके द्वारा उत्साह से कार्यकर्ताओं का विकास करना, उनके (Team Spirit) सहकार्य के द्वारा नित्य नए कार्यक्रमों की योजना बनाते हुए नए-नए कार्यकर्ता प्राप्त करना, उन्हें टिकाकर रखना और संख्या बढ़ाना। और यह सब करते हुए No one is indispensable, every one is important ऐसी भूमिका रखकर काम करना, वैसी रचना मन में धारण करना और उसे व्यवहार में उतारना। जहाँ भी काम बढ़ा है, वहाँ इसी पद्धति से बढ़ा है।

इस दृष्टि से विचार करते हुए तुम्हारी शाखा के कार्य का गत छह-सात वर्षों का संयम तथा निष्पक्ष ढंग से देखते हुए मूल्यांकन करना आवश्यक है। योग्य अध्यापक, मार्गदर्शक पालक ज्येष्ठ बंधु न मिलने से युवा कार्यकर्ताओं में प्रारंभ से ही केवल सौहार्द, केवल निस्स्वार्थ स्पर्धा रहित स्नेह निर्माण होना कठिन हो गया। साथ ही स्वभाव के चुभनेवाले कोनों से, तीखे शब्दों से बने घाव न बुझते हुए और बढ़ते ही गए। सभी लोग ये घाव मिटानेवाले ही होते हैं, ऐसा नहीं—इसी से व्यक्तिगत अहंकार पुष्ट होता है। स्पर्धा का वातावरण मात्र शेष रह जाता है। बैठक में आरोप-प्रत्यारोप, पुराने अनुभवों की कटुता से भरी पुनरावृत्ति, प्रचार के लिए लॉबी आदि का वातावरण बन जाता है।

परंपरा की दृष्टि से यह सब ठीक नहीं है। नई अच्छी परंपरा का निर्माण नहीं होगा, ऐसा भी नहीं है। परंतु उसके लिए दो-चार व्यक्तियों को पुरानी घटनाओं का अर्थ कटुता भूलते हुए समझना होगा। काम को सर्वोच्च मानकर हमें यह करना है, यह भूमिका लेनी होगी। तत्त्व की दृष्टि से यह बिलकुल कठिन नहीं है। व्यवहार करते समय प्रतिदिन संयम तथा मन के संतुलन की परीक्षा लेनेवाले प्रसंग अवश्य आते रहते हैं। संभवत: एक वर्ष तो संयम, कुशलता और यश के प्रति श्रद्धा रखकर तुम जैसे दो-चार व्यक्तियों को मिलाकर वातावरण स्वच्छ करना होगा। नए आनेवाले व्यक्तियों की प्रसन्नता बढ़े, ऐसा क्या कुछ कर सकोगे? यह बहुत कठिन है, किंतु असंभव नहीं है। फिर जो भी यह करेगा, उसे धैर्य से ही यह करना पड़ेगा। तब कोई भी तो निर्णय लेता है और दूसरों पर लादता है, कोई अन्य लोगों पर टाल रहा है आदि बातें दूर हो जाएँगी और सबको साथ लेकर चलने से काम हो जाएगा।

इतना होने पर भी मत-भिन्नता और स्वभाव-भिन्नता समाप्त हो जाएगी, ऐसा नहीं। फिर भी 'अनेकता में एकता' आदि शब्द न रहकर प्रत्यक्ष वस्तुस्थिति का अनुभव आएगा।

छुट्टी समाप्त होने पर तुम जब जून महीने में वापस आओगे, उस समय हम सब फिर इकट्ठा बैठकर सोचेंगे तो बहुत अच्छे प्रकार से यह हो सकेगा। अन्य बातों का उल्लेख तुमने किया है, उसके संबंध में जो मतभेद

हैं, वे भी धीरे-धीरे शांत होंगे। ध्यान रखना, इसमें समय लगेगा किंतु केवल संयम, लगन से समस्या अपने आप सुलझती है, ऐसा भी नहीं, यह सुलझानी पड़ेगी। यह सुलझानेवाले पर आरोप, गलतफहमी आदि की झड़ी लग सकती है, किंतु उसमें भी जो टिकता है, समाधान करता है, तब सब ठीक होता है। तुम्हारे संबंध में मेरे मन में उठनेवाला प्रश्न एक ही है। हम दोनों-चारों मिलकर इस पर विचार करें।

अन्य विशेष कुछ नहीं। सबको यथोचित नमस्कार/आशीर्वाद।

तुम्हारा

यशवंत केलकर

प्रवास से संबंधित और एक पत्र

(प्रो. यशवंतराव ने संघ अभाविप कार्यार्थ बहुत प्रवास किया था। ऐसा ही एक प्रवास आपातकाल के पश्चात् किया। दो दिन के प्रवास के बारे में उन्होंने एक पत्र उस क्षेत्र के अभाविप के विभाग के संगठन मंत्री को प्रवास के पश्चात् लिखा था। प्रवासी कार्यकर्ताओं के लिए यह एक वस्तुपाठ है। व्यक्तिगत भेंट, बैठकें, शाखा, संपर्क, अन्य विचार के संगठनों के कार्यकर्ताओं से मिलना, वर्तमान एवं पुराने कार्यकर्ताओं से गपशप। कितनी सारी उपयोगी बातें।)

॥ श्री ॥

औरंगाबाद

१८ मई, १९७७

प्रति

परम मित्र विश्वास,

सस्नेह नमस्कार।

दिनांक १६ को सुबह ७.३० बजे पुणे-अकोला बस से शिवाजीनगर से निकल पड़ा और सुबह ११ बजे औरंगाबाद बस स्टेशन पर पहुँचा। गोविंद देशपांडे और सुखदेव नवले स्वागत के लिए उपस्थित थे। वे मुझे श्री आबा

देशपांडे के घर भोजन-विश्रांति एवं बातचीत के लिए ले गए। बाद में रवींद्र भानगाँवकर के पास पहुँचा। विश्राम के बाद दोपहर ३ बजे श्री बाबा साहब भोगले के साथ एक घंटा बातचीत की और ४.३० बजे नौ-दस प्राध्यापक मिलने आए। उनसे लोक सेवा मंडल में बातचीत की (वहीं पर श्री पुंडलीकराव दानवे भी मिले, जो वहीं आ गए थे)। शाम को ६.१५ बजे हनुमान संघ शाखा पर गया। रात्रि ८ बजे श्री अनंतराव भालेराव से मिलकर ९.३० बजे श्री रमेश खेर्डे के घर भोजन, चर्चा। रात्रि ११ बजे श्री भैया जलगाँवकर के साथ चर्चा के बाद निद्रा। दिनांक १७ को यानी कल सुबह ७.३० बजे प्राध्यापक पाध्ये एवं नीलकंठ दामले, जो देर से आए, इसलिए केवल आधा घंटा रुके। ८.३० बजे सात-आठ पुराने कार्यकर्ताओं की बैठक और ९.४५ से १०.३० बजे तक श्री भाऊसाहब जहागीरदार के साथ चर्चा हुई। ११ से ४ बजे तक सुखदेव के यहाँ मधु-माधव, सुधीर विद्वांस, जयसिंग आदि बातचीत में सहभागी हुए। ४ से ५ श्री प्रह्लादजी अभ्यंकर के घर बैठक हुई। बाद में ५.३० से ७ वर्तमान बीस कार्यकर्ता मिलने आए, उनमें श्री जीवन देशपांडे भी थे। ७.३० से ८ बजे तक रांगणेकर के घर बालासाहब साठे, श्रीमती कुमुद भाभी, माधवराव के साथ चर्चा हुई। ८.१५ से ९.३० से ११ परिवार बैठक—ऐसा कार्यक्रम हुआ। इसी में श्री गोविंद सूर्यवंशी और प्रदीप जोशी, रवींद्र भानगाँवकर के साथ १०-१५ मिनट स्वतंत्र बैठक (चर्चा) होकर औरंगाबाद निवासी रवि भावगाँवकर, प्रदीप जोशी, विजय कुलकर्णी, विनोद देशमुख, गोविंद सूर्यवंशी, विनायक पाटील, गोविंद देशपांडे—ये सात नाम निश्चित हुए। जगन्नाथ गुलवे इन्हें विशेष रूप से आमंत्रित करें। वह और रवि शायद पूरे चार दिन न आ सकते हों। विलास सोनवणे का आना अनिश्चित है, फिर भी वे प्रयास करेंगे। प्रा. रमेश कोठेकर और गिरीश कादलगाँवकर के साथ भेंट नहीं हुई। सतीश देशपांडे मुंबई में है। उसका पता ढूँढ़कर वहीं मिलने के लिए कहेंगे।

श्री अनंतराव भालेराव का एक लेख (रचना) 'मराठवाडा' पत्र में छपा है, जिसका आशय है कि विद्यार्थी परिषद् को सभी युवा संगठनों को जोड़ने का कार्य करना चाहिए। उस प्रक्रिया में विलीन होकर भाग लेने का सुझाव दिया है, लेकिन ऐसा आग्रह उचित नहीं है, ऐसा विचार व्यक्त किया है!

उनके साथ काफी चर्चा होकर कई नए आयाम प्रकट हुए हैं, चर्चा बहुत महत्त्वपूर्ण हुई, लेकिन बात अधूरी रह गई, क्योंकि कई नए व्यक्ति वहाँ आ गए। सब प्रकार से विचार करने पर उद्घाटन के लिए उन्हें आमंत्रित करना हितकारी नहीं होगा, ऐसा मुझे लगता है। इसलिए अब किसी अन्य नाम का विचार करना उचित होगा।

आज सुबह ७.४० बजे निकलनेवाली बस से अंबाजोगाई गाँव जा रहा हूँ। निश्चित कार्यक्रमानुसार १८-१९ अंबाजोगाई, २०-२१ लातूर जाकर दि. २२ को रात्रि की गाड़ी से कुर्डूबाड़ी स्टेशन पर पहुँचूँगा। वहाँ से कौन सी गाड़ी मिलेगी, इसका अंदाज मुझे नहीं है, फिर भी कुछ कठिनाई न हो तो किसी को स्टेशन पर भेज दीजिए, ताकि तीनों जिलों का वृत्तांत दे सकूँगा। यह संभव न होने पर पुणे पत्र लिखूँगा, जिससे तुम्हारा प्रवास निश्चित हो सकेगा। नांदेड का नंदन फाटक (फाइनल इयर इंजीनियर) कल रात नांदेड गया। उसके साथ चर्चा होकर नांदेड के कुछ नाम निश्चित करने की बात उसने स्वीकार की है।

इस दौड़धूप में परिवर्तन से संबंधित एक पृष्ठ ही लिख पाया। कैसा होगा, समझ में नहीं आता। बस में लिखना संभव नहीं है।

शिविर का स्थान निश्चित करते हुए शीघ्र ही सब स्थानों को सूचित करना आवश्यक है, ऐसा प्रतीत होता है। अन्य कुछ विशेष नहीं। श्री दादा और श्रीमती सविता भाभी को स.नं.चि. डॉ. कैलाश को शुभाशीष। सभी को प्रणाम।

तुम्हारा

यशवंत केलकर

(इस छोटे से पत्र में यशवंतरावजी ने कितने लोगों से चर्चा की, बैठकों का आयोजन किया, संघ-स्थान पर गए। निकट के देहातों में जाकर कार्यकर्ताओं से मिले, जनसंपर्क किया, प्रमुख समाजवादी व्यक्तियों से भी मिले। संगठनात्मक यात्रा का एक आदर्श ही प्रस्तुत किया।)

□

यशवंतराव-जीवन का तत्त्वज्ञान

अखिल भारतीय विद्यार्थी परिषद् के कार्य का आज व्यापक विस्तार हुआ है। सचमुच आज कई कार्यकर्ता विद्यार्थी परिषद् में जन-संगठन के काम का प्रशिक्षण लेकर जीवन के विभिन्न क्षेत्रों में चमक रहे हैं, किंतु इसकी संकल्पना यशवंतरावजी ने विद्यार्थी परिषद् की बाल्यावस्था से ही मन में धारण की थी और उसे प्रतिपादित किया था। इसी में उनका द्रष्टा रूप प्रकट होता है।

कार्यकर्ताओं की व्यक्तिगत कठिनाइयों के समय सहायता करते हुए उसका कितना उपयोग है, कितना नहीं और उसके वापस मिलने की कितनी संभावना है, इसका व्यावहारिक लेखा-जोखा कभी न करते हुए यशवंतरावजी ने उनकी हर प्रकार की मदद की। उसके लिए अपने समय के कितने ही घंटे, कमाई सीमित होने पर भी कितने ही पैसे; और वह भी किसी को खबर न लगते, दे दिए। यशवंतरावजी द्वारा बढ़ाया गया हाथ यदि समय पर न मिलता तो आज कई कार्यक्षम कार्यकर्ता अपनी छोटी सी संकुचित दुनिया में अपने को खो बैठते। इतना ही नहीं बल्कि मनुष्यता का आधार देते समय यशवंतरावजी ने अपना व्यक्तित्व संगठन के साथ में एकरूप कर लिया। कार्यकर्ता को अपनाया अपनी कार्यकुशलता से, फिर भी उसे जोड़ दिया संगठन से, विचारों से, ध्येयनिष्ठा से।

यशवंतरावजी ने १९६४ ई. में हुए विद्यार्थी परिषद् के महाराष्ट्र प्रदेश अधिवेशन में अपने भाषण में हिमालय की बद्री-केदार यात्रा करते समय पर्वतारोहण करनेवाले यात्रियों की सामूहिकता का उदाहरण दिया था। ठंड

में, हताशा में, जड़ता के प्रभाव में ठिठकनेवाले को सहायता की आवश्यकता होती है, और सभी को ऊपर पहुँचना भी है। प्रकृति की प्रतिकूल परिस्थितियों में एक-दूसरे को हिलाकर, जगाकर, सहारा देते 'चलते चलो, चलते चलो' कहते हुए मार्ग पर आगे बढ़ना पड़ता है।

यशवंतरावजी ने इस सामुदायिक मंत्र 'चलते चलो' का उद्घोष जीवन भर किया। संगठन में अपने व्यक्तिगत दोषों को चिपकाए रखनेवालों की जरूरत नहीं है। हर व्यक्ति को प्रखर तप में तप कर ही निकलना चाहिए। हर एक को समाजोन्मुखता का पाठ पढ़कर ही अपना जीवन जीना चाहिए, इसका यशवंतरावजी ने सदा आग्रह रखा।

आंदोलन के अस्तित्व और विकास के लिए कार्यकर्ताओं की मालिका निर्माण होना आवश्यक है, यह उनका दर्शन था। इसलिए सबकुछ अकेले करना उन्हें उचित प्रतीत नहीं होता था। तभी उन्होंने जान-बूझकर विभिन्न विषय विभिन्न कार्यकर्ताओं को विचार, चिंतन तथा विकास के लिए दिए, फलस्वरूप कार्यकर्ताओं के अनेक समूह निर्मित हुए।

संगठन का विस्तार और विकास होते समय बीच-बीच में सिंहावलोकन, कठोर आत्मपरीक्षण करना आवश्यक है, ऐसा उन्हें लगता था। इसलिए विद्यार्थी परिषद् में विचार बैठकों की परंपरा निर्माण हुई। काल प्रवाह में संगठन शिथिल न हो, उसके आग्रह, उद्देश्य विरल न हो, इसलिए विचार बैठकों की नितांत आवश्यकता है, ऐसा वे जोर देकर प्रतिपादित करते थे।

कोई भी कार्यक्रम या काम आनंद प्राप्ति के लिए होना चाहिए और उसमें से आनंद ही मिलना चाहिए, ऐसा यशवंतराव कहते थे। जल्लोष नाम का एक बड़ा महत्त्वाकांक्षी कार्यक्रम परिषद् ने आयोजित किया था। उस समय एक कार्यकर्ता ने उस कार्यक्रम की व्यापकता की कल्पना के आधार पर भय प्रकट करते हुए कहा, तब हमारा प्रवास जल्लोष से 'जसलोक' (विख्यात अस्पताल का नाम) होगा। यशवंतरावजी ने तब कहा 'यदि ऐसा लग रहा हो तो हमारे लिए यह कार्यक्रम न करना ही अच्छा होगा।'

जैसे कार्यकर्ता अनुभव तथा पद से श्रेष्ठ होते जाता है, वैसे उसमें 'मातृभाव' बढ़ना चाहिए, ऐसा यशवंतराव कहते थे। जैसे माँ किसी के बारे

में शिकायत न करके अखंड रूप से अपना काम करती रहती है, वैसे ही कार्यकर्ता को भी समाज के प्रति तथा अन्य कार्यकर्ताओं के प्रति शिकायत का भाव न रखते हुए अपना कर्तव्य निर्दोष रीति से करते रहना चाहिए और अपनी क्षमता भी बढ़ाते रहना चाहिए।

कार्यकर्ता को संगठन के अतिरिक्त आवेश से मुक्त होना चाहिए। संगठन का संकुचित विचार करने से संघ, देश, समाज का अनुसंधान छूट जाने की संभावना हो सकती है, इस दोष के प्रति यशवंतराव ने प्रमुख कार्यकर्ताओं को सावधान किया था। आज कई संगठनों के संदर्भ में यही दोष स्पष्ट रूप से प्रतीत होने से उनका दिशा-दर्शन कितना यथार्थ था, यह मालूम पड़ता है।

यशवंतराव अंग्रेजी के एक यशस्वी प्राध्यापक थे। प्रथम वर्ष से लेकर स्नातक एवं स्नातकोत्तर स्तर पर अपना विषय पढ़ाते समय पूर्व तैयारी, संवाद और संदेह निवारण की शिक्षक की जिम्मेदारी के साथ उन्होंने कभी टालमटोल नहीं की। सामाजिक कार्य का उपयोग उन्होंने कभी नौकरी में छूट के लिए नहीं किया।

कोई भी छोटा या बड़ा कार्यक्रम हो, उसकी पूर्व योजना होनी चाहिए, वह योजना पूर्ण होनी चाहिए और योजना के अंतर्गत कार्यक्रम के बाद के अनुवर्तन की कार्यवाही का भी विचार होना चाहिए—यही यशवंतरावजी की कार्यशैली के प्रमुख त्रिसूत्र थे।

कार्यकर्ताओं का केवल महाविद्यालय, कार्यालय बैठक या कार्यक्रम में एक-दूसरे से मिलना पर्याप्त नहीं है। उन्हें एक-दूसरे के घर जाने की, एक-दूसरे को जान लेने की आदत होनी चाहिए, ऐसा वे बार-बार कहते थे।

रेलवे के अनारक्षित डिब्बे में परिषद् कार्य के लिए बारह-तेरह घंटे का प्रवास पूरा कर वे सुबह घर लौटते थे, फिर भी सहज रूप से सुबह के महाविद्यालय में जाकर वे अपना अध्यापन का कार्य पूरी तरह निभाते थे। उनकी यह कर्तव्य-परायणता आज भी सभी के लिए स्फूर्ति का स्त्रोत बन सकती है।

विद्यार्थी परिषद् के कार्य के लिए आप अपने खर्च से प्रवास करते हैं,

तब आपको प्रध्यापक के रूप में मिलनेवाले वेतन में यह कैसे संभव हो पाता है? यशवंतरावजी के एक सहकारी ने जब उनसे यह प्रश्न पूछा तब उन्होंने उसका बड़ा मर्मस्पर्शी उत्तर दिया।

यशवंतरावजी ने कहा, 'धार्मिक त्योहार, समारोह आदि पर खर्च को मैंने अपने बजट में कभी विशेष स्थान नहीं दिया। उसके कारण जो भी पैसा शेष रह जाता है, मैं परिषद् कार्य के लिए दे देता हूँ। अन्य लोग भगवान् की पूजा के लिए खर्च करते हैं, मैं देश, समाज रूपी भगवान् की पूजा में वह खर्च करता हूँ।'

किसी को कुछ कहना है और अपने पास वह सुनने के लिए समय नहीं है, यह उनकी दृष्टि से अक्षम्य अपराध है। कार्यकर्ता का व्यक्तिगत सुख-दुःख, समस्याएँ आदि सुनने के लिए वे सदा उत्सुक रहते थे। 'हमारे हृदय में कई खाने होने चाहिए। किसी के व्यक्तित्व से संबंधित गोपनीय बातें जो उसने हमें बताई हैं, उन्हें हृदय के एक खाने में ताला लगाकर रख देनी चाहिए और उसकी चाबी उसी को सौंप देनी चाहिए। उसकी इच्छा होगी तभी वह प्रकट होनी चाहिए, ऐसी अपनी मनःस्थिति होनी चाहिए।' ऐसा दर्शन वे जिए।

यशवंतराव संगठन के काम के लिए प्रवास करते थे। प्रवास में दिनभर कार्यक्रमों की झड़ी लगी रहती थी। फिर भी सुबह की प्रथम भेंट और रात्रि की अंतिम भेंट, उनके उत्साह में जरा भी अंतर नहीं होता था। सुबह साढ़े चार बजे उठकर स्नान करने के बाद जहाँ भी उनका निवास होता था, उस घर के निवासियों के लिए चाय बनाते कई परिवारों ने उन्हें देखा है। उसी प्रकार साथ में रहनेवाले साथी का बिस्तर बिछाते भी उन्हें देखा गया है। वही स्नेह, वही अपनापन, वही सरलता-नम्रता।

यशवंतरावजी के षष्टिपूर्ति के समारोह हो रहे थे। एक बड़े शहर में सत्कार समारोह चल रहा था। उसमें यशवंतरावजी का भाषण हुआ। उसके बाद अध्यक्षता कर रहे एक प्रतिष्ठित मान्यवर ने कहा, 'मैंने इस प्रकार के कई कार्यक्रमों को देखा है, सत्कार मूर्ति प्रा. केलकरजी ने अपने भाषण में अपने संबंध में एक अक्षर भी नहीं कहा। जो कुछ भी वे बोले वह सब

संगठन के संबंध में था, यह विशेष बात है। इतनी संगठन-निष्ठा और आत्मविलोपता के दर्शन बहुत कम होते हैं।'

यशवंतरावजी ने अपने जीवन में आराम कभी किया ही नहीं। 'कार्यमग्नता जीवन व्हावे, मृत्यु ही विश्रांति, अर्थात् कार्यमग्नता ही जीवन हो और मृत्यु ही विश्रांति बने, इस काव्यपंक्ति को यशवंतरावजी ने पूरी तरह चरितार्थ किया। नौकरी करनेवालों के लिए शनिवार-रविवार यानी पूर्ण विश्रांति के दिन मतलब जमकर आराम, ऐसा उन्होंने कभी नहीं माना। प्रति शनिवार महाविद्यालय का काम समाप्त होते ही वे शीघ्रता से संगठन कार्य के लिए अन्य शहरों में प्रवास पर जाने की तैयारी करते और सोमवार सुबह वहाँ से लौटकर तुरंत सीधे महाविद्यालय पहुँच जाते।

यशवंतरावजी ने स्त्री-पुरुष समानता का केवल ढिंढोरा न पीटते हुए प्रत्यक्ष व्यवहार में वह समता प्रस्थापित की। ख्यातिप्राप्त समाजवादी नेता स्व. मधु लिमये की पत्नी श्रीमती चंपा लिमये यशवंतरावजी के साथ महाविद्यालय में पढ़ाती थीं, वे लिखती हैं, 'एक बार यशवंतराव बीमार थे इसलिए मैं उनसे मिलने गई थी। बातें करते हुए यशवंतरावजी ने कहा, 'अब देखिए, मेरे घर की बात लीजिए, मैं थककर आता हूँ तो माँ आराम करने के लिए कहती हैं, परंतु जब शशि (पत्नी) घर में और बाहर काम करके मेरी ही तरह थक जाती है, तक क्या उसका ध्यान माँ को नहीं रखना चाहिए?'

यशवंतरावजी ने अपने परिवार को भी एक नया आयाम दिया। यशवंतराव की पत्नी प्रा. शशीकला केलकर लिखती हैं, 'हमारी एक टीम है। हमारे बेटे बचपन से ही उस टीम में हैं और कई छात्र-छात्राएँ महाविद्यालय के संपर्क के कारण और कई विद्यालय के संपर्क के कारण और कई विद्यार्थी परिषद् के काम करने के कारण इस टीम में शामिल हो गए हैं।'

मनुष्यों को जोड़ते रहना यशवंतरावजी का स्थायी भाव बन गया था। उनके साथ पढ़ानेवाली विख्यात मराठी लेखिका सरोजिनी बाबर लिखती हैं, 'यशवंत बार-बार आता नहीं, मिलता नहीं, ऐसी हमारी हमेशा शिकायत रहती थी। मिलने पर हम सभी यशवंत को खरी-खोटी सुनाते थे और अपने व्याकुल मन को शांत करते थे। एक और हिसाब भी मन में लगा लेते कि

चलो विद्यार्थियों की युवा-शक्ति को तो काम में लगा रहा है, फिर हम से नहीं भी मिला तो क्या फर्क पड़ता है? उलटी-सीधी बातें करने से हमारा ही गला सूखता है, इसलिए हम चुपचाप रहने लगे। देखिए, अभी परसों ठीक वैसा ही हुआ। पाँच वर्षों के बाद वह मिला। रूठना-मनाना छोड़कर इधर-उधर की काफी बातें कीं, भर पेट भोजन किया, बस इतना ही!'

अनुभव से, शिक्षा लेने से आदमी जब बड़ा हो जाता है, तब उसका नया कुछ पढ़ने का स्वभाव कम होने लगता है। फिर भी यशवंतराव एक मनीषी का वाक्य सदा कहते थे, 'The more I read, the more I know, how little I know', और यह वृत्ति उन्होंने निरंतर सुरक्षित रखी।

कार्यकर्ता के विवाह के उपलक्ष्य में लिखे एक पत्र में यशवंतराव लिखते हैं—'You should not take your wife for granted'। सामाजिक संकल्पना और व्यक्तिगत जीवन भिन्न नहीं हो सकता, यही संस्कार उन्होंने कई लोगों को दिया।

प्रचारक या पूर्णकालिक बनना परिवार से संबंध विच्छेद करना नहीं है, यह यशवंतरावजी ने अपने उदाहरण से सिद्ध कर दिया। राष्ट्रीय स्वयंसेवक संघ के वे प्रचारक थे, तब भी अपनी माँ के पास हठ करते थे।

ज्येष्ठ कार्यकर्ता जब बैठक में होते हैं तब वे ही ज्यादा बोलते हैं, ऐसा दिखाई देता है, परंतु एक बैठक में विषय प्रस्तुत करने की जिम्मेदारी यशवंतरावजी पर सौंपी गई। तीन दिन की इस बैठक की प्रस्तावना करने के बाद संपूर्ण सत्र में वे लगभग बोले ही नहीं जिससे अन्य लोगों को बोलने का अवसर प्राप्त हो।

'हम राष्ट्रीय स्वयंसेवक संघ के स्वयंसेवक हैं' कहने में कितना गंभीर अर्थ भरा हुआ है, इसका वे अहसास करा देते थे। अपना 'स्वयंसेवकत्व' सत्य और समर्पित होना चाहिए, ऐसा उनका कड़ा आग्रह होता था। 'संघ शाखा यानी आज के मंदिर हैं। मंदिर हमें ईश्वर की ओर ले जाते हैं। वे सामाजिक संस्कृति के केंद्र होते हैं। बाहर से आनेवाला व्यक्ति गाँव में आने पर पहले मंदिर में ही ठहरता था। एक-दूसरे के सुख-दुःख की लेन-देन मंदिर में होती थी। ये मंदिर ईश्वरनिष्ठा की 'शाखा' हैं, और आज की संघ

शाखा हिंदुत्व का तथा राष्ट्रनिष्ठा का मंदिर है।'

शक्ति की उपासना और नीति का आधार इनका आज विघटन हो रहा है, हमें इन दोनों को जोड़ना है। यशवंतरावजी कार्यकर्ता से कहते थे कि संघर्ष एवं समन्वय—ये दोनों रूप तुम्हें ही धारण करने पड़ेंगे।

ऐसा दर्शन वे प्रत्यक्ष रूप में जिए, इसलिए वे महामानव बन गए, ऐसी धारणा किसी की हो सकती है, परंतु ऐसा कुछ नहीं है। यशवंतराव भी तुम्हारी तरह हाड़-माँस के बने थे, अंतर इतना ही है कि उन्होंने राष्ट्रकार्य को एक समूचे व्रत के रूप में स्वीकार किया, स्वेच्छा से उसे अपना लिया और आनंद से उसे निभाया। हम भी उनके चरण चिह्नों पर चलकर वह आनंद प्राप्त कर सकते हैं।

□

षष्टिपूर्ति के अवसर पर दिया गया भाषण

परिवार के सभी क्षेत्रों से समूचे भारत में और भारत के बाहर भी अपना जो काम चल रहा है, उस काम के कुछ आधार हैं, उनमें नि:स्वार्थ भाव, परिश्रमशीलता और सक्रियता प्रमुख हैं। ये आधार तो हैं ही, फिर भी इनके अतिरिक्त और दो विशेषताएँ हैं। उन विशेषताओं के कारण हम अभी भी अपना काम अत्यंत प्रभावी रूप से, प्रामाणिकता से और जमीन पर रहकर कर सके हैं, उनका उल्लेख करना आवश्यक है।

किसी भी समाज में अच्छा काम करनेवाली संस्थाएँ होती हैं। कुछ लोग मिलकर ये संस्थाएँ चलाते हैं। संस्था चलाना सामूहिक काम है। जब किसी एक व्यक्ति के महत्त्व को हम विशेष मानने लगते हैं तो उन संस्थाओं का भविष्य अंधकारमय हो जाता है, ऐसा इतिहास ने हमें बार-बार सिखाया है। इसलिए अपने काम के यश का रहस्य किस बात में है, ऐसा विचार जब हम करने लगते हैं तो सभी गुणों के साथ ही यश सामूहिकता में है, यह ध्यान में आता है। अपनी एक 'टीम' है और टीम के हर एक की क्षमता के अनुसार, कर्तृत्व के अनुसार जो काम उसे सौंप दिया गया है, वह काम प्रामाणिकता और परिश्रमपूर्वक करना होता है। ऐसे सामूहिक काम की अपने देश में सभी क्षेत्रों में कमी थी, वह हमें दूर करनी चाहिए। कोई भी काम सामूहिकता से करना चाहिए, ऐसा आग्रह रखनेवालों में से हम हैं। यश 'टीम' भाव में छिपा है, एक व्यक्ति में नहीं।

इस प्रकार दूसरी विशेषता भी हम अपनाकर चल रहे हैं, इसीलिए हमें यश भी मिल रहा है। हम सभी अपूर्णांक हैं और मिलकर पूर्णांक बनते हैं।

इस बात पर विश्वास रखना हमारी दूसरी विशेषता है। हम यह भी मानते हैं कि सभी अपूर्णांक समान महत्त्व के होते हैं। अधिक महत्त्वपूर्ण अपूर्णांक और कम महत्त्वपूर्ण अपूर्णांक, ऐसा नहीं होता। साथ ही अपूर्णांक का महत्त्व कितना भी क्यों न हो पूर्णांक सबको मिलाकर ही बनता है। 'We are all equal but some are more equal' अर्थात् सभी समान हैं, परंतु उनमें कुछ अधिक समान हैं, ऐसी हमारी धारणा नहीं है। ऐसी परंपरा में हम विकसित हुए हैं, इसीलिए हम अपनी शक्ति अपने से सर्वार्थ में बड़ी भारत भूमि की सेवा में समर्पित करते रहेंगे और इस कार्य में कभी बाधा और व्यवधान नहीं पड़ने देंगे। परिश्रम से, बुद्धि से, प्रामाणिकता से, पूरी शक्ति लगाकर आजीवन काम करने वाले मुझसे श्रेष्ठ व्यक्तित्व मैंने देखे हैं ; और ऐसे व्यक्ति होते हुए मुझ जैसे अति साधारण कार्यकर्ता का सत्कार मन को संभ्रमित करनेवाली घटना है, इसमें कोई संदेह नहीं है।

फिर भी कार्यकर्ताओं द्वारा तय करने पर और उनके उद्देश्य को स्पष्ट करने पर इसे करना चाहिए, यह मुझे स्वीकार हुआ।

दो वर्ष पूर्व जब हम एक प्रारूप तैयार करने बैठे थे कि आगामी काल में देश में कौन-कौन से परिवर्तन होंगे, विद्यार्थी क्षेत्र में हम उन्हें किस प्रकार स्वीकार करेंगे, देश के किस भूभाग में शीघ्र काम बढ़ना चाहिए, तब हमने ३०-३५ वर्षों में जो-जो भी करते आए हैं, उसका पुनरालोकन किया। हम सबका यह अनुभव था कि गत २५-३० वर्षों का कालखंड हमने एक पूँजी, अर्थात् कार्यकर्ताओं की शक्ति का संचय करने में व्यतीत किया। वह ठीक ही हुआ, फिर भी वह पर्याप्त नहीं था। किसी भी कार्य के लिए कई तरह का बल लगता है, परंतु सर्वाधिक महत्त्व का बल तो होता है, मनुष्य बल। सचमुच जिद रखनेवाले, हिम्मत धारण करनेवाले, एकता का भाव रखनेवाले बहुमूल्य मनुष्यों को बड़ी संख्या में तैयार करने में हम सबने अपनी सारी शक्ति केंद्रित की। तब हमारे ध्यान में यह भी आया कि काल की गति और हम पर आनेवाले संकट-आक्रमण इतने भीषण हैं कि समाज जीवन के सभी क्षेत्रों में हमें शीघ्र पहुँचना होगा, उसकी संपूर्ण योजना बनानी पड़ेगी। ईशान्य भारत जैसे क्षेत्र में, जहाँ अपना विचार लेकर जाना बहुत कठिन था, उस क्षेत्र

में गत २० वर्षों से विद्यार्थी परिषद् के कार्यकर्ता जा रहे हैं, काम के लिए अनुकूल वातावरण निर्माण कर रहे हैं और अब वहाँ काम बढ़ेगा, ऐसी परिस्थिति है।

हम यह जानते हैं कि जब शरीर की भूख बढ़ती है, तब उसके समुचित विकास के लिए सुयोग्य आहार की व्यवस्था करनी पड़ती है। हवाई जहाज जिस प्रकार धीरे-धीरे अपनी गति बढ़ाता है और फिर आकाश में उड़ान भरता है, जिसे टेक ऑफ कहते हैं, उसी प्रकार हम ऐसा मानते हैं कि वर्तमान कालखंड विद्यार्थी परिषद् के 'टेक ऑफ' का कालखंड है। कुछ वर्ष पहले जब सभी प्रदेशों में विद्यार्थी परिषद् का काम पहुँच रहा था, तब हम कहते थे कि विद्यार्थी परिषद् एक 'अखिल भारतीय' संगठन बनने की ओर बढ़ रहा है। अधिवेशन में सभी प्रदेशों से १०,७७२ कार्यकर्ता आए और सभी ने मिलकर देश की समस्याओं के संबंध में विचार किया। आगे हमें क्या करना है, इसका जब विचार किया तब ऐसा लगता है कि अब हम जिस भूभाग में कम हैं, वहाँ हमारा काम तीव्र गति से बढ़ना चाहिए। वहीं विशाल संगठन चलाने के लिए सामाजिक समर्थन, आर्थिक बल की व्यवस्था भी होनी चाहिए।

अभी हाल ही में शुरू किए गए कई प्रकल्पों को पैसे की कमी है। सच कहा जाए तो धन की कमी बहुत आड़े नहीं आती है। एक बार व्यक्ति काम शुरू कर दे, काम में उसे पूर्ण विश्वास हो, पूरी क्षमता से, सक्रियता से वह काम में लग जाए तो उसे सामाजिक मान्यता, प्रतिष्ठा, सहयोग अपने आप मिलने लगता है। फिर भी निकट भविष्य में सामर्थ्य प्राप्त करने की दृष्टि से विद्यार्थी परिषद् ने 'विद्यार्थी निधि' नामक ट्रस्ट प्रारंभ किया है। इस ट्रस्ट के माध्यम से कुछ दीर्घकालीन गतिविधियाँ/योजनाएँ प्रारंभ करने का विचार है जिससे कुछ राशि संकलित हो। यह निधि एकत्रित करने का केवल एक निमित्त मैं बना हूँ।

स्वार्थ से ओत-प्रोत परिस्थितियाँ चारों ओर व्याप्त भ्रष्टाचार के बावजूद देश भर के युवक-युवतियों में अपने काम के प्रति विश्वास जगा सकें, ऐसी हमारी संगठन की स्थिति है। देश भर में घूमनेवालों को निश्चित ही यही

अनुभव आएगा। स्वतंत्रता के बाद की पीढ़ी में आदर्शों की कमी दिखाई देती है। शीघ्रातिशीघ्र शॉर्टकट द्वारा अधिकाधिक लाभ कमानेवालों को आज के युवा रोल मॉडल के रूप में देख रहे हैं, यह सही है; किंतु केवल परिषद् ही नहीं, अच्छा काम करनेवाली कई अन्य संस्थाओं के प्रयत्नों से आश्वस्त करनेवाली परिस्थिति देश में निर्मित हुई है। इस देश के लिए जो भी अच्छा करना है, वह हम ही करेंगे। इस प्रकार का दृढ़ विचार लेकर काम करनेवालों की संख्या यद्यपि पर्याप्त नहीं है, किंतु आश्वस्त करनेवाली अवश्य है।

समाज का काम जो निस्वार्थ रूप से कर रहे हैं, मिलकर चल रहे हैं, ऐसे लोगों को सभी प्रकार से सहायता करनेवाले लोगों की समाज में आज भी कमी नहीं है। इसलिए विद्यार्थी परिषद् के हम कार्यकर्ता उनका ऋण स्वीकार कर अधिकाधिक उत्तम काम करेंगे। उनकी अधिकाधिक सहायता प्राप्त करेंगे, उनके विश्वास को कभी धक्का नहीं लगने देंगे, ऐसा विश्वास मैं आपको दिलाना चाहता हूँ।

विद्यार्थी परिषद् का यह काम सर्वस्पर्शी करने का प्रयास हम करेंगे। अभी देश के उत्तर भाग में या अन्य भागों में महिलाओं को पुरुषों की बराबरी का स्थान नहीं है, परंतु विद्यार्थी परिषद् के अधिवेशन में आए १०,७७२ प्रतिनिधियों में जिस प्रकार हर प्रदेश से आए विद्यार्थी कार्यकर्ता थे, उसी प्रकार छात्रा और प्राध्यापक कार्यकर्ता भी थे। इतना ही नहीं, जिस प्रकार विद्यार्थी कार्यकर्ता पूर्णकालिक काम करते हैं, उसी प्रकार छात्रा कार्यकर्ता भी पूर्णकालिक काम कर रही हैं। सर्वस्पर्शी काम का यह भी एक पहलू है।

मूलभूत स्पष्ट विचार भी विद्यार्थी परिषद् के कार्यकर्ता का लक्षण है। गत पाँच वर्षों में जिन १००-१२५ पुरुष कार्यकर्ताओं के विवाह हुए, उनमें से किसी ने भी दहेज नहीं लिया। आदर्शानुरूप व्यवहार ही परिषद् का तत्त्व है। कार्यकर्ताओं के व्यवहार का अनुकरण करते-करते ही समाज एक निरोगी संस्था जीवन की ओर आगे बढ़ेगा, ऐसा परिषद् का विश्वास है। ऐसा निरोगी, स्वस्थ संस्था-जीवन निर्माण करने की जिम्मेदारी परिषद् के कार्यकर्ताओं ने स्वीकार की है, उसे पूर्ण करने का हम मन:पूर्वक प्रयास करेंगे, ऐसा विश्वास भी मैं आपको देता हूँ।

समाज अनेक क्षेत्रों से बनता है। ऐसे प्रत्येक क्षेत्र में कार्य करने के लिए सामान्यत: जिसका विद्यार्थी जीवन पूर्ण हो गया हो, ऐसा व्यक्ति ही खोजना पड़ता है। हमारे विचार का आधार है कि यदि इस विद्यार्थी अवस्था में ही अपना विचार योग्य प्रकार से किसी व्यक्ति के पास पहुँचाया जाए तो आगे चलकर ३०-३५ वर्षों की अवधि तक वह व्यक्ति उन विचारों का आचरण करेगा और सामाजिक परिवर्तन की दिशा में भले ही थोड़ा क्यों न हो, कदम आगे बढ़ना संभव होगा।

यह सब विचार करते समय, यद्यपि विद्यार्थी परिषद् देश का सबसे बड़ा संगठन है, कार्य करते हुए हमने मन में कभी गर्व धारण नहीं किया फिर भी जो संगठन का लक्ष्य है, जो होना चाहिए उससे हम बहुत ही पीछे हैं। करने के लिए बहुत कुछ है। इसलिए किसी विशिष्ट कारण से मन में गर्व धारण करने जैसा कुछ नहीं है।

हमें संपूर्ण समाज का समग्र परिवर्तन करना है। संपूर्ण समाज का विकास करने के लिए आवश्यक उतना विचार, उतनी योजना, लक्ष्य प्राप्ति का संकल्प जब हम सामूहिक रूप से प्रकट करेंगे तब हम सफलता की दिशा में आगे बढ़ सकेंगे और तब हमें अपने कार्य के प्रति विश्वास पैदा होगा।

इस अवसर पर इस उपक्रम की सहायता करनेवालों, हितचिंतकों को मैं विद्यार्थी परिषद् के सभी कार्यकर्ताओं की ओर से यह निस्संकोच आश्वासन दे सकता हूँ कि इन प्रयत्नों में हम कहीं भी कम सिद्ध नहीं होंगे। इस उपक्रम के बारे में आपको विश्वास दिलाने, परिषद् कार्य के प्रति विश्वास जताने हेतु जितना आवश्यक था, जरूरी था उतना ही मैंने कहा है। आपके प्रति कृतज्ञता व्यक्त करते हुए मैं अपना कथन समाप्त करता हूँ।

□

सामाजिक समरसता मंच

(स्व. यशवंतराव समय-समय पर अभ्यास वर्गों में कुछ महत्त्वपूर्ण विषयों पर प्रारूप रखते थे। इन पर चर्चा, विचार, चिंतन होता था। समयानुकूल विषय होते थे। ऐसे ही नमूने के दो विषयों के प्रारूप। सामाजिक समता को, सामाजिक समरसता ऐसा भी कहा गया। समरसता मंच का काम प्रारंभ होने के पूर्व प्रस्तुत किया गया यह प्रारूप है।)

'हमारा संपूर्ण हिंदू समाज एक है। सभी समान हैं। किसी भी प्रकार की ऊँच-नीच उसमें नहीं है। मनुष्य निर्मित असमानता नष्ट करते हुए सब प्रकार की समता निर्माण करने के लिए हमें सब प्रकार के प्रयास, तात्त्विक एवं व्यावहारिक स्तर पर विभिन्न उपक्रमों के द्वारा करने चाहिए। अपने परिवार के कार्यकर्ताओं एवं समूचे हिंदू समाज का प्रबोधन होना चाहिए। उसके अनुसार उनका व्यक्तिगत एवं सामूहिक परस्पर व्यवहार हो—ऐसा प्रयास प्रारंभ हो, यह चलता रहे एवं सबकी समझ में आ जाए इसके लिए उपक्रम आरंभ हो।'

संपूर्ण समाज एक—

असमानता निर्माण करने का कार्य करनेवाले घटकों का आपस में परंपरागत कारणों की अनावश्यक कटु आलोचना या अतिरिक्त कटु विच्छेदन करते हुए जो भी विषमता है, परस्पर तनाव-कटुता है, उसे स्वीकार करते हुए, साथ ही उन त्रुटियों को दूर करना अत्यावश्यक है, ऐसी सकारात्मक

दृष्टि रखते हुए उपक्रमों का आयोजन हो।

इस मूर्तिभंजक प्रवृत्ति के परिणामस्वरूप नई अछूत व्यवस्था न बनाते हुए, सबको साथ में लेकर चलने की स्वस्थ जीवन-दृष्टि का विकास होना आवश्यक है। यह समाज धारणा बदलने का, मत परिवर्तन का मूलभूत कार्य है। इसका ध्यान रखते हुए समाज के विकास की यथार्थ गति एवं व्याप्ति का भान हमें रहे।

इसी प्रकार आज तक दूर रहे या रखे गए, समाज के ही एक अंग, के समुचित विकास की जिम्मेदारी को समझना आवश्यक है। उनके सचेत होने या करने के प्रयास में उनकी विकृत अस्मिता का जागरण और परिणामस्वरूप अन्य समाज से उन्हें दूर रखने का आत्मघात का भाव समझ लेना चाहिए। उसके कारण निर्माण होनेवाली प्रक्रिया पर भी विचार हो।

अतः भावुक होकर, शीघ्रता से, बिना सोचे-समझे किया गया प्रयास निरर्थक होगा। जिस वर्ग का हम हिंदू समाज में घुल-मिल जाने का विचार कर रहे हैं, उसका किया जानेवाला विरोध-प्रतिकार भी ध्यान में रखना पड़ेगा। जागृति से आनेवाले एवं लाचारी से मुक्त करनेवाले उस समाज का आत्माभिमान सुरक्षित रखना पड़ेगा। फिर भी सम्मानजनक अधिकार एवं अपनेपन के भाव से ओत-प्रोत सामाजिक समरसता की स्वाभाविक स्वीकृति, शुद्ध, निर्मल स्नेहानुभूति जगानेवाले उपक्रम ही हमें अपने इच्छित स्थल तक पहुँचा सकेंगे। इसलिए समन्वयात्मक दृष्टिकोण की जरूरत है।

यह सत्य है कि समाज क्रिया-प्रतिक्रिया से सुगठित होता रहता है। फिर भी सामाजिक व्यवहार की तरह विरुद्ध का समबल नहीं रहता है, समाज नियमन की दृष्टि से यह तथ्य ध्यान में रखना आवश्यक है। भौतिक विज्ञान के गति नियम की तरह वे नहीं होते हैं।

मानव जो एक स्वयंचालित विश्व है, इसीलिए प्रतिशोध, दया, पाप परिमार्जन जैसा विचार उचित नहीं है, इसका भी भान आवश्यक है।

□

स्त्री-स्वतंत्रता या स्त्री मुक्ति की समस्या

अभ्यास वर्ग में श्रीमान प्रा. यशवंतराव द्वारा प्रस्तुत विषय का प्रारूप—

(१) अपने समाज के जीवन में तत्त्वज्ञान एवं व्यवहार का अंतर्विरोध कई बार दिखाई देता है। उन उदाहरणों में से एक है स्त्री के प्रति हमारा व्यवहार।

'यत्र नार्यस्तु पूज्यन्ते, रमन्ते तत्र देवता' ऐसे तत्वज्ञान या दर्शन के स्तर पर विचार करनेवाला हमारा समाज दैनिक व्यवहार में इसके बिलकुल विपरीत आचरण करता दिखाई देता है। फिर वह विषय विवाह हो, दुकान-बाजार हो या नौकरी-शिक्षा हो, सभी जगह स्त्री को समान सम्मान प्राप्त नहीं होता है।

महाराष्ट्र में गत शतक में बहुमुखी सामाजिक आंदोलनों एवं सच्चे समाजसेवकों के अथक परिश्रमों के फलस्वरूप स्त्री-पुरुष असमानता की कटु-विषाक्त स्थिति में कुछ थोड़ा परिवर्तन अवश्य आया है। फिर भी अन्य कई प्रांतों में बहुत सुधार दिखाई नहीं देता है। पश्चिमी सभ्यता का भीषण आक्रमण, यंत्र-युग और वैज्ञानिक क्रांति के फलस्वरूप पुरानी सामाजिक व्यवस्था चरमराती हुई दिखाई देती है। इस कारण स्त्री-पुरुष समानता की दिशा में होनेवाले प्रयासों को कुछ बल अवश्य मिला, फिर भी 'जो नूतन, वह चिरंतन अर्थात् जो नया वही सदा स्वीकार्य' (जो पुराना वह सोना, जो प्राचीन वह उत्तम) जैसी संभ्रम उचित-अनुचित का विवेक खोनेवाली सामाजिक धारणा को नियंत्रित करना जरूरी था। अपनी भारतीय संस्कृति ने

चिरंतन किसे माना है और त्याज्य किसे कहा है? इन मूल विचारों में विचारकों की स्थूल असहमति के कारण से अधिक असमंजसता का वातावरण समाज में दिखाई देता है।

(२) प्रकृति द्वारा निर्मित प्रजोत्पादन एवं बल संगोपन जैसी जिम्मेदारियाँ केवल स्त्री के लिए प्रदत्त करना पुरुषों से उसे अलग करना है, फिर भी यह प्रकृतिदत्त भेदभाव को भी विज्ञान अब मिटाने आगे बढ़ रहा है एवं बुद्धि, भावना, आकांक्षा, शारीरिक क्षमता आदि में स्थूल रूप से स्त्री-पुरुष में समानता है, इसे सभी स्वीकार करते हैं। परिणामस्वरूप शिक्षा, आर्थिक, व्यवस्थापन, सामाजिक एवं राजनीतिक नेतृत्व, औद्योगिक क्षेत्र में पिछले सौ वर्षों में स्त्रियों ने पुरुषों की बराबरी का स्थान प्राप्त करने की जिद प्रकट की है। फिर भी दहेज, बलात्कार, पत्नी एवं बहू के साथ अभद्र व्यवहार, महिलाओं की हत्या आदि की कई घटनाएँ आज भी समाज में घटित होती हैं। देवदासी जैसी अन्याय-मूलक रूढ़ियाँ आज भी प्रबल हैं। उसके विरोध में आवाज बुलंद हो रही है। अल्पांश में जागृति दिखाई दे रही है। मुसलिम समाज में विशेष रूप से तलाक की समस्या भी अधिक तीव्र हो रही है।

इसी प्रकार मजदूरों की समस्याएँ, सरकारी नौकरी में वेतन बढ़ाने के प्रश्न आदि उस विशिष्ट समूह में सदा सामूहिक एवं शासन के स्तर पर सुलझाने के प्रयास किए जाते हैं। फिर भी दलित-शोषित और महिलाओं की समस्याएँ केवल उनकी ही न रहकर या केवल शासन-सरकार की न रहकर समूचे समाज की बन जानी चाहिए। इसीलिए हम जैसे कार्यकर्ताओं को उसकी भीषणता, व्याप्ति एवं गहराई को यथार्थ रूप से समझकर उनसे मुक्ति पाने का शास्त्र-शुद्ध प्रयास करना चाहिए।

(३) न्याय-अन्याय, ऊँच-नीच, भेदभाव-अंधश्रद्धा आदि सभी प्रश्नों का मूल आधार स्त्री-पुरुष समानता पर टिका हुआ है। यह विषय मूलतः मानसिक है, वैचारिक परिवर्तन का है। केवल कानून बनाकर यह समस्या सुलझनेवाली नहीं है। समाज के व्यापक हित का तर्कसंगत-न्यायोचित विचार करना, उसका स्वयं आचरण करना और वैसा प्रचार-प्रसार करना आवश्यक है। इस कार्य में हमें नेतृत्व करना चाहिए।

(४) समाज परिवर्तन से संबंधित सभी आंदोलनों में दिखाई देनेवाले प्रकारों की तरह यहाँ भी दो प्रकार दिखाई देते हैं। एक, समाज को जितना स्वीकृत और प्रिय हो, उतना ही सुधार परिवर्तन करना। दूसरा, समाज की त्रुटियों पर कटु प्रहार करना एवं परिवर्तन के लिए उसे विवश करना।

प्रथम मार्ग से प्रगति धीरे-धीरे, मंद गति से होते रहती है, तो दूसरे मार्ग पर चलनेवाले सुधारकों का इतना प्रखर विरोध होता है कि सुधार-परिवर्तन की दिशा में एक कदम बढ़ाना भी अत्यंत कठिन हो जाता है।

इस प्रकार दोनों प्रकार के सुधारकों को प्रत्यक्ष जीवन में कई बार समझौता करना पड़ता है, इसलिए उनके आचार-विचार में अंतर दिखाई देता है। इन दो प्रकार के सुधारकों में यदि आपस में संघर्ष हो, ईर्ष्या-द्वेष हो तो सुधार-परिवर्तन की प्रक्रिया क्षीण हो जाती है।

(५) स्त्री-पुरुष समानता के प्रयासों में एक है स्त्री-मुक्ति आंदोलन। तब प्रश्न यह उपस्थित होता है कि किससे मुक्ति चाहिए? अत्याचारों से, आर्थिक, सामाजिक या अन्य क्षेत्रों में किए जानेवाले भीषण अत्याचारों से क्या हमें मुक्ति चाहिए?

निस्संदेह समुचित जिम्मेदारियों से मुक्ति कदापि नहीं हो सकती है।

वैसे देखा जाए तो स्त्री-पुरुषों की परंपरा से प्रचलित भूमिका, काम आदि के बँटवारे में बहुत ज्यादा अंतर दुनिया में कहीं भी दिखाई नहीं देता है। पुरुष उद्योग, अर्थार्जन, शासन को परिचालित करें और स्त्री परिवार संचालन-संगोपन करें यह मोटे तौर पर कामों का स्थूल विभाजन दिखाई देता है। अब महिलाएँ शिक्षा, नौकरी (अर्थार्जन) करने लगी हैं। पुरुषों के कुछ काम वह करने लगी हैं या उसमें सहभागी होने लगी हैं। फिर भी केवल स्त्रियों के माने जानेवाले काम अब पुरुष करने लगे हैं, ऐसा दिखाई नहीं देता है।

इसलिए प्रश्न है वह भूमिका, मनोवृत्ति या कार्यक्षेत्रों को आपस में बाँट लेने का! उस कार्य में समान न्यायोचित व्यवहार का। स्त्री-मुक्ति चाहिए असमानता या गुलामी से।

स्त्री-मुक्ति यानी सभी प्रकार के बंधनों से मुक्त। स्वच्छंद-अनिर्बंध

व्यवहार करनेवाले की कल्पना ही अनुचित है, चाहे वह समर्थन करनेवाले हों या विरोध करनेवाले।

(६) स्त्री-मुक्ति के व्यावहारिक तीन रूपों में हैं—

१. यदि पति के साथ सहजीवन संभव न हो तो उसे विवाह-बंधन से मुक्ति मिलनी चाहिए। तलाक की अनुमति हो। इस छूट का स्वाभाविक परिणाम यह हुआ कि तलाक लेनेवालों की संख्या बहुत अधिक होकर परिवार टूटने लगे हैं।

२. स्त्री को पुरुषों की तरह किसी भी पुरुष से शरीर-सुख मिलने की छूट होनी चाहिए। संतति-नियमन के साधनों से, जो आसानी से उपलब्ध हैं, उसके घातक परिणाम अब ध्यान में आने लगे हैं। विशेष रूप से महिलाओं पर उसका अधिक बुरा परिणाम होता है।

३. अपना परिवार कितना बड़ा हो, यह निश्चित करने का अधिकार महिलाओं को होना चाहिए।

परिवार नियोजन के संदर्भ में विभिन्न मत हो सकते हैं, फिर भी गरीबी-रेखा के नीचे रहनेवालों में परिवार नियोजन का अभाव और संपन्न-सुशिक्षित परिवार में 'एक या दो बस' जैसी असमान स्थिति चिंताजनक है।

पश्चिमी सभ्यता के प्रभाव के कारण भारतीय समाज में एक विचित्र अंतर्विरोध दिखाई देता है। एक ओर स्त्री-मुक्ति का बोलबाला, सुशिक्षित विवेकी परिवारों में स्त्री-शोषण, अन्याय एवं असमानता से धीरे-धीरे मुक्ति, साथ ही स्त्री का उपभोग की एक वस्तु के रूप में व्यापक उपभोग दिखाई देता है। एक ओर स्त्री दुर्बल-क्षीण आवाज में अपना विरोध प्रकट कर रही है, तो दूसरी ओर महिलाएँ ही अपनी देह बिक्री, समाज के तथाकथित उच्च वर्ग में वेश्या व्यवसाय की स्वीकृति, बार-बालाएँ, सिनेमा-नाटक-दूरदर्शन में कला के नाम पर किया जानेवाला स्त्री-व्यापार—चिंता के विषय हैं। केवल अर्थ प्राप्ति के लिए उसमें स्त्री का योगदान चिंताजनक है।

(७) अ.भा.वि.प. जैसे संगठन समानता लाने के इन प्रयासों में केवल जोशीले भाषणों से सफल हेंगे, ऐसा समझना भूल होगी। स्त्री-मुक्ति आंदोलन 'हीरो' है और उसके विरोधी जीरो हैं, ऐसा विभाजन भी गलत होगा।

इन सब विषयों का यथोचित विचार करते हुए परिषद् कार्यकर्ता को चाहिए कि विचार, व्यवहार एवं परिवर्तन के लिए अनुकूल उपक्रमों का आयोजन होना चाहिए। विचार एवं स्वाभाविक रूप से आनेवाली जिम्मेदारी आदि सारे उपक्रम स्त्री-पुरुष समानता और उसी से विकसित समन्वय की स्थिति का मूल आधार हो।

इस विचार में बाधा उपस्थित करनेवाले विचार 'जैसे औरतों का इस कार्यक्षेत्र में क्या काम ?' ऐसे विचारों का समूल समापन होने की आवश्यकता है।

समाज जीवन के सभी अंगों में जैसे घर, सामाजिक व्यवहार, उद्योग, शिक्षा, अर्थार्जन आदि में समानता आनी चाहिए। विचारों एवं व्यवहारानुकूल कार्यकर्ताओं का घर में और कार्यक्षेत्र में समानता का व्यवहार होना चाहिए। छात्र-छात्रा के रूप में घर में, पुरुष का माता, बहन, पत्नी, कन्या एवं सभी रिश्तेदारों में विद्यमान महिलाओं के साथ बोलते समय एवं व्यवहार करते समय समानता का भाव व्यक्त होना चाहिए। उसी प्रकार हिंदू समाज में आज तक जो रिश्ता कभी विकसित नहीं हुआ, वह स्त्री-पुरुष मित्रता का भी विकास होने की आवश्यकता है। परिषद् कार्य में पद, जिम्मेदारियों, कर्तव्यों में स्त्री-पुरुष समानता हो। विवाह के लिए सुयोग्य जीवनसाथी का चयन, गृहस्थ जीवन में भी समानता बनी रहे, दहेज, वधू-वर के चयन के समय ऊँच-नीच का भाव, पत्नी पर अत्याचार या उसका उपहास, कटु भाषण सर्वदा त्याज्य ही है। गृहस्थ जीवन में दोनों समान स्तर पर भागीदार हों।

कार्यकर्ता को चाहिए कि समानता का भाव अन्यत्र प्रचलित हो, इसके पूर्व उसके अपने जीवन में यह भाव उतारना जरूरी है, तभी पूरे समाज में यह भाव प्रचलित होगा। जहाँ होगा, वहाँ उसका निषेध-विरोध होना चाहिए। सभा, भाषण परिसंवाद, परिचर्चा आदि द्वारा उसका प्रचार-प्रसार हो।

दहेज या ऐसे ही अन्य कारणों से आत्महत्या, स्त्री पर अत्याचार-अन्याय की घटनाएँ, कन्या भ्रूण हत्या जहाँ भी घटित होगी, वहाँ प्रत्यक्ष जाकर उनकी पूछ-ताछ करना, आवश्यकतानुसार विरोध-आंदोलन करना चाहिए।

(८) ऐसा कोई भी परिवर्तन धीरे-धीरे गति पकड़ता है, इसलिए वर्तमान युवा कार्यकर्ताओं को विवेक-संयम से आगे बढ़ना चाहिए, तभी अगली पीढ़ी का काम सरल होगा।

१. हमारी छात्राओं को चाहिए कि वे अपने घर में बड़ी आत्मीयता से, स्नेह से व्यवहार करें और कटु भाषा का प्रयोग कदापि न करें।

२. कालक्रमानुसार अपने जीवन में उचित व्यवहार की आवश्यकता होगी, तब पीछे न हटें।

३. एक पीढ़ी अर्थात् २५ वर्षों के अथक प्रयत्नों से समाज मन में विशुद्ध विचार-व्यवहार के संबंध में विश्वास निर्माण करें।

४. बड़े होने पर अपने प्रौढ़ जीवन में विचार परिवर्तन की यात्रा आगे बढ़ी होगी, तब भी इसमें सहभागी बने रहें।

(एक अभ्यास वर्ग में चिंतन के लिए कार्यकर्ताओं के सामने प्रस्तुत स्त्री-स्वतंत्रता या स्त्री-मुक्ति आंदोलन के संदर्भ में प्रकट किए गए विचारों या प्रारूप की एक छोटी सी झलक यहाँ दी गई है।)

नित्य होनेवाले अभ्यास वर्ग के अंतर्गत प्रस्तुत यह प्रारूप मात्र एक प्रतिनिधि प्रारूप है। किसी विषय की ओर देखने की यशवंतरावजी की दृष्टि एवं शैली इतनी विशाल, दूरगामी एवं मूलभूत होती थी कि उसे देखकर हम विस्मित हो जाते हैं।

उनका विचार-चिंतन उनके प्रदीर्घ संगठनात्मक अनुभव एवं अखंड परिश्रम का निचोड़ कहा जा सकता है। यह संक्षिप्त प्रारूप है। परंतु दृष्टिकोण स्पष्ट होने की दृष्टि से प्रत्यक्ष व्यवहार के लिए पर्याप्त है।

□

अनपेक्षः शुचिर्दक्षः

यशवंतरावजी से मिलकर यह निश्चित हुआ कि मैं विद्यार्थी परिषद का काम करूँ। इस बात को अब बीस से अधिक वर्ष हो गए हैं। इन वर्षों में हमेशा पहले दिन जैसे ही उत्साही, प्रेरक, मार्गदर्शक ऐसी स्थिति में मैंने उन्हें देखा। परिषद् कार्य के लिए मेरे जितने प्रवास हुए और हो रहे हैं, उतने ही मेरे मन में कई ऊँच-नीच विचार आए, यहाँ तक कि मैं प्रचारक का काम न करूँ, कभी-कभी ऐसा भी लगा। बीमार हुआ, प्रदीर्घ काल तक बीमारी रही, घबरा गया, क्या यह कार्य इतनी कीमत चुकाकर करने जैसा है? ऐसा संदेह भी मन में आया। परंतु यशवंतरावजी ने बीमारी की अवस्था में जो सहारा दिया और समय-समय पर मार्गदर्शन तथा अपने व्यवहार को प्रस्तुत किया, उससे मेरी सभी आशंकाओं के समुचित उत्तर प्राप्त होते गए। वे प्रचारक नहीं, फिर भी ऐसा लगता है कि हम प्रचारक होकर भी उनकी तरह कार्य कर सकेंगे?

यशवंतरावजी के दर्शन मैंने बहुत निकट रहकर प्राप्त किए। जागरूक व्यवहार, जो हमेशा बोधप्रद भी होता है, सदैव देखने को मिला। घर में, कार्यालय में, प्रवास में, कार्यक्रम में—हर जगह, हर समय। पद, प्रतिष्ठा, सम्मान, आर्थिक लाभ इन सभी बातों की आशा न करते हुए क्या कोई काम करता है?

हम किसी जाति के, प्रदेश के नहीं हैं, हम भारतीय हैं, ऐसा जिनका व्यवहार है, क्या ऐसा कोई कभी होता है? अपने लिए कठोर, दूसरों के लिए क्षमाशील, ऐसा व्यवहार कहीं देखने के लिए मिलता है?

अपनी व्यक्तिगत, पारिवारिक समस्याओं के लिए संगठन या सहयोगी कार्यकर्ताओं के द्वारा सहायता की आशा न रखनेवाला कोई होता है?

मिलने आनेवाला कार्यकर्ता कुछ कहने के लिए आता है, तब उसकी बात शांतचित्त से सुन लेना, उसके द्वारा पूछे गए प्रश्नों को समाधानपरक उत्तर देना, इसी में जिनका सारा बचा हुआ समय खर्च हो जाता है, क्या ऐसा कोई होता है?

जिनकी कार्य के प्रति श्रद्धा ज्ञानयुक्त है, और इसीलिए सिद्धांत के अनुरूप कार्य चल रहा है या नहीं, कालानुरूप कार्य कदम बढ़ा रहा है या नहीं, ऐसा विचार करते हुए अपने स्वीकृत कार्य में क्या कोई निरंतर प्रयोगशील रहता है? यह करते समय दूसरों की अपेक्षा वह श्रेष्ठ है, ऐसा दिखाने का अहंकार क्या किसी में नहीं होता? किसी पद पर न रहते हुए भी नित्य जिम्मेदारी से काम करते रहना, क्या ऐसा कहीं देखने के लिए मिलता है?

मानव मन का अध्ययन साहित्य और प्रत्यक्ष उदाहरणों से सदा करने का प्रयास कहीं होता है? व्यक्ति किस तरह के होते हैं? कैसे बात करते हैं? ऐसा व्यवहार क्यों करते हैं? कहाँ वे खुले मन से बात करते हैं? परिवर्तन उचित दिशा में कैसे होता है? इसका नित्य बारीकी से विचार करते हुए व्यवहार करनेवाले क्या कोई होता है?

जिनका अपना 'मूड' नहीं होता, आलस्य-ऊब नहीं होती, कोई भी शर्त नहीं, हर समय कार्य के लिए तथा कार्यकर्ता के लिए उपलब्ध होना, ऐसा क्या कोई हो सकता है?

जिसको कार्यकर्ता के गुणों-अवगुणों का अध्ययन शीघ्र हो जाता है, फिर भी जो योग्य होगा, वही योग्य समय पर बताने का संयम क्या कोई रखता है? जिन्हें प्रचारक के लिए स्थापित मान्यताओं में ढील देना करना स्वीकार नहीं है, जिन्हें सिद्धांतों से समझौता करना आता नहीं है, सिद्धांत और संगठन के हित के लिए जो हर समय मृदुभाषी होकर भी आग्रह से कोई भूमिका लिये बिना रहते नहीं हैं?

उपर्युक्त सभी प्रश्नों का उत्तर मैं दे सकता हूँ। हाँ, ऐसे कोई हो सकता है। यशवंतराव वैसे हैं।

अच्छा सुनने की आदत होती है। वह किसी के व्यवहार में दिखाई नहीं देने पर उस पर विश्वास समाप्त हो जाता है, अश्रद्धा पनपने लगती है; परंतु यशवंतरावजी ने अपने उदाहरण से व्यवहार और विचार को एकता प्रदान की है। उसके कारण ध्येयानुरूप जीने की श्रद्धा स्थिर होती है। कई लोगों के जीवन में श्रद्धा का यह आवश्यक किनारा उत्पन्न किया जा सकता है। जो होना चाहिए वह होता है, मनुष्य परिवर्तित हो जाता है। हम उसे बदलते नहीं हैं। उसके मित्र बनकर बदलने में सहायता कर सकते हैं। यह सहकार्य करने की बड़ी शक्ति मित्रत्व में, निःस्वार्थ स्नेह में है। मित्रत्व यही बड़ा अधिकार है, इसमें अपार शक्ति है। यह केवल सुना नहीं, देखा-अनुभव किया है, वह स्थान है यशवंतरावजी का प्रदीर्घ सहवास।

गीता के एक श्लोक के आधार पर यशवंतराव के व्यक्तित्व को प्रकट किया जा सकता है,

अनपेक्षः शुचिर्दक्ष उदासीनो गत व्यथः।
सर्वारंभ परित्यागी यो मदभक्तः स मे प्रियः ॥२॥१६॥

—श्रीमद्भगवद्गीता

ऐसे वे हमारे कार्यकर्ता थे।

—मदनदास

अत्यतिष्ठत् दशांगुलम्

कार्यपद्धति

'जनसंगठनशास्त्र' एवं वर्तमान 'प्रबंधशास्त्र' की परिभाषा में 'यशवंतरावजी द्वारा विकसित कार्यपद्धति' एक अनुसंधान योग्य विषय बन सकता है।

संगठन की रचना, व्यक्तियों के पारस्परिक संबंध तथा पूरकता, उनकी तथा संगठन की वैचारिक स्पष्टता एवं प्रतिबद्धता, दर्शन एवं व्यवहार का सामंजस्य, सिद्धांतनिष्ठा के साथ मानवीयता का समन्वय, अर्थात् विचार-दर्शन होते हुए भी, यह एक मनुष्यों का संगठन-कार्य होने की व्यावहारिक अनुभूति के कारण 'संयोग व संतुलन' आदि विभिन्न पहलू इस कार्यपद्धति में निहित हैं।

प्रत्येक अखिल भारतीय संगठन का अपना एक संगठनात्मक ढाँचा होता है। परिषद् की रचना प्रदेश तथा उनके अंतर्गत शाखाओं में विकेंद्रित है, जिसकी लघुतम इकाई नगर में स्थित प्रत्येक महाविद्यालय होता है। इन शाखाओं के कार्य का समन्वय एवं सुसूत्रता हेतु जिलों एवं विभागों (विश्वविद्यालय के अधिकारक्षेत्र से समकक्ष) के अनुसार व्यवस्था की जाती है। यशवंतरावजी की धारणा थी कि इनमें से प्रत्येक घटक-इकाई का कार्य पूरे वर्ष भर के लिए चलना चाहिए। सामाजिक संस्थाओं के नियमों के अनुसार 'इकाई-गठन' की जैसी संवैधानिक प्रक्रिया होती है, उसी प्रकार

परिषद् में भी प्राय: कई स्थानों पर वर्षारंभ के समय सदस्यता भर्ती, आगे अध्यक्ष एवं मंत्री का चयन, कार्यकारी परिषद् की नियुक्ति होती है। इस प्रक्रिया के अनुसार इकाई का गठन होने के पूर्व कार्य प्रारंभ नहीं होता, अर्थात् सदस्यता-भर्ती का प्राथमिक कार्य ही लंबा खींचा जाने पर न इकाई बन पाती है, न कार्य का प्रारंभ हो पाता है। अत: यशवंतरावजी की मान्यता थी कि अपना कार्य एक निरंतर व्यवस्था के अंतर्गत होने के कारण जो इकाई वर्षभर नियमित रूप से कार्यरत है उस का अगले वर्ष का कार्य-संचालन या अस्तित्व भी नए सिरे से कार्यकारिणी का गठन होने तक रुका रहना ठीक नहीं। सदस्यता-भरती, पदाधिकारियों का चयन, कार्यकारिणी की नियुक्ति आदि प्रक्रियाएँ निरंतर चलनेवाले कार्य का एक अंश मात्र होता है, प्रत्यक्ष काम की रचना-योजना-वृद्धि-विकास कार्यकर्ताओं की सामूहिक जिम्मेदारी पर निर्भर होती है। उसी में से कोई एक अध्यक्ष बनेगा, कोई मंत्री, किंतु उसकी औपचारिकता पूरी होने तक कार्य का रुकना या विलंब होना उचित नहीं अर्थात् निरंतर कार्यरत प्रत्येक इकाई का कार्य या रचना प्रतिवर्ष पुन: इकाई-गठन की प्रक्रिया पूरी होने पर निर्भर रखना यशवंतरावजी की मान्यताओं के विपरीत था।

एक शाखा

संपूर्ण वर्ष भर में कार्यरत रहना, न कि केवल प्रासंगिक एवं तत्कालीन मुद्दों को लेकर आंदोलन करना, विद्यार्थी परिषद् जैसे संगठन का स्वभाव है। उसे प्रत्यक्ष व्यावहारिक रूप देने हेतु आवश्यक है कि परिषद् की प्रत्येक शाखा का स्वरूप इस प्रकार निरंतर कार्यरत व्यवस्था का हो। परिषद् की अखिल भारतीय प्रतिमा निर्भर होगी इस प्रकार से अस्तित्व रखनेवाली शाखा, उसकी कार्यक्षमता, कार्यकर्ताओं को निर्माण करने का कृतित्व, निरंतर कार्य एवं सक्षम निर्दोष व्यवस्था आदि पर। विद्यार्थी परिषद् की अखिल

भारतीय प्रतिमा का प्रत्यक्ष दर्शन स्थानीय शाखा के कार्य में से होता है अतएव परिषद् की एक शाखा ही उसका मूलाधार रहता है।

यशवंतरावजी ने इसी दृष्टि से एक शाखा के कार्य के प्रत्येक पहलू का विस्तार से विवरण अपने प्रारूपों द्वारा प्रस्तुत किया। निर्णय-प्रक्रिया, कार्यालय, कोष, बैठकें, कार्यकर्ताओं से व्यक्तिगत संपर्क, कार्यक्रमों का आयोजन, अग्रिम एवं पूर्ण योजना, अनुवर्तन, नवागतों का स्वागत, कार्यकर्ता प्रशिक्षण, लोकसंपर्क, पुराने कार्यकर्ता, परिवार एवं अन्य संगठन आदि विभिन्न पहलुओं पर विस्तृत रूप से विचार रखते हुए उन्होंने यह दृष्टि भी प्रदान की कि परिषद् का कोई भी कार्यकर्ता एकदम प्रांतीय या अखिल भारतीय स्तर का नहीं होता, मौलिक रूप से उस की जड़ें, कार्य एवं सहभाग की दृष्टि से, किसी एक शाखा में कुछ मात्रा में अवश्य ही बनी रहनी चाहिए। मूलत: वह किसी शाखा का होने पर ही अखिल कहलाएगा। हवा में न कार्य खड़ा होगा, न कार्यकर्ता।

बैठकें

बैठकों के संचालन एवं निर्णय-प्रक्रिया में हरेक पहलू पर वे किसी साहित्यकार की परिपूर्ण सृजनात्मकता के साथ रस लेते थे। बैठक को वे एक कलाकृति मानते थे, जिस का उचित ढंग से प्रारंभ, मध्य एवं समाप्ति करना वे आवश्यक समझते थे अर्थात् इस हेतु पर्याप्त पूर्व योजना एवं गृहकार्य (होमवर्क) करने पर उनका आग्रह रहता था। बैठक में रखे जानेवाले विषयों का पूर्वनिर्धारण, उनमें निहित विभिन्न पहलुओं पर अपेक्षित सदस्यों में पहले से ही अनौपचारिक विचार-विमर्श, इसी माध्यम से बैठक में सभी का सहभाग संभव है अर्थात् प्रत्येक सदस्य द्वारा बैठक का गृहकार्य तैयार करना ही बैठक की सफलता का लक्षण होता है। प्रत्येक बैठक के संदर्भ में अखिल भारतीय एवं प्रांतीय, तथा वैचारिक या संगठनात्मक परिप्रेक्ष्य के

साथ-साथ, स्थानीय शाखा के विकास का भी एक आयाम ध्यान में रखते हुए बैठकों का संचालन किया जाना चाहिए। बैठक के संचालन का काम सर्कस के जोकर जैसा होता है, सब कुछ जानकर भी वह सबके साथ चलता है, सबके तनावों को भी सहलाता है। बैठक में हास-परिहास एवं व्यंग्य सहज रूप से विद्यमान हो, न कि केवल राष्ट्रीय समस्याओं के गांभीर्य का ऊबाऊ बोझ। गहन चर्चा के भारी वस्त्र की किनार स्वस्थ व्यंग्य से सजनी चाहिए। वे अपने अनुभवों के पाथेय से कई रोचक घटनाएँ सुनाते थे जिनमें एक ओर कार्यकर्ता गंभीरता से ओत-प्रोत भाषण के भारीभरकम हमले करता था,और दूसरी ओर उसकी मार से बचने के प्रयास में लगे हुए अन्य सदस्यों की दयनीयता नजर आती थी। बैठकों में होना चाहिए विचार-विमर्श, न कि केवल कार्यक्रमों, व्यवस्थाओं एवं कार्यविभाजन की चर्चा । ऐसा होना भी उचित नहीं कि कोई एक बोलता जा रहा है और बैठक में अन्य सभी उसे स्वीकार कर रहे हैं। इसीलिए उनका प्रयास रहता था कि नित्य साप्ताहिक बैठकों में भी सप्ताहांतर्गत घटनाओं एवं समाचारों के संदर्भ में अपने राष्ट्रीय विचारों, नीतियों एवं सिद्धांतों की चर्चा हो, जो बैठक के अतिरिक्त भी चलती रहे।

इस प्रकर की पूर्वसिद्धता के साथ संचालित बैठक हमेशा जीवंत, चहल-पहल के साथ एवं उत्साहपूर्ण होती है। आम सहमति से ही निर्णय होते हैं, बैठक से लौटते हुए कार्यकर्ता नए विचार से भरे होते हैं। पूर्व चर्चा-विमर्श एवं बैठक के पश्चात् भी चलनेवाले अनौपचारिक वार्त्तालाप के कारण मतभिन्नता का पैनापन कम होता है। कटुता का तो स्थान ही नहीं, अपने विचार से एकदम विपरीत निर्णय होने पर भी उसे मन से स्वीकारने की, खिलाड़ी भाव से भरपूर, लोकतंत्र की आस्था पनपती है। किंतु अपने मतभेदों को आग्रह के साथ प्रकट रूप से घोषित करनेवाली लोकतंत्र की 'समाजवादी' धारणा को यशवंतरावजी ने नकारा। वैसे ही किसी एक के द्वारा

अकेले निर्णय करने की प्रवृत्ति को भी उन्होंने पनपने नहीं दिया। इस रवैये के दोष जताते हुए वे उदाहरणों से समझाते थे—'एक प्राध्यापक कार्यकर्ता कहने लगे— बच्चे मेरे पास एक कार्यक्रम का प्रस्ताव लेकर आये थे, लेकिन मैंने मना कर दिया!'···एक अन्य प्रमुख अनुभवी कार्यकर्ता किसी विषय पर छिड़ी हुई बैठक में या अन्यत्र भी चल रही चर्चा को टोककर कहता था कि अंतिम निर्णय मैं बताऊँगा।··· एक अन्य कार्यकर्ता की बैठक में केवल पूर्वनियोजित व्यवस्थाएँ समझाकर कार्य-वितरण की बात होती थी, बस! मानो बैठक यानी उसी का नजरिया और उसी के आदेश के अनुसार काम का बँटवारा!

इस प्रकार के दोष कार्यपद्धति में पैदा होने पर कार्य की सामूहिकता एवं उद्यमशीलता समाप्त होकर काम निष्प्राण होता है, विकास नहीं होता। अतएव इस रहस्य को जाननेवाले यशवंतरावजी ने बैठक के आयोजन को किसी विशाल कार्यक्रम के आयोजन से भी बढ़कर अधिक महत्त्व प्रदान किया। उनकी अपनी हास-परिहास की विशेषता थी। भाई हेमंत का फाउंटन पेन 'सुरक्षित किंतु पता नहीं किसके पास!' कहकर उस के साथ ठिठोली करते थे।

टीम

पच्चीस-पचास कार्यकर्ताओं की बैठकों में किसी विषय पर प्रभावी भाषण मात्र देने से उचित निर्णयों पर पहुँचना संभव नहीं। आवश्यता होती है एक छोटी टीम की, जो बड़ी बैठक में विषय चर्चा एवं निर्णय हेतु प्रस्तुत किए जाने के पूर्व ही समग्रता से तैयारी कर ले। इस प्रकार का छोटा समूह, संगठन की एक आवश्यकता होती है। वही कार्य, टीम का कार्य बनता है, जिसकी महत्ता असीम है। प्रत्येक स्थान के कार्य का स्तर वहाँ की टीम के चिंतन एवं व्यवहार पर निर्भर करता है। समरस, समविचारी, पारस्परिक

सामंजस्य एवं सहकार रखनेवाले कार्यकर्ताओं की यह छोटी केंद्रवर्ती टीम ही संगठन की जड़ एवं मूलाधार होती है। यही टीम एक निरंतर ऊर्जा का स्रोत बन सकती है यदि उसके घटकों की पारस्परिकता पारदर्शी रहे एवं उनकी आत्मविश्वासपूर्ण अनुभूति यही हो कि वे अलग-अलग अंशमात्र होकर, इकट्ठे की पूर्णता प्राप्त कर सकते हैं।

कार्यकर्ता-विकास

यशवंतरावजी का आग्रह रहता था कि कार्यकर्ताओं का एक-दूसरे के घर जाना एवं व्यक्तिगत परिचय रखना आवश्यक है, न कि केवल महाविद्यालय, कार्यालय या बैठकों में ही आपस में मिलना-जुलना। जब तक कार्यकर्ता आपस में व्यक्ति एवं मानवीय नाते से नहीं जुड़ेंगे, उनकी पारस्परिकता अधूरी अर्थात् विकास-प्रक्रिया भी थम जाएगी, ऐसी यशवंतरावजी की मान्यता थी। अत: वे चाहते थे कि समय कम उपलब्ध होने पर भी कार्यकर्ता एक-दूसरे के घर जाने की परिपाटी डालें।

व्यक्ति-निर्माण एवं कार्यकर्ता का विकास इसी प्रकार व्यक्तिगत संपर्क के माध्यम से ही होता है, न कि केवल सिद्धांतों, दर्शनों, चिंतन एवं व्याख्यानों से। पारस्परिक संवाद एवं बातचीत आवश्यक है। आखिर कार्यकर्ता भी एक मनुष्य है; उसके गुणों का विकास एवं दोषों में कमी तभी संभव होगी जब वह खुलकर बोलेगा, खुला आत्मनिवेदन करेगा, जिसके फलस्वरूप अपनी मर्यादाएँ, कमियाँ, दोष एवं कटीलापन वह समझ सकेगा और हम उसे सुधार की दिशा में सहायता कर पाएँगे। किसी के इस अहं का भी कि 'मैंने कार्यकर्ताओं को गढ़ा है' इलाज यशवंतरावजी के पास था; वे स्पष्ट रूप से कहते थे कि कार्यकर्ता स्वयमेव होकर अपना विकास करता है, हमें केवल उसकी सब प्रकार से सहायता करनी होती है।

विभिन्न प्रकार से उन्होंने यही धारणा प्रस्तुत की कि परिषद् की

कार्यकर्ता-निर्माण की प्रक्रिया में से केवल उसकी क्षमता एवं प्रतिभा का विकास करते हुए उसका हर कार्य में सहयोग एवं उपयोगिता बढ़ाना नहीं है, बल्कि उसे एक जीवननिष्ठा भी प्रदान करना है जिसके बल पर, वह परिषद् की विचारधारा से प्रतिबद्ध होकर जिस क्षेत्र या सामाजिक कार्य में जाएगा, उसमें पूर्ण रूप से रमकर भारतमाता की सेवा में समर्पित होगा।

छात्र-जीवन एवं परिषद् में कार्य करने का समय सीमित होगा, किंतु परिषद् द्वारा अर्जित ध्येयनिष्ठा एवं साधना निरंतर बनी रहेगी। उनका आग्रह था कि जीवन के आगामी तीस-चालीस-पचास वर्ष हरेक को इस मातृभूमि की सेवा में खपाने का बीड़ा उठाना होगा। देशभक्ति एवं देशसेवा एक आजीवन और अनंत साधना होगी, न कि सीमित समय के लिए या फुरसत से करने का काम।

कार्यकर्ता सभी मोर्चों पर

उनके द्वारा इस प्रकार के प्रबोधन के ही फलस्वरूप परिषद् के व्यापक आयाम स्पष्ट होते थे। वे कहते थे, जो कार्यकर्ता हमारे पास आते हैं और आते रहेंगे, वे विद्यार्थी-अवस्था पूरी होने के पश्चात् जीवन के एवं व्यवसाय के भिन्न-भिन्न क्षेत्रों में कदम रखेंगे। अवश्य ही वे विभिन्न समाजकार्यों में भी जाएँगे। राजनीति से लेकर वनवासी कल्याण तक सभी समाज-सेवा के मार्ग उनके लिए खुले हैं अर्थात् परिषद्-कार्यकर्ता में सामाजिकता एवं प्रतिबद्धता का निर्माण यदि परिषद् की यशस्विता का एक पहलू है,तो दूसरा उतना ही महत्त्वपूर्ण पहलू होगा कि वह अपने विद्यार्थी-जीवन के पश्चात् का जीवन किस प्रकार ढालता है। अत: उनका आग्रह था कि यहाँ की निर्माण-प्रक्रिया के माध्यम से, कार्यकर्ता का भविष्य में सक्षम सामाजिक नेतृत्व के रूप में खड़ा होने योग्य विकास करने की व्यवस्था, परिषद् में ही होनी आवश्यक है।

अत: परिषद् के साध्य एवं लक्ष्य के बारे में उनका निवेदन उच्च

महत्त्वाकांक्षा से भरा होता था। उनकी दृष्टि से केवल इतना पर्याप्त नहीं था कि शिक्षा क्षेत्र का वायुमंडल स्वस्थ बने, राष्ट्रीय पुनर्निर्माण के संदर्भ में शैक्षिक परिवर्तन हो, छात्र-संगठन शक्ति के द्वारा सामाजिक अंकुश की प्रतिस्थापना हो, और छात्रों में देशभक्ति, रचनात्मकता एवं ध्येयनिष्ठा के संस्कार पड़ें। उनके विचार से परिषद् का दायित्व इससे भी बढ़कर व्यापक है। समाजजीवन के सभी क्षेत्रों के लिए सही सामाजिक सूझबूझ, आवश्यक परिवर्तन के लिए कष्ट उठाने की सिद्धता, प्रतिभा और प्रामाणिकता का मानो संगम बने हुए समर्थ नेताओं का निर्माण, परिषद् का ही दायित्व है, और उन्हें विश्वास था कि हम इसे करके दिखाएँगे!

आज परिषद् के कार्य की बेल आकाश तक पहुँची है, अनेकानेक कार्यकर्ता जनसंगठन का प्रशिक्षण लेकर जीवन के विभिन्न क्षेत्रों में चमक रहे हैं; किंतु जब कुछ भी ठिकाना नहीं था, उस समय से यशवंतरावजी ने यह आकांक्षा सँजोई और प्रस्तुत की, और यही उनकी दूरदर्शिता का प्रमाण है।

कार्यकर्ता: कुछ भी नहीं किंतु सब कुछ

बिना किसी समझौते के यशवंतरावजी की मान्यता थी कि संगठनात्मक कार्य में संगठन का हित ही सर्वोपरि होते हुए भी, कार्यकर्ता मात्र एक यांत्रिक पुर्जा या किसी बड़े ढाँचे का भावहीन अंग नहीं होता। उसकी मानवीयता का स्थान वे महत्त्वपूर्ण मानते थे। उनकी इस धारणा में किसी को कुछ असंगति लग सकती है, क्योंकि वे आग्रह के साथ एक ओर तो कहते थे कि कार्यकर्ता व्यक्ति के नाते कुछ भी नहीं। प्रत्येक स्तर पर अध्यक्ष या सचिव पद पर चुनकर आनेवाले कार्यकर्ता को भी वे केवल अनेकों में से एक मानते थे। तीन दशक पूर्व मुंबई स्थित कार्यालय के सूचना-पट्ट पर किसी कार्यकर्ता की उत्तम परीक्षा-फल के उपलक्ष्य में सराहना के वाक्य लिखते हुए सचिव श्री राजा मोगल ने अपने नाम के आगे, व्यंग्य से लिखा था—'याने क्ष!'

कार्यकर्ता का संगठन की दृष्टि से सही स्थान, इसी तरह अनाम रहना अपेक्षित था।

१९८५-८६ के मध्य यशवंतरावजी के स्वयं न चाहते हुए भी, उनकी इकसठवीं वर्षगाँठ के उपलक्ष्य में स्थान-स्थान पर समारोह आयोजित किए गए। व्यक्तिगत प्रतिष्ठा एवं गौरव के इन सभी समारोह में यशवंतरावजी के भाषण संपूर्ण रूप से व्यक्तिनिष्ठा से हटकर केवल परिषद् की मौलिक विचारधारा को ही प्रस्तुत करनेवाले रहे। उनके बोधवाक्य—'मैं राष्ट्रमालिका का मोती अगणित, केवल एक नहीं' या 'वंदना के इन स्वरों में एक स्वर मेरा मिला दो' अर्थात् 'मैं नहीं—तू ही' की अनन्य धारणा के परिचायक थे। उन्होंने व्यक्तिविशेष का संपूर्ण समर्पण ही प्रस्तुत किया। अपने निजी व्यवहार से उसे चरितार्थ किया। कार्यकर्ता की श्रेष्ठता उसके 'स्व' की समाप्ति (Self-effacement) में होने की बात उन्होंने स्वयं 'जैसी कथनी वैसी करनी' के माध्यम से रखी। परिषद् के विभिन्न अधिवेशनों के समय आयोजित शोभायात्राओं के संकेत भी इसी मानसिकता के आधार पर तय होते गए। वैसे सभी संगठनों के अधिवेशनों में अध्यक्ष एवं महामंत्री की शोभायात्रा निकाली जाती है, किंतु परिषद् की शोभायात्रा होती है समस्त प्रतिनिधियों की जिनके साथ अध्यक्ष एवं महामंत्री भी पैदल चलते हैं, वाहनों में नहीं। उन पदों की गरिमा का समादर अवश्य रखते हुए भी उन्हें साधारण प्रतिनिधियों के साथ एक समानता के भाव से देखा जाता है। कार्यकर्ताओं को जोड़ने हेतु पर्याप्त लचीलापन रखनेवाले यशवंतरावजी इन स्वस्थ प्रथाओं के बारे में बहुत आग्रही और हठी थे, क्योंकि बात केवल अध्यक्ष पद की नहीं, परिषद् के संगठनात्मक चरित्र-निर्माण की थी। वे कहते थे—अध्यक्ष 'अधिकारी' नहीं होता, मात्र समान कार्यकर्ताओं में 'प्रथम' होता है। (First among the equals.)

१९३७ का अधिवेशन रियासती पृष्ठभूमि के इंदौर नगर में था, जिस समय यशवंतरावजी राष्ट्रीय अध्यक्ष बने। सजधज के साथ बग्घी का प्रबंध

किया था—किंतु यशवंतरावजी उसमें से गायब थे! वे शोभायात्रा में उपस्थित होने पर पैदल चले वैसी ही परिपाटी आज तक चलती आई है। जुलूस में केंद्रस्थान में वाहन पर विराजमान होती हैं श्रीसरस्वती एवं स्वामी विवेकानंद की प्रतिमाएँ और अखिल भारतीय अध्यक्ष एवं महामंत्री उनकी अगुआई करते हुए ससम्मान आगे-आगे पैदल चलते हुए जाते हैं। कार्यकर्ता की व्यक्तिअस्मिता का, अर्थात् व्यक्तिगत क्रोध-मोह, हर्ष-खेद, पसंदगी-नापसंदगी एवं स्वार्थी अहं का संपूर्ण रूप से विलीन होना ही संगठन-शक्ति का मूलाधार है। व्यक्ति की उपयोगिता का निकष है उसका 'सत्य के प्रति समर्पित स्वयंसेवकत्व'! इस धारणा पर यशवंतरावजी ने कभी समझौता नहीं किया। अत: अपनी विशेषताओं के अभिमान के कारण यदि कोई व्यक्तिश: नाराज भी हुआ, तो भी यशवंतरावजी ने कभी अपने इस मापदंड को न झुकने दिया, न उस संदर्भ में समझौते की बात भी चलने दी। उनका कहना था, 'कार्यकर्ता निरंतर मित्र, मार्गदर्शक एवं विचारक (Friend, Guide and Philosopher) बना रहे'।

मानवीयता

इस पृष्ठभूमि में उनके द्वारा की गई व्यक्ति-व्यक्ति की परवरिश, एक विरोधाभास लगती थी। वे कार्यकर्ता को यंत्र का पुरजा नहीं, एक मानवीय इकाई मानते थे। उनका आग्रह था कि उसे मनुष्य के रूप में ही समझ लेना आवश्यक है। इसी धारणा के कारण वे प्रत्येक कार्यकर्ता के अंतरंग में प्रवेश कर उसे उदार आदान-प्रदान का अवसर दे सके। हरेक को विश्वास था कि अपने से बड़ी-से-बड़ी गलती होने पर भी, वे उसे माँ के समान पी जाएँगे। साथ-साथ वे उसका आत्मविश्वास भी जगाते थे कि तुम कुछ कम नहीं हो। कठिन समय आने पर किसी भी अपूर्ण, अज्ञानी या दोषी कार्यकर्ता की भी उन्होंने सहायता की, उसके लिए अपना घंटों समय एवं सीमित कमाई के

रुपए भी खर्च किए; ऐसे मौके पर 'उस कार्यकर्ता की कार्य में उपयोगिता' (Utility) वाली अमानवीय कसौटी न उन्होंने लगाई, न उस सहायता के न लौटाने की संभावना आड़े आने दी। कानोकान खबर न लगने देते हुए उन्होंने व्यक्ति को सँभाला, मानवीयता को सँजोया। मानवीय दृष्टि के इस महायज्ञ में कई प्रसाद प्राप्त कर गए, किंतु उन्हें पता तक नहीं चला कि दे कौन रहा है!

मानवीय की कला और संगठनशास्त्र के अनोखे समन्वय से ही उन्होंने कार्यनिष्ठ कार्यकर्ताओं की शृंखला खड़ी की। यशवंतरावजी के मानवीय सहारे के अभाव में कई सक्षम कार्यकर्ता आज अपनी-अपनी व्यक्तिगत दुनिया में गुम हो गए होते। उससे उनकी एवं देश की असीमित हानि हो जाती। उनके लिए यशवंतरावजी की कठोर कर्तव्यपरायणता के साथ घुली हुई असीम क्षमाशीलता का अद्भुत रसायन, संजीवनी मंत्र के समान अमृतमयी सिद्ध हुआ। उन सभी कार्यकर्ताओं के जीवनों को स्नेहवर्षा से भर देने के बाद भी जो शेष रहा, वह यशवंतरावजी का व्यक्तित्व नहीं, संपूर्ण परिषद् एवं उसकी विचारधारा! मनुष्य जुड़ गया यशवंतरावजी के कारण, किंतु उसके हृदय में कृतज्ञता का भाव जगा 'राष्ट्रवादी विचार के साथ प्रतिबद्धता' के रूप में। उसे मावनीयता का सहायताकारी हाथ देते हुए यशवंतरावजी ने स्वयं के व्यक्तित्व को परिचयहीन (Faceless) बना डाला। व्यक्ति बाँधा अपने कृतित्व से, किंतु जोड़ा दर्शन, संगठन एवं ध्येयनिष्ठा से। उनकी धारणा थी कि 'किसी महान् कार्य में प्रत्येक व्यक्ति का महत्त्वपूर्ण स्थान अवश्य है किंतु कोई भी व्यक्ति अपरिहार्य नहीं होता' इसका एहसास हरेक को होना चाहिए। 'Everybody is important, but nobody is indispensable'!!

'व्यक्ति कुछ भी नहीं, किंतु मनुष्यता सब कुछ है' इस धारणा में निहित विरोधाभास बहुत ही हृदय को छूने वाला है, अतुलनीय है। यही यशवंतरावजी की कार्यपद्धति की नींव थी। टीमवर्क, उसके सदस्यों की पारस्परिक संवेदना, पारदर्शी प्रामाणिकता, व्यक्तित्व की समाप्ति, मानवीयता को सँजोना आदि के

फलस्वरूप में कभी भी, कार्यकर्ता का उपयोग कर उपयोगिता घटने पर फेंक देनेवाला 'उपयोगितावाद' पनपा नहीं। यहाँ मनुष्य का केवल सुविधा हेतु एवं उसकी क्षमता के अनुसार उपयोग नहीं किया जाता, उसकी मानवीयता को देवत्व की ओर ले जाने का प्रयास होता है।

दश-अंगुल शेष व्यक्तित्व

यद्यपि 'परिषद् का वैचारिक विकास' एवं 'शास्त्रशुद्ध कार्यप्रणाली' यशवंतरावजी के व्यक्तित्व के दो परिचायक पहलू हैं, उनके अतिरिक्त अन्य परिपुष्ट पहलुओं द्वारा उनका शेष व्यक्तित्व भी उभरकर सामने आता है। 'स भूमि विश्वतो वृत्त्वा अत्यतिष्ठत् दशांगुलम्' इन शब्दों में सर्वव्यापी 'पुरुष' तत्त्व का वर्णन पुरुषसूक्त में आता है, जिसका अभिप्राय है कि विश्व में दृष्टिगोचर होनेवाले विभिन्न आयामों के अतिरिक्त भी सर्वव्यापी पुरुषतत्त्व दश-अंगुल शेष रह ही जाता है। यशवंतरावजी के व्यक्तित्व के इसी प्रकार अन्य पहलू भी शेष बचते हैं।

उनकी कार्यपद्धति का एक विशेष पहलू था स्वयं के हाथ प्रधानता न लेते हुए काम करना। स्वाभाविक ही, विचारों की प्रस्तुति, व्यवस्था तथा समन्वय कार्यों में, वैसे ही उनकी पूर्वयोजना करते समय, यशवंतरावजी ने कइयों से सहभागी होने की अपेक्षा रखी और सहभागी बनाया भी। १९६४ में महाराष्ट्र के प्रथम अधिवेशन से, (बल्कि १९५८ में मुंबई में कार्य प्रारंभ करते ही) उन्होंने इस 'सहभागी प्रक्रिया' का सूत्रपात किया था। १९६४ के अधिवेशन के अंतर्गत परिषद् के विविध सैद्धांतिक पहलुओं पर अलग-अलग चर्चासत्र आयोजित थे, जिनका स्वतंत्र रूप से संचालन विभिन्न कार्यकर्ताओं द्वारा किया गया था। प्रतिदिन क्रमशः अन्यान्य विषयों पर जो व्याख्यान तय हुए थे, वे भी अलग-अलग कार्यकर्ताओं ने दिए। समग्र अधिवेशन की पूर्वयोजना में यशवंतरावजी का सहभाग अवश्य था किंतु

प्रत्यक्ष अधिवेशन में उनका भाषण केवल एक बार हुआ, जिसका उस समय उपस्थित प्रत्येक कार्यकर्ता को आजीवन स्मरण रहेगा। उस का निचोड़ भी 'सामूहिकता' ही था। बद्री-केदार की यात्रा में चढ़ाई चढ़ते समय होनेवाली सामूहिकता का आचरण उन्होंने सुनाया था। शीतप्रकोप, ग्लानि या थकावट के कारण हरेक चढ़नेवाले को सहारे की आवश्यकता होती है। किंतु उसके लिए निरंतर चढ़ते रहना भी उतना ही आवश्यक होता है। थकने, रुकने या पिछड़ने से नहीं चलनेवाला। जो रुकेगा, वह समाप्त हो जाएगा। उस चढ़ाई में प्रकृति की प्रतिकूलता का यही तकाजा होता है। ऐसे समय एक-दूसरे को ढाढस बँधाते हुए, जगाते हुए और सहारा देकर, 'चलते चलो-चलते चलो' (चरैवेति) का आह्वान करते हुए मार्गक्रमण करते रहना पड़ता है। यशवंतरावजी की वह 'चलते चलो' की पुकार उस व्याख्यान के हर श्रोता के कानों में आजीवन गूँजती रहेगी, इतनी उसकी प्रेरणा, आवेश, आह्वान एवं तड़पन मौलिक तथा हृदय को छूनेवाली थी!

निस्संदेह ही कहा जा सकता है कि यह 'चलते चलो' के सामूहिक जागरण का सूत्र यशवंतरावजी के संपूर्ण व्यक्तित्व का सारगर्भित निचोड़ था। चाहे कार्यकर्ताओं का नवनीतरूप छोटा समूह हो, कार्यक्रम भव्य हो या साधारण, यशवंतरावजी यदि बोलते भी थे तो केवल एकाध बार। अन्यथा विचार-प्रस्तुतीकरण का काम नियोजित कार्यवितरण के अनुसार भिन्न-भिन्न कार्यकर्ताओं से ही कराया जाता था। यही बात थी व्यवस्थापन की। पिंस या मोमबत्ती तक सभी वस्तुओं की ओर विस्तार से ध्यान देते हुए भी उनका प्रयास रहता था कि प्रत्येक विभाग का प्रमुख कार्यकर्ता स्वतंत्र रूप से स्वयं विचार करे, योजना बनाए, जिस हेतु वे हरेक के साथ अलग-अलग समय भी लगाकर अपने पैरों पर खड़ा करते थे।

उनका आग्रह था कि विचार-प्रस्तुति, व्यवस्थाओं की समायोजना एवं साधारण व्यक्तियों के काम, तीनों का महत्त्व समान रूप से मानते हुए इन

प्रक्रियाओं के प्रारंभिक आयोजन में सभी का सहभाग आवश्यक होता है। संपूर्ण व्याख्यान, बौद्धिक वर्ग या आम सभा में प्रभावी भाषण, समय तथा जिम्मेदारी के अनुसार करना आवश्यक है ही, किंतु उनके ख्याल से छोटी-छोटी बैठकों एवं नए कार्यकर्ताओं के कार्यक्रमों में विचारधारा के विभिन्न पहलुओं का विस्तार से विवेचन करना अधिक महत्त्वपूर्ण था। उनका कहना था कि कार्यकर्ताओं के बीच कार्य की योजना करते समय केवल 'काम का बँटवारा' करने से बात नहीं बनती। स्वयं निमंत्रण-पत्रों पर नाम-पते लिखकर डाक-टिकटें चिपकाकर किसी को साथ लेकर डाकखाने जानेवाले यशवंतरावजी को कार्यकर्ताओं ने पीढ़ी-दर-पीढ़ी देखा है; और किसी का नहीं, इसका अनुभव उन्होंने स्वयं के आचरण से कराया। चाय के बाद भोजन करने पर अपना गिलास या थाली स्वयं माँजने का संस्कार उन्होंने स्वयं निरंतर सँजोया। अपना यात्रा-सामान स्वयं उठाने का उनका आग्रह रहता था। नित्य जीवन एवं सामूहिक कार्यक्रमों में से इस प्रकार के अनगिनत छोटे-छोटे सबक उनसे प्राप्त होते थे।

उनके व्यक्तित्व की इस कृतिशीलता के द्वारा असीमित संस्कार कार्यकर्ताओं को मिले। उन्होंने दैनंदिन व्यवहार का वस्तुपाठ दिया, न कि केवल मौलिक चिंतन। इतना ही नहीं, गहरा संस्कार भी दिया कि वही चिंतन स्थिरपद होता है जिसका दैनंदिन व्यवहार के द्वारा प्रकटीकरण होगा।

इस संस्कार को प्राप्त करनेवाले सारे प्राथमिक रूप से 'मनुष्य' होने का एहसास भी उन्होंने निरंतर रखा और कराया। अर्थात् उन मानवों को जोड़ने-सँभालने एवं गढ़ने के काम की मौलिकता एवं प्राथमिकता उन्होंने पहचानी थी। वे तो उपने ढंग से कहते थे कि गढ़ेगा-विकसित होगा वह मानव स्वयं ही, अपना काम तो उसे उन प्रयासों में सहायता मात्र करना है! उनका आग्रह था कि यह मनुष्य-निर्माण का काम ही मूलाधार है, अतः अतीव महत्त्वपूर्ण है।

इसी मनुष्य-निर्माण के कार्य की प्राथमिकता एवं वरीयता को

यशवंतरावजी ने, परिषद् के संपर्क में आनेवाले हरेक व्यक्ति को इन विशेषताओं से प्रशिक्षित करने के अपने प्रयासों द्वारा प्रस्थापित किया। किंतु साथ-साथ यह भ्रम भी फैलने नहीं दिया कि परिषद् का कार्य केवल इन सद्गुणों से प्रेरित व्यक्तियों तक ही सीमित है। वे आग्रहपूर्वक जताते थे कि परिषद् का कार्य आम विद्यार्थियों के समूह का काम है, न कि चुनिंदा विशेष-वर्ग का अर्थात् यहाँ किसी के लिए प्रतिबंध नहीं, सबका स्वागत है। सबको अपनत्व से जोड़ना है-स्वीकारना है। अन्यथा हमारे कार्यकर्ताओं का छोटा-सा गुट चाहे जितना सद्गुणसंपन्न हो, किसी काम का नहीं। चुने हुए गुणवान चंद कार्यकर्ताओं का स्वयंभू जनसंगठन होने का भान उन्होंने निरंतर जगाया। केवल इसलिए कि कोई छात्र धूम्रपान करता है, उसे नकारना नहीं है; उसे साथ लेकर चलते-चलते अपनी उस लत की चिंता वह आप ही करेगा, इसका उन्हें विश्वास था। अपनी आकांक्षा संपूर्ण छात्र-समुदाय को नेतृत्व प्रदान करने की होने के कारण हम किसी को मना नहीं करेंगे, यही सर्वव्यापी दृष्टि उन्होंने निरंतर दी।

इसका अर्थ यह नहीं कि सर्वसमावेशक संगठन का चित्र खींचते हुए उन्होंने कार्यकर्ता के गुण-विकास एवं परिपूर्णता की अनदेखी की हो। वे इस विषय को इस प्रकार रखते थे—'संगठन का उत्तरदायित्व है कि कार्यकर्ता को परिपूर्णता की ओर बढ़ने में सहायता करे और इसके बावजूद यदि उसमें कमी रह गई तो वह हमारी, संगठनकर्ता की त्रुटि माननी चाहिए कि हम उसकी पर्याप्त सहायता नहीं कर पाए। अपने काम में संस्कार-प्रक्रिया के दोष (Factory defect) के कारण अधूरे रहनेवालों की गिनती नहीं होनी चाहिए। अथक प्रयासों की आवश्यकता है कि परिषद् से निकलनेवाला हरेक कार्यकर्ता मँजा हुआ और समाजोन्मुखता का पाठ लेकर निकला हुआ हो। मानवीय प्रकृति परिवर्तनीय है, न कि केवल अचल और न बदलनेवाली। कोई भी धातु पिघल सकती है, पर्याप्त गरमाहट का प्रयोग करने पर।' इस

विश्वास के पीछे निहित प्रयासों एवं जिम्मेदारी की अनुभूति के कारण कार्यकर्ताओं में यह एहसास यशवंतरावजी ने निरंतर बनाए रखा कि किसी के दोष पर केवल कौवे जैसी चोंच मारने से कोई लाभ नहीं, उसकी कमी की जिम्मेदारी अपनी भी है! यशवंतरावजी ने कर दिखाया कि यह आत्मपरीक्षण का अर्थात् 'प्रथम-पुरुष-लक्षी' भाव अत्यंत कठिन किंतु संभव है। यशवंतरावजी के ये वचन, व्यवहार एवं अपनत्व के भाव प्राथमिकता से अनुकरणीय थे।

यशवंतरावजी का दिनक्रम, एक जिम्मेदार नागरिक के रूप में उनके द्वारा निभाई हुई विभिन्न भूमिकाएँ तथा उनके द्वारा जोड़े हुए अनगिनत व्यक्तियों को देखते हुए कुछ विश्लेषण का प्रयास करने पर उनकी कई विशेषताओं को उजागर किया जा सकता है, उनके असाधारण स्तर के कारण! पौ फटते ही चार-साढ़े चार बजे से निरंतर चलनेवाला उसका दिनक्रम, एक 'सतीत्व का व्रत' ही था। वे कभी अपने-आपको क्षमा नहीं करते थे, न अपनी थकावट के कारण सामने वाले पर कोई निरुत्साह का साया पड़ने देते थे। अतः हरेक की आवभगत, हँसते हुए और सहजता से उस मिलने में आनंद का अनुभव कराते हुए होती थी। इसी कारण उसके साथ निकट संबंध प्रस्थापित होते थे। मानो यशवंतरावजी के संपर्क में आनेवाले हरेक व्यक्ति को लगता था कि उनके साथ मेरा संबंध कोई खास (Special) है, कोई अटूट रिश्ता है। उनसे मिलनेवाले प्रत्येक व्यक्ति के साथ उनका अपनत्व इतना सहज उमड़ पड़ता था कि उस भाव से जोड़े गए लोगों में भिन्न-भिन्न प्रकारों, स्वभावविशेषों एवं राजनीतिक धारणाओं के व्यक्तियों का अनोखा समावेश था। यशवंतरावजी की स्नेह-गंगा के प्रवाह में परिषद्-कार्यकर्ताओं, विभिन्न क्षेत्रों के संघ-कार्यकर्ताओं, सहयोगी प्राध्यापकों एवं उनके महाविद्यालयीन छात्रों की कई पीढ़ियों ने भरपूर अवगाहन किया। अपनी स्नेहवर्षा में वे केवल मानवीयता की कसौटी रखते थे, न कि सामनेवाले

की उपयोगिता की! भले उनके अन्य सहयोगियों ने उनके इस प्रकार हरेक की कहानियाँ सुनते रहने में समय 'व्यर्थ गँवाने' जैसे व्यंग्य उन पर कसे हों, यशवंतरावजी हँसकर बात टालते थे किंतु अपना निरपेक्ष स्नेहवर्षा का रवैया जारी रखते थे। शायद इसी कारण, उनके पश्चात् कइयों को व्यक्तिगत जीवन में एक शून्य, एक रिक्तता की टीस लगी!!

प्रत्येक व्यक्ति अपने जीवन में प्रतिदिन 'समझौते' करने की मजबूरी को निभाते हुए अच्छी तरह से जानता है कि 'अपना कर्तव्य निर्दोष रीति से पूरा करने' की बात, सतही रूप से आसान दीखते हुए भी कितनी कठिन होती है। किंतु यशवंतरावजी ने स्वयं किसी व्यवहार में इस अहंभाव की मिलावट नहीं होने दी कि 'मैं तो काई विशेष सामाजिक कार्यकर्ता (सोशल वर्कर) ठहरा!' अंग्रेजी के प्राध्यापक के रूप में भी वे संपूर्ण यशस्वी रहे। यदि उनका अपने छात्रों से भी निकट अपनत्व था, तो वह भी एक शिक्षक के कर्तव्य-भाव से, न कि ठीक-ठीक पढ़ाने से कतराने वाले की वैकल्पिक चतुराई से। प्राध्यापक के नाते नेशनल महाविद्यालय की विभिन्न प्रशासकीय जिम्मेदारियों को भी उन्होंने उसी सामूहिक भाव एवं निर्दोष रीति से निभाया। व्याख्यानों की समय-सारिणी बनानी हो या अपने विभाग के पुस्तकालय को विकसित करना, महाविद्यालयीन प्रवेश-प्रक्रिया हो या वार्षिक सम्मेलनों का आयोजन करना, हरेक काम उन्होंने उसी प्रामाणिकता एवं मौलिकता के साथ पूरा किया।

साथ-साथ अपने पति, पिता एवं परिवार-प्रमुख के रूप में अपेक्षित कर्तव्यों का भी समान प्रयासों से निर्वाह किया। 'कार्यकर्ता' यशवंतरावजी, दूसरी ओर 'परिवार-प्रमुख यशवंतरावजी' से अभिन्न रहे। संपर्क एवं स्नेहवर्षा की कार्यकर्ता की कसौटियों को अपने परिवार के लिए और स्वयं के लिए भी चरितार्थ किया। घर में भी वे सबके 'मित्र' बने थे, परिवार की भी एक 'टीम' बन चुकी थी। एक बार 'एक' को अपनाने के बाद वे सबके 'अपने' बन गए। यद्यपि आगे चलकर १९८४ में उन्होंने 'नारी एवं पुरुष में समानता'

का प्रारूप लिखा, उस अनुभूति का प्रत्यक्ष व्यवहार उन्होंने अपने परिवार में पहले से ही किया था। परिवर्तन के मार्ग पर, सर्वाधिक कठिन परिवर्तन होता है अपने मन का, और घर का! हम सभी जानते हैं कि यह कितना दुष्कर है, जो यशवंतरावजी ने सहज रूप से कर दिखाया।

'प्रारूप'-प्रक्रिया

यशवंतरावजी द्वारा प्रचलित की गई 'प्रारूपों की प्रक्रिया' का परिचय परिषद् के अंतर्गत स्वाभाविक रूप से हो चुका था। यह संकल्पना, नासिक रोड मध्यवर्ती कारागार में स्थित महाराष्ट्र के हजार-बाहर सौ राजबंदियों ने जनवरी १९७६ में पहली बार सुनी होगी। यह शब्द वहाँ यशवंतरावजी की कार्यप्रणाली का संकेत-शब्द (Watch-word) बन चुका था। कारागार में आयोजित विभिन्न उपक्रमों एवं अनुभवों में उनके साथ काम करनेवाले कई नए कार्यकर्ताओं को इस शब्द एवं संकल्पना के माध्यम से उनकी कार्यशैली का जो अनोखा दर्शन हुआ, उन कार्यकर्ताओं ने मुक्त होने के पश्चात् उसका प्रयोग अवश्य ही अपने-अपने क्षेत्र में काम करते हुए किया।

किसी भी छोटे-मोटे कार्यक्रम का भी संपूर्ण पूर्व-आयोजन करने के साथ-साथ उसके पश्चात् 'अनुवर्तन क्रिया' अर्थात् क्रियान्वयन की भी चिंता करनी पड़ती है। Planning in advance, planning in detail, and follow-up action—यशवंतरावजी की कार्यशैली का यह त्रिसूत्र था। इस सभी पहलुओं के शब्दांकन के लिए उनका शीर्षक था—'पुस्तक'। प्रत्येक कार्यक्रम की 'पुस्तक' बननी चाहिए। कार्यक्रम संपन्न होने के पूर्व सभी संयोजकों द्वारा सामूहिक विचार-विमर्श द्वारा उसका संचालन 'कागज' पर करने पर वे विशेष बल देते थे। इस पूर्वाभ्यास में दीप-प्रज्वलन हेतु आवश्यक माचिस-मोमबत्ती और दीपक के तेल से लेकर ध्वज के समीप 'वंदे मातरम्' गायन करनेवाले के लिए माइक की व्यवस्था तक सभी बातें विभागों के अनुसार

सम्मिलित हुआ करती थीं। कार्यक्रम के मुख्य अंश की भी योजना पूर्वाभ्यास में निहित होती थी। गीतगायक, समयानुकूल गीत का चयन, गायक ने उसे पूरा पढ़ एवं सुनकर स्वर-तर्ज आदि का अभ्यास किया हुआ और साथ-साथ प्रमुख भाषण का विषय (theme) समयानुकूल होना जैसे पहलुओं पर अग्रिम विचार तथा संयोजन अपेक्षित रहता था। एक प्रकार से उनका किसी भी कार्यक्रम की सफलता हेतु समग्र पूर्वचिंतन के बारे में आग्रह, असीम और कभी-कभी अत्यधिक लगनेवाला रहता था। किंतु इसी अत्यधिक आग्रह के फलस्वरूप सुनियोजित तथा व्यवस्थित कार्यक्रमों एवं उसके लिए आवश्यक परिश्रम करने की एक परंपरा-सी ढाली गई। यद्यपि समय पर यकायक आयोजन करते हुए किसी कार्य को संपन्न करनेवाले मेधावी कार्यकर्ता की वे सराहना करते भी थे, उनकी स्थायी मानसिकता यही थी कि जो बातें समय पर सोची गईं, अच्छा होता कि पहले से ही नियोजित की जातीं!

इस पूर्वनियोजन के लेखन को वे 'पुस्तक' कहते थे। 'प्रारूप' शब्द का अभिप्राय कुछ भिन्न था। चर्चा-बैठक या व्याख्यान में रखे जानेवाले बिंदुओं को वे अवश्य पहले ही लिखते थे, भले वह व्याख्यान पाँच मिनट का भी क्यों न हो। अभ्यास-वर्गों में रखने योग्य विषयों एवं चर्चा-बैठक आदि में उपयोगी मुद्दों पर कई 'प्रारूप' परिषद् में बनते गए। बार-बार संशोधित होते रहे। 'सैद्धांतिक भूमिका', 'एक शाखा', 'कार्यकर्ता की मानसिकता', 'कार्यक्रमों के तीन प्रकार', 'सहभाग की संकल्पना', 'राष्ट्रीय पुनर्निर्माण के व्यापक आयाम', 'रचनात्मक कार्य', 'आंदोलन आदि', 'छात्र-संघ', 'परिवार-धारणा', 'सामाजिक सहभाग' आदि विविध विषयों पर नए-नए प्रारूप पुनः-पुनः रचे गए। उसी प्रक्रिया से विषयों की गहराई एवं समृद्धता विकसित होती गई। इन प्रारूपों के माध्यम से परिषद् की वैचारिक नींव ठोस एवं मजबूत होती गई। प्रत्येक कार्यकर्ता की प्रतिभा एवं प्रेरणा को प्रर्याप्त खुलापन मिलने के साथ-

साथ सभी विचारों में एक सूत्र बना रहा, जिसके फलस्वरूप परिषद् की व्याप्ति संदर्भपूर्ण एवं स्पष्ट होती गई। अन्यथा हाल वही बन जाता जैसा कि विख्यात मराठी कवि 'केशवसुत' ने कहा है—'विश्व की व्याप्ति उतनी ही, जितनी कि सोचने वाले के मस्तिष्क की'!

१९७४ में मुंबई में संपन्न परिषद् के रजत जयंती अधिवेशन का आयोजन यशवंतरावजी के पूर्वनियोजन एवं पूर्वविचार के सर्वोत्तम उदाहरण के रूप में स्मरण किया जा सकता है। १९७४-७५ का रजत जयंती वर्ष और लगभग छह हजार कार्यकर्ताओं की उपस्थिति अपेक्षित! नवंबर १९७४ में आयोजित इस अधिवेशन का समग्र 'प्रारूप' यशवंतरावजी जून १९७३ में भोपाल में संपन्न राष्ट्रीय कार्यकारिणी में ही विस्तार से प्रस्तुत कर चुके थे।

अधिवेशन में सचमुच छह हजार कार्यकर्ता उपस्थित हुए भी। पक्की संख्या थी ५८९०, जिसे ज्यों-की-त्यों समाचारपत्रों में प्रकाशन हेतु भेजने का यशवंतरावजी का आग्रह रहा और वैसी ही संख्या पत्र-पत्रिकाओं को सूचित की गई। अन्य किसी ने कुछ बढ़ा-चढ़ाकर लिखे हुए आँकड़ों पर यशवंतरावजी के कहने से किए गए वास्तविक संशोधनों के कागज आज भी देखने पर हृदय गद्गद हो उठता है क्योंकि उनका यह सही-सही सूचना देने का आग्रह जनसंगठनों की परंपरा एवं वृत्तपत्रीय प्रचार-गणित की चकाचौंध में अनोखा, कुछ विक्षिप्त सा, किंतु परिषद् के परिप्रेक्ष्य में क्रांतिकारी रहा। इसके फलस्वरूप परिषद् झूठी प्रसिद्धि से एवं स्वयं धोखे में रहने से बच गई। जो भी असली रहा, उसी पर आत्मविश्वास सँजोए रखने की आदत संजीवनी बनकर सामने आई। १९८५ में अंतरराष्ट्रीय युवा-वर्ष के उपलक्ष्य में दिल्ली में विशाल अधिवेशन संपन्न हुआ जिसकी १०७७२ प्रत्यक्ष संख्या ही परिषद् के प्रचार-पत्रक में दी गई थी। उसी समय कुछ अन्य संस्थाओं के आयोजन इससे आधी संख्या में किंतु उनके समाचार दुगनी संख्या में प्रकाशित हुए देखकर कार्यकर्ताओं को क्या लगा होगा? असली और नकली का भेद एवं 'वास्तविकता' की ताकत यशवंतरावजी

ने सिखाई। आँकड़ों की 'नकली जनतांत्रिकता' के वर्तमान समय में, प्रत्यक्ष गिने हुए व्यक्तियों का बल एवं मूल्य ही असली होने का यशवंतरावजी द्वारा दिया गया संस्कार, परिषद् को आगे भी अपने आप का अत्यधिक मूल्यांकन (over-estimation) करने के धोखे से सुरक्षित रख पाएगा।

स्वावलंबन

यशवंतरावजी की श्रद्धा थी कि विद्यार्थी परिषद् को स्वावलंबी होना चाहिए। कोई भी संगठन समाज को नेतृत्व नहीं दे सकता, जब तक वह अपने पैरों पर खड़ा न हुआ हो। यद्यपि विद्यार्थी परिषद् संघ परिवार का ही एक अंग है, दूसरों के कंधों पर निर्भर होकर वह अपनी व्यापक संदर्भ की भूमिका का सफल निर्वाह नहीं कर पाएगा। उनका आग्रह था कि परिषद् अपनी निधि स्वयं संकलित करे, अपने कार्यकर्ता अपने ही बलबूते खड़े करे एवं अपने कार्यक्रम भी स्व-शक्ति पर संपन्न करे। इस धारणा के पीछे कोई अलगाव, स्वतंत्रता या संस्थागत थोथे अहं का भाव नहीं था। वे स्वयं एक संपूर्ण 'स्वयंसेवक' होते हुए भी भलीभाँति जानते थे कि संगठन का यश एवं हित स्वावलंबन में ही निहित है। वे कभी मान्यता प्रदान न करते कि कोई भव्य उपक्रम परिषद् तय मात्र करे और उसके संचालन का ठेका संघ को सौंप दे। यद्यपि मातृ-संस्था से सहायता का अधिकार हमें स्वाभाविक स्नेह के फलस्वरूप निरंतर प्राप्त है, हमें चाहिए कि आत्मनिर्भर होकर आगे बढ़ने का अपना कर्तव्य हम वहन करें। उनके विचार की गहराई इस तरह की थी। इसी आग्रह के फलस्वरूप १९७३ का कर्णावती अधिवेशन परिषद् द्वारा अपने बल पर रचकर, पूरी शक्ति लगाकर संपन्न किया गया, जिसमें से स्वावलंबन की परंपरा का सूत्रपात हुआ। अब राष्ट्रीय कार्यकारी परिषद् बैठक हो या राष्ट्रीय अधिवेशन, उसी स्थान का चयन किया जाता है जहाँ की इकाई उस हेतु पर्याप्त क्षमता रखती हो।

पारिवारिक सामंजस्य

१९८२ के अभ्यास वर्गों में 'परिवार' विषय का आयोजन इसी उद्देश्य से हुआ कि स्वावलंबी, स्वयंपूर्ण एवं स्वायत्त होते हुए भी परिषद् अपने व्यापक राष्ट्रीय पुनर्निर्माण के आयाम का विस्मरण न होने दे। परिवार-धारणा, सामंजस्य, लोकसंगठनों की भूमिका, पारस्परिक संपर्क सूत्र आदि पहलुओं में परिषद् कार्यकर्ता निश्चय ही कनिष्ठ होने के कारण, उचित ही था कि वे 'अनुज' भाव से स्वयं होकर बड़ों के पास जाएँ जैसाकि यशवंतरावजी की मंत्रणा थी। वे आदर्श थे इसी नम्रता के, जो अपने वैचारिक आग्रह के बावजूद उचित ही थी। परिवार-सामंजस्य की बैठकों में इसी भूमिका के कारण परिषद्-कार्यकर्ता सारगर्भित योगदान करते हुए नजर आते हैं।

विद्यार्थी-निधि

इस कल्पना का उदय 'स्वावलंबन' की मौलिक धारणा का स्वाभाविक परिणाम है। बीस-पच्चीस लाख रुपयों की स्थायी निधि एक न्याय बनाकर उसके सुपुर्द करे, जिसका उपयोग विभिन्न कार्यों में आर्थिक सहायता देने हेतु करने के ही उद्देश्य से विद्यार्थी-निधि-न्याय की स्थापना की गई। उसके प्रधान यशवंतरावजी रहे। अपनी षष्ठिपूर्ति मनाने के आयोजनों की उन्होंने स्वीकृति केवल इसलिए दी कि उस माध्यम से निधि-संकलन हो सकेगा; चूँकि न्यास उनके नाम से राशि एकत्रित करनेवाला था, उन्होंने अपना अध्यक्ष-पद छोड़ दिया। इन सत्कार-समारोहों के उपलक्ष्य में शायद पहली बार विद्यार्थी-परिषद् ने कुछ लाख रुपयों की राशि संकलित की, जिसका व्यय पूर्व-ऋणों को चुकाने के लिए नहीं करना था। उसके पक्के हिसाब-किताब की यशवंतरावजी की चिंता एवं परिश्रमों का अनुभव सर्वज्ञात है।

पूर्णकालिक कार्यकर्ता

वे तीव्रता से चाहते थे कि परिषद् के पूर्णकालिक कार्यकर्ता की मानसिकता वैसी ही विकसित हो, जैसी संघ के प्रचारक की; हालाँकि उन्होंने गलती से भी कभी परिषद् के पूर्णकालिक कार्यकर्ता को 'प्रचारक' की उपाधि नहीं दी, उनकी उससे आशाएँ वही थीं। उसके आचरण के संबंध में वे कठोर अनुशासन के पक्षधर थे। वे कभी पसंद नहीं करते कि वह कार्यक्षेत्र छोड़ इधर-उधर घूमे, बिना कारण या सकारण भी बार-बार घर जाए, अतिरिक्त या आवश्यकताओं से अधिक धन खर्च करे। वे चाहते थे कि दीपावली जैसे त्योहारों में भी वह घर न जाए। उनका यह आग्रह था, जिसमें ढील, नरम रुख या क्षमाशीलता के लिए कोई स्थान नहीं था। इस आग्रह की परिसीमा की अनुभूति कराने हेतु इतना बताना पर्याप्त है कि पूर्णकालिक कार्य के एक असिधाराव्रत होने, न कि कोई खेल-मजाक होने, की बात को लेकर वे क्रोध भी किया करते थे।

शायद इसी अत्यधिक आग्रह के कारण मुंबई में पूर्णकालिक कार्यकर्ताओं की बैठकें वे स्वयं लेते थे। इसी उद्देश्य को लेकर १९७९-८० में पूर्णकालिक कार्यकर्ताओं के कर्णावती तथा अमृतसर में आयोजित प्रारंभिक अखिल भारतीय वर्गों का संचालन उन्होंने स्वयं बहुत कड़ाई एवं सूत्रबद्धता से किया। इन वर्गों में कार्यकर्ताओं ने अनुभव किया कि ढीले-ढाले कार्यकता पर वे गुस्सा करने में भी हिचकिचाते नहीं थे।

एक अंतर्मुख कार्यकर्ता

षष्ठिपूर्ति समारोहों के आयोजनों पर प्रारंभिक असहमति व्यक्त करते हुए उन्होंने एक तर्क यह दिया था कि मैं कोई 'सार्वजनिक व्यक्तित्व' (Public figure) तो हूँ नहीं! बात सही थी कि वे न सार्वजनिक नेता थे, न बहिर्मुख व्यक्तित्व। प्रारंभ से ही उन्होंने तय कर रखा था कि वह मार्ग अपना

नहीं हैं अर्थात् न उन्होंने कभी तूफानी दौरे रचे, न बाजी मारनेवाले भाषण किए। प्राय: पत्रकार-वार्त्ताएँ या जनसंपर्क हेतु मिलना-जुलना भी ये यथासंभव टाल जाते थे। उनका कार्यक्षेत्र तय सा था : 'मुंबई के पीढ़ी-दर-पीढ़ी के कार्यकर्ता, प्रदेश के प्रांतीय एवं जिला-स्तर के कार्यकर्ता तथा अखिल भारतीय 'टीम' के कार्यकर्ता! इनमें से हरेक के साथ उनका सघन परिचय था, सुसंवाद था। इसी श्रेणी के सैकड़ों कार्यकर्ताओं पर उनके संस्कार अमिट रहे। किंतु इसके अतिरिक्त औरों को उनके व्यक्तित्व का परिचय कम ही था। उनके देहांत के पश्चात् श्री दत्तोपंत ठेंगड़ीजी के उद्‌गार सारगर्भित थे कि 'बहुतांश लोग यह भी नहीं समझ पाएँगे कि यशवंतरावजी के हमारे बीच न रहने से हमने कौन सी मौलिक वस्तु खोई है, संभव है कि शायद इसे आगे भी कभी नहीं जान पाएँगे''' !'

मराठी भाषा में 'यशवंत' शीर्षक से बनी मूल पुस्तक का विमोचन डॉक्टर हेडगेवार जन्मशताब्दी के वर्ष में हुआ। संपूर्ण देश में विजयदशमी (२०.१०.१९८८) से लेकर वर्षप्रतिपदा (६.४.१९८९) के बीच जन्मशताब्दी समारोहों का आयोजन हुआ। उनका परिचय संपूर्ण विश्व में (लगभग ५० विभिन्न देशों में) राष्ट्रीय स्वयंसेवक संघ के संस्थापक के रूप में प्रस्तुत किया गया है। संघ को भिन्न-भिन्न रूपों में दुनिया जानती है, किंतु डॉक्टर हेडगेवार फिर भी अज्ञात ही रहे हैं। डॉक्टरजी जैसे महापुरुष का यह अदभुत कृतित्व विश्व के समाजशास्त्रियों के अध्ययन योग्य है! संगठन-कार्य में अपने व्यक्तित्व का डॉक्टरजी द्वारा किया हुआ समग्र समर्पण एक आश्चर्य की परिसीमा है जैसाकि श्रीगुरुजी ने कहा था—"डॉक्टर हेडगेवार पूर्ण रूप से 'ध्येय' ही थे!"

यद्यपि तुलनाएँ बहुत अधिक मायने नहीं रखतीं, विद्यार्थी-परिषद् कार्य की परिधि में यशवंतरावजी की स्थिति कुछ-कुछ ऐसी ही थी। छात्र-वर्ग चूँकि प्रवाही होता है, परिषद् के अंतर्गत कार्यकर्ताओं की पीढ़ियाँ जल्दी-

जल्दी बदलती रहती हैं। स्वाभाविक ही आज के कई कार्यकर्ता भी यशवंतरावजी को नहीं जानते, बाहर संसार की तो बात ही क्या? किंतु परिषद् की वर्तमान विचार-व्यवहार-कार्यप्रणाली आदि परंपराओं पर यशवंतरावजी की छत्रच्छाया निश्चय ही विद्यमान है। उपरोक्त प्रत्येक परिच्छेद इसी छाया का प्रभावी दर्शन है।

यह चित्रांकन अधूरा अवश्य है, परिपूर्ण तो है ही नहीं, क्योंकि 'यशंवतरावजी' नामक दर्शन शब्दों में नहीं बाँधा जा सकता। जिन्हें उनका सत्संग प्राप्त हुआ, वे शायद उस भाग्य को हस्तांतरित नहीं कर पाएँगे क्योंकि शायद यशवंतरावजी की विरासत ज्यों-कि-त्यों सौंपना संभव नहीं थी। किंतु इस निवेदन के माध्यम से प्रस्तुत उनके व्यक्तित्व एवं समग्र दर्शन की झलक भी यदि पाठकों तथा अगली पीढ़ियों तक पहुँच सकी, तो वह निश्चय ही हरेक के जीवन को दिशा देनेवाली प्रेरणा बनेगी!!